Maudits bas jaunes !

Catalogage avant publication de Bibliothèque et Archives nationales du Québec et Bibliothèque et Archives Canada

Dessureault, Marie-Millie

  Maudits bas jaunes !

  (Lime et citron)

  ISBN 978-2-89662-441-6

  I. Titre. II. Collection : Lime et citron.

PS8607.E775M38 2015   C843'.6   C2015-940571-8
PS9607.E775M38 2015

Édition
Les Éditions de Mortagne
C.P. 116
Boucherville (Québec) J4B 5E6
Tél. : 450 641-2387
Téléc. : 450 655-6092
editionsdemortagne.com

Illustration en couverture
© Géraldine Charette

Dépôt légal
Bibliothèque et Archives Canada
Bibliothèque et Archives nationales du Québec
Bibliothèque nationale de France
2ᵉ trimestre 2015

ISBN 978-2-89662-441-6
ISBN (epdf) 978-2-89662-442-3
ISBN (epub) 978-2-89662-443-0

1 2 3 4 5 – 15 – 19 18 17 16 15

Imprimé au Canada

Nous reconnaissons l'aide financière du gouvernement du Canada par l'entremise du Fonds du livre du Canada (FLC) et celle du gouvernement du Québec par l'entremise de la Société de développement des entreprises culturelles (SODEC) pour nos activités d'édition. Gouvernement du Québec – Programme de crédit d'impôt pour l'édition de livres – Gestion SODEC.

Membre de l'Association nationale des éditeurs de livres (ANEL)

Marie-Millie Dessureault

Maudits bas jaunes !

ÉDITIONS DE MORTAGNE

Sommaire

PROLOGUE

— Écoute, Rosalie, euh…

— Voyons, qu'est-ce qu'il y a ? Ça fait cinq minutes que tu évites la question. Je veux juste savoir si tu peux venir au cinquantième anniversaire de mariage de mes grands-parents ou si tu travailles ce soir-là.

— Ben, c'est ça, là. Je ne suis plus sûr de rien…

— T'es plus sûr de quoi ? Je comprends pas.

— Je sais pas trop comment te dire ça… j'ai plus vraiment de…

— Woh minute, Sébastien Pelletier ! Qu'est-ce qui se passe ? On dirait que t'essaies de me quitter au téléphone !

— Ouin, en fait, c'est que j'ai réfléchi et…

— Non, non, non, non, non ! Tu t'en viens chez moi tout de suite et tu vas me quitter en personne, c'est clair ?

Maudits bas jaunes!

— C'est bon, j'arrive.

Il raccroche. Et là, je me mets à brailler. Pas pleurer, non, B-R-A-I-L-L-E-R! Super! Je suis amoureuse d'un gars qui veut rompre avec moi au téléphone après deux ans de relation! Je l'aime, et c'est moi qui exige de me faire quitter en personne! Lâche pas ton côté maso, ma Rosa, c'est vraiment pratique.

J'ai vingt minutes avant que Sébastien n'arrive. Vingt minutes pour décider de ma face! Plan A: Je prends mon air de fille méga-fâchée d'avoir perdu son temps avec un tata qui veut la quitter au téléphone et je l'engueule. L'affaire c'est que, si je fais ça, je ne pourrai pas faire marche arrière et lui demander un baiser d'adieu. Par contre, il me semble que ça me ferait tellement de bien de lui crier après! Ah non, mauvais plan, mauvais plan!

Plan B: Je laisse libre cours à ma peine et, me voyant ainsi vulnérable, il se rend compte qu'il m'aime encore et qu'il a failli faire toute une erreur. Quand on a fait une pause, il y a six mois, j'ai exposé mes émotions (lire: braillé comme une vache) et il est revenu… Allez, Rosa, t'as bien plus de fierté que ça, cette fois!

Plan C: Pas le temps de l'élaborer, il vient d'arriver! Trouve-toi une face, trouve-toi une face! OK. Je vais être sereine et prête à accepter que c'est fini, et je vais lui souhaiter d'être heureux. Oui oui oui, parfait.

— Salut, dit Sébastien, visiblement mal à l'aise.

— Allez, accouche. J'avais autre chose de prévu, moi, aujourd'hui! T'es venu pour me sacrer là, alors vas-y!

Ouin, une chance que t'avais écarté le plan A, Rosalie! Continue comme ça et on va pouvoir t'appeler l'hystérique du village!

Maudits bas jaunes !

— Excuse-moi… (Ben là, faut pas que j'exagère, c'est quand même pas ma faute non plus !) C'est juste que j'en reviens pas que t'aies essayé de me quitter au téléphone.

— Non, c'est moi qui m'excuse. C'est parce que ça fait quelques mois que je me rends compte que je ne t'aime plus autant.

— Pourtant, après notre pause, tu m'as dit que tu m'aimais…

— Pour être franc, la dernière fois, je suis revenu parce que je trouvais que tu faisais trop pitié.

Dans les dents ! Je ne peux m'empêcher de rire – rire jaune, mais rire quand même. Allez, faut que je me reprenne, sinon c'est clair que je me fais interner !

— Bon, si je comprends bien, cette fois, tu me quittes pour de vrai ?

— Oui, mais je suis pas inquiet pour toi. Tu vas facilement te trouver quelqu'un d'autre, t'as tellement de qualités. On peut rester amis si tu veux.

Beaucoup trop de clichés pour une seule réplique. Tu parles d'une consolation ! J'ai tellement de qualités que tu me quittes. Et rester amis… Quelle proposition de marde ! Il a dit ça juste pour se déculpabiliser ! Plutôt que de lui répondre, je lui montre calmement la sortie avant de me mettre à pleurer.

Mais bon, malgré les quatre boîtes de mouchoirs que je viens de passer en quelques heures à peine, je focalise sur le fait que, moi aussi, je suis sûre que je vais vite me trouver quelqu'un ! Parlez-moi de ça, une fille optimiste !

Je ne le reste malheureusement pas bien longtemps. Et dire que je pensais qu'il allait me demander en mariage à ma fête en octobre !

Maudits bas jaunes !

On se serait mariés au mois d'août suivant et on aurait fait construire notre maison tout de suite après. Je serais tombée enceinte à la fin de décembre, pour accoucher au début de septembre...

Je sais, j'avais fait un peu trop de plans. Mais c'est important de savoir où on va, non? Sébastien n'était pas au courant de notre vie future; c'est sûr qu'il aurait pris ses jambes à son cou, sinon! Je m'étais dit que je l'en informerais au fur et à mesure. J'ai pour mon dire qu'un gars sait toujours que sa blonde a déjà fait des plans pour lui, mais qu'il préfère faire comme si de rien n'était et penser qu'il est encore comme au cégep. Quoique là, Sébastien est parti, mon avenir a foutu le camp avec lui et je me retrouve seule comme un creton! Au moins, je n'ai pas à déménager. Sébas trouvait que c'était plus drôle de partager notre temps entre mon appartement et son duplex, que ça prévenait la routine. J'aurais dû comprendre le message: en fait, je n'ai pas du tout envie que tu viennes vivre chez moi! En pensant à tout ça, je me remets à pleurer, roulée en boule sur le plancher, en criant des «pourquoi» à mon cochon d'Inde Pesto. Vu qu'un cochon d'Inde ne peut abîmer un sofa en faisant ses griffes dessus ni ne coûte des centaines de dollars en soins vétérinaires, j'ai choisi Pesto au lieu de Mistigri à la SPCA il y a quelques années. Curieux comme ça peut vivre longtemps, ces petites bêtes-là! Malgré ma performance méritant un Oscar, Pesto ne m'a jamais répondu.

Je sens vraiment que je touche le fond quand je m'aperçois qu'il va falloir que j'annonce ma séparation à ma famille et à mes amies. Pour ces dernières, je sais que j'ai juste à appeler Marine, notre spécialiste en gestion de crise. Comme elle est chef du département des ressources humaines dans une grande entreprise, elle est capable de tout gérer. C'est donc elle qui va s'assurer que tout le monde apprenne la nouvelle et ne m'arrive pas avec un: «Comment va ton chum?» Elle appellera aussi les renforts pour qu'ils s'occupent de moi.

Maudits bas jaunes !

Le problème, c'est mes parents et ma sœur. Sur le coup, ça ne sera pas trop difficile ; ils seront très compatissants. C'est par la suite que je vais me faire demander à chaque réunion familiale : « Pis, as-tu rencontré quelqu'un ? » Ah ! je n'ai pas pantoute envie de retomber là-dedans. C'est pour ça que je vais vite me remettre de ma peine d'amour et rencontrer un nouveau prince charmant. C'est décidé !

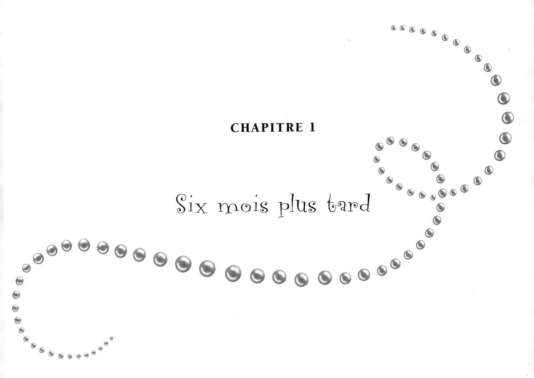

CHAPITRE 1

Six mois plus tard

Finalement, j'ai dû vider toutes les boîtes de mouchoirs de la ville depuis cette fameuse soirée de rupture avec Sébastien. Elles étaient même *back-order* il y a deux mois, quand j'ai fait une « rechute ». J'étais avec les filles et on fêtait ma fin d'année scolaire. J'enseignais quatre matières et j'avais sept groupes différents. Trois ans après avoir terminé mon baccalauréat en enseignement au secondaire, je suis toujours au bas de l'échelle ! Bref, avec ça et ma rupture avec Sébastien, mon année m'avait complètement épuisée. On était néanmoins le 28 juin et j'avais enfin trouvé quelque chose à célébrer. Maude, Tommie (oui oui, une fille qui s'appelle Tommie !) et Marine avaient donc décidé qu'il était temps que je sorte et que je rencontre quelqu'un. J'étais bien d'accord, sauf que le quelqu'un en question s'est avéré être Sébastien avec sa nouvelle blonde ! D'où la rechute…

C'était ma première sortie officielle sans linge mou et j'avais même fait un effort pour me maquiller et pour arranger mes cheveux. Le gérant du bistro nous avait gardé sa meilleure table, et les filles n'avaient pas hésité à commander du champagne pour l'occasion.

Maudits bas jaunes!

J'espionnais plus ou moins discrètement deux gars assis au comptoir quand Maude s'est soudainement tue en constatant l'identité de deux nouveaux clients. Marine a bien essayé de ramener mon attention vers le comptoir, mais la tête de Maude signifiait hors de tout doute que c'était Sébastien qui venait d'entrer... et qu'il n'était pas seul.

L'écœurant! Déjà avec une autre fille! Je m'apprêtais à lui dire ma façon de penser quand Tommie s'est levée avant moi et est allée « échapper » le reste du pichet de notre sangria rouge sur la belle chemise blanche et bleue de Sébastien. J'ai réussi à sourire devant son geste de solidarité. C'est quand elle a voulu « s'excuser » et qu'elle a relevé le pichet de verre trop vite, alors que Sébastien avait la tête penchée sur sa chemise, que j'ai vraiment ri. Elle lui a accroché (lire: cassé) le nez. Plus il saignait, plus je riais! La vie est parfois tellement juste.

J'ai ri jusqu'à ce qu'on arrive à l'auto. Alors, les sanglots se sont mis à déformer mon visage! C'est là qu'on a dévalisé la seule pharmacie de ma petite ville pour me constituer une nouvelle réserve de mouchoirs.

Depuis deux mois, j'ai donc repoussé le moment de rencontrer un nouveau gars. Je me suis dit que, quand je serais prête, je trouverais vite quelqu'un de génial...

Nous voilà donc à la mi-août et je n'ai pas vraiment encore entamé de démarches. De toute façon, qu'est-ce qui presse? Bien sûr, il y a ma famille qui me fait des allusions ici et là comme quoi, à vingt-sept ans, il faudrait bien que je me recase. Justement, ma sœur m'a invitée à dîner chez elle ce midi; je suis certaine qu'elle va en profiter pour me le rappeler.

— Rosa! Comment va ma sœur préférée que j'aime tant?

Maudits bas jaunes !

Bon, quelque chose de grave se prépare, c'est sûr. Non seulement je n'ai pas droit à « ma sœur CÉLIBATAIRE préférée », mais en plus elle a ajouté un « que j'aime tant » ! Soit elle m'annonce qu'elle m'a arrangé un rendez-vous avec l'ami ultra-boutons, ultra-chauve, ultra-dents jaunes et ultra-bedonnant de son chum (pourtant, la face que je lui ai faite la fois où elle m'a montré sa photo voulait tout dire), soit elle a un truc vraiment important à me demander.

— Ça va bien, et toi ?

— Oui, vraiment super ! Je suis en train de défaire mes valises et celles de Benoît après notre voyage en Ontario. J'ai hâte de voir nos photos, on a passé de méchantes belles vacances !

— Ah oui, j'avais oublié votre virée à Timmins !

Je ne peux jamais retenir mon fou rire en découvrant les vacances quétaines que ma sœur et son chum prennent chaque année. L'an passé, ils ont fêté leurs deux ans en allant camper au Festival du cheval de Villebois : un microvillage à quarante minutes de chez nous !

— Ris pas, c'était le fun pour de vrai ! Le musée de Shania Twain, ça vaut vraiment le détour !

— Je te crois, je te crois ! Je t'envie, même !

— C'est bon, mets-en pas trop non plus !

— À part ça, Léa, aurais-tu quelque chose à me demander ?

D'habitude, elle commence toujours par faire sa requête et, ensuite, on jase. Là, je sens qu'il y a quelque chose de différent, et je n'aime pas ça.

— Moi ? Noooooooooon. Sinon, trouves-tu que j'ai quelque chose de changé ?

Maudits bas jaunes!

— Ben là, Léa, vous êtes partis une semaine pis on s'est vues avant ton départ, alors non, je trouve pas.

— Ah bon. OK, d'abord, répond-elle, déçue.

Grouille, Rosalie, c'est certain qu'il y a quelque chose que tu ne vois pas!

— Eille, t'as maigri, toi! Bravo! Je sais pas pourquoi je l'ai pas remarqué!

Ma sœur soupire pour que je comprenne que c'était pas ça du tout, mais je préfère faire semblant d'avoir visé juste, le temps de trouver ce qu'elle peut avoir de tant changé.

On jase tout le long du dîner. Je n'ai toujours pas trouvé de différence dans son physique, mais, en tout cas, c'est évident qu'elle a changé de personnalité! Ma *tomboy* de sœur m'a montré ses mains à trois reprises en me demandant si elle devrait se faire faire les ongles et de quelle couleur elle devrait les vernir! Je me sens de plus en plus mal, et la sens de plus en plus exaspérée. Au dessert, elle m'annonce qu'elle a fait une tarte et qu'elle va nous en couper une pointe.

— Arrrrrrrrgh! Ouch! Rosalie, viens, je me suis coupée!

— Mets ta main dans l'eau froide, j'arrive.

Quand je la rejoins au comptoir, elle me montre sa main, mais je ne vois aucune coupure.

— Voyons, Léa, t'es sûre que tu t'es coupée? Je vois rien!

À ce moment, ma sœur est sur le point de péter sa coche! Ça paraît!

— Je vois ben ça, que tu vois rien! Depuis tantôt que j'essaye de te faire allumer en te montrant ma main!

— Quoi, ta main? Pis c'est quoi, l'affaire d'aller te faire faire les ongles?

— J'voulais pas te montrer mes ongles, je voulais que tu remarques ça! Benoît m'a fiancée, câlisse!!! crie-t-elle en me montrant son annulaire.

— Oh! Euh, ah!…

Il s'écoule alors un moment durant lequel on aurait entendu des criquets si on avait été dans un film.

— Ouin, excuse-moi, j'ai pas été vite vite.

— C'est le moins qu'on puisse dire, lance-t-elle en se radoucissant un peu.

Oh mon Dieu! Ma petite sœur s'est fiancée pis moi je n'ai même pas de chum!! *Come on*, Rosalie, dis quelque chose! Déjà que t'as paru avoir le QI d'un concombre en ne saisissant pas ce qu'elle voulait t'annoncer, aie l'air contente, s'il te plaît!

— Wow! Mais c'est donc ben merveilleux! (OK, mets-en pas trop, elle va croire que tu ne le penses pas.) Je suis vraiment contente pour toi! Comment il t'a demandé ça?

— On était au musée de Shania Twain (ris pas, Rosa, ne ris surtout pas!), et on est arrivés devant la photo de Shania avec Mutt Lange. J'ai fait remarquer à Benoît comment ils étaient beaux ensemble, et c'est là qu'il a posé un genou par terre. (Je passe près de lui rappeler que Shania et Mutt ont divorcé, mais je suis trop concentrée à ne pas rire.)

— Tu parles d'une histoire!

— Oui, pis en plus, il m'a fait une longue déclaration d'amour devant les autres touristes, et c'est là qu'il m'a demandé ma main!

Maudits bas jaunes!

(Mis à part le lieu et la photo de Shania, je suis finalement un peu jalouse.)

— C'est tellllllllllllllement *cute*! Félicitations!

Bon, j'espère que le mariage n'aura pas lieu avant trois ou quatre ans, question que j'aie le temps de me trouver un chum et de me marier avant elle! Comme ça, tout se ferait dans l'ordre et personne ne me regarderait avec pitié. De toute façon, de nos jours, les gens se fiancent, mais ne se marient pas nécessairement. Comme si elle avait lu dans mes pensées, ma sœur enchaîne :

— Oui! On a déjà décidé de la date, en plus!

— Ah, vous faites ça dans l'année?

— Ben oui! Voyons, Rosalie, tu pensais quoi, qu'on allait bretter trois ou quatre ans?

Je m'étouffe avec ma tarte.

— On fait ça dans l'année parce que, dans trois ou quatre ans, ça va être les enfants!

Je recrache ma tarte.

— Ben oui, vous avez raison! que je réponds en attrapant le torchon que ma sœur me tend. Alors, à quand l'heureux jour?

— Le dernier samedi du mois d'août.

— Quoiiiiiiiiiiiii???? (Je frotte le comptoir de plus en plus fort, étendant davantage mon dégât au lieu de l'essuyer.) Dans deux semaines??????

Dieu merci, cette fois, je n'ai rien dans la bouche, sinon ma sœur aurait dû me faire la manœuvre de Heimlich! Ma vie est finie. C'est certain que je n'aurai pas le temps de me trouver quelqu'un en deux semaines et de me rapprocher assez de lui pour qu'il accepte de se taper le mariage de ma sœur!

— Voyons, Rosalie, relaxe! Le dernier samedi d'août de l'été PROCHAIN, dit Léa en me regardant comme si j'étais cinglée.

— Ahhhh! Ouf! Euh, je veux dire que ça va me laisser plus de temps pour m'acheter une robe.

— En tout cas, ne te magasine pas de bas, ma belle-mère va t'en tricoter une paire!

— Hein? T'as dit que tu te mariais en août, je porterai pas des bas à ton mariage!

— T'auras pas besoin de les porter toute la soirée, juste le temps d'une danse!

— Hein? (Coudonc, est-ce que j'ai oublié mes notions de catéchisme? Je ne vois pas le rapport entre un mariage et une paire de bas...)

— Rosalie, la danse des bas jaunes! Tu connais pas ça? C'est une danse exécutée par les frères et sœurs des mariés qui sont plus vieux et qui n'ont pas encore la bague au doigt...

Ah ben, tabarnac! Non seulement toute ma famille ne va pas arrêter de me demander si j'ai rencontré un gars et comment ça se fait que je suis seule, mais, en plus, je vais devoir mettre une paire de bas jaunes laids pour mieux m'afficher comme vieille fille finie! Je savais que j'aurais dû insister pour qu'on aille au mariage de la cousine de Sébastien, j'aurais peut-être su c'était quoi, cette niaiserie-là!

— Euh, Léa... Je n'ai pas vraiment envie de faire ça.

Maudits bas jaunes!

— Rosalie, c'est une tradition! (Méchante tradition sûrement inventée par une conne qui était fâchée contre ses sœurs plus âgées!) Les sœurs de Benoît vont danser avec toi.

— Les sœurs de Benoît ont chacune un conjoint et des enfants! C'est pas du tout la même chose, ce sera pas humiliant pour elles.

— Allez, Rosa, fais pas tout un drame, personne va rire de toi! Pis c'est MON mariage!

Ah, quand elle commence à insister, elle sait que je vais finir par dire oui.

— C'est bon, j'vais la faire, ta maudite danse des bas jaunes!

— Merciiiiiiiiiiiiiiiiiiii! Pis, tu sais, on s'en fout que t'aies pas de chum!

Oui oui, c'est ça, on s'en fout pas mal. Moi, je ne m'en fous pas du tout! Pas question que je sois la seule dinde qui danse avec des bas laids parce qu'elle n'a pas de chum. Je vais la respecter, sa tradition de marde, mais je vais y être au même titre que les deux sœurs de Benoît, c'est-à-dire parce que j'ai choisi de ne pas me marier. J'ai donc un an pour rencontrer l'homme idéal!

Comme chaque fois que j'adopte une nouvelle résolution, je suis incapable d'attendre avant de m'y mettre, surtout que là, il y a urgence! Je félicite donc ma sœur une énième fois, en lui promettant de l'aider dans les préparatifs, et j'amorce un départ vers chez moi pour élaborer mon plan de match.

Décompte avant **DC** (pour Danse conne):
385 jours.

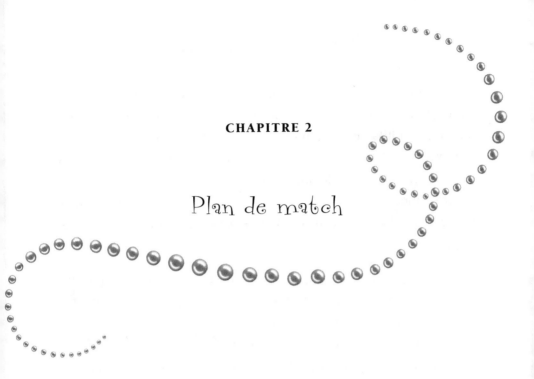

CHAPITRE 2

Plan de match

Ouf! Ma sœur m'a tellement étourdie avec ses anecdotes de demande en mariage que je pourrais maintenant donner une visite guidée du musée de Shania Twain sans même y être allée! La danse des bas jaunes... Pff! Dansera bien qui dansera la dernière! Vite, mon plan de match: j'ai besoin de mes expertes. En rentrant chez moi, j'ouvre mon Facebook et j'écris un message aux filles sur la page de notre groupe, LSgirls. Comme notre ville a pour initiales L.S., on trouvait que ce nom avait bien du sens. On a l'obligation d'aller visiter LSgirls au moins une fois par jour, au cas où l'une de nous aurait une idée de sortie géniale ou besoin d'une séance de consultation d'urgence.

Rosalie

J'ai appris toute une nouvelle aujourd'hui! J'ai besoin de vos compétences pour préparer ma nouvelle résolution. Convocation pour un souper fondue chez Marine, demain soir, je paye la bouffe, apportez votre *vino*!

Maudits bas jaunes!

Comme je suis encore en appartement, que le chum de Tommie est infirmier, et que donc on ne sait jamais s'il doit dormir, et que Maude la multitâche a maintenant deux enfants, on fait nos petites réunions chez Marine. Elle s'est acheté un duplex l'an passé et c'est l'endroit idéal. On ne dérange personne si on boit un peu trop et qu'on se met à parler fort. Chacune reçoit de temps à autre, mais quatre-vingt-dix pour cent du temps, c'est chez Marine que ça se passe.

Je pourrais faire un premier *brainstorm* avant le souper, question d'avoir un maximum de possibilités. Je sors du papier et commence une liste. J'aime ça, faire des listes. Des listes d'épicerie, des listes de mes meubles et de ce que contient ma garde-robe (j'ai la phobie de passer au feu et de ne pas me souvenir de tout ce que j'ai), des listes des gars avec qui je suis sortie (OK, celle-là n'est vraiment pas longue!)… J'ai même aidé Tommie à faire une liste des pour et des contre quand elle hésitait à emménager avec José (oui, je sais, Tommie et José ; à mon avis, ils étaient destinés à être ensemble!).

Finalement, j'ai été tellement absorbée par ma liste d'idées pas toutes géniales (en fait, plus niaiseuses les unes que les autres) que je me suis couchée super tard hier soir. J'ai vraiment hâte d'annoncer ma résolution aux filles et d'entendre les stratégies qu'elles vont proposer. Sauf qu'avant, je dois aller à la séance de bassin d'affectations de la commission scolaire. Je suis hyper stressée et j'ai hâte que ce soit fait.

Le bassin d'affectations, c'est un genre de mélange entre une séance de repêchage au hockey et un centre de paris sportifs. On reçoit la liste des contrats disponibles pour l'année scolaire et, une fois là-bas, on attend qu'on nous nomme et on « choisit » le contrat le moins pire. On essaie d'anticiper ce que les enseignants avec plus d'ancienneté vont sélectionner pour décider quel « restant » on va prendre. Mieux vaut penser à toutes les possibilités, parce qu'une fois que c'est notre tour, on a trois grosses minutes pour annoncer quelle tâche nous occupera, pour une partie ou la totalité de l'année scolaire. Quel soulagement quand notre tour vient et qu'il reste encore du choix !

J'entends enfin mon nom au bout d'une heure. Je n'ai pratiquement plus d'ongles et mon cœur se débat dans ma poitrine. Si je ne fais pas le bon choix, j'en aurai pour un an à en baver. D'une voix affichant beaucoup plus d'assurance que je n'en possède en réalité, j'offre mes services pour un remplacement en sciences jusqu'à la fin du mois d'avril. Un autre contrat, pour l'année entière cette fois, était également disponible. Cependant, ce n'était pas à temps plein, et j'aurais eu à jongler avec cinq matières. Très peu pour moi ! J'attends que toutes les affectations trouvent preneur, puis file en vitesse, car j'ai plein de courses à faire pour le souper de ce soir.

Je commence par la SAQ pour être certaine d'être suffisamment inspirée quand viendra le temps d'établir un plan de match pour me trouver un mec. Je pars donc à la recherche d'une pastille mauve pas chère. Pas que je sois nécessairement *cheap*, mais, comme j'aime n'importe quel vin en autant qu'il soit rouge – « Aromatique et charnu » –, aussi bien ne pas faire trop mal à mon portefeuille !

Je vais ensuite à l'épicerie. Une fois mon panier en main, je me rends compte que j'ai encore oublié mes maudits sacs réutilisables dans l'auto. Ma similiconscience écologique m'engueule et m'exhorte à virer de bord et à aller les chercher. Épicerie : prise deux ! Je reprends mon panier portatif et je commence par les légumes. Un chou-fleur, deux brocolis, six patates et trois paquets de viande plus tard, je me traite d'épaisse parce que là, ça déborde et ça fait deux fois que le poulet tombe par terre. Je me dépêche donc de finir et j'arrive à la caisse avec le panier plein, une conserve de bouillon sous chaque bras et la bouteille de combustible sous le menton ; d'un chic fou ! Ce n'est qu'une fois toutes mes provisions déposées sur le tapis roulant que je constate qu'en retournant chercher mes sacs dans la voiture j'y ai laissé mon portefeuille ! De mieux en mieux ! Je demande à la caissière de passer TRÈS lentement mes articles le temps que je pique un sprint vers mon auto. J'arrive à ma voiture, me grouille à prendre ma carte bancaire, barre les portes et me précipite à la caisse. Après avoir payé, je reviens enfin à l'auto et me rends compte que j'ai laissé les clés sur le siège. Bâtard de marde !

Une demi-heure plus tard et cinquante dollars de plus dans ses poches, mon serrurier repart (au nombre de fois où je fais appel à ses services, je peux bien l'appeler MON serrurier !) et je me rends enfin chez Marine pour préparer le souper. En tout cas, je ne manquerai pas de sujets de conversation ce soir !

Marine me donne un coup de main en attendant que Tommie finisse de travailler et que Maude achève d'énumérer pour la dixième fois à son chum les directives pour les enfants. Pas que Michel soit un mauvais père ; c'est plutôt Maude qui est extrêmement mère poule.

Elles arrivent finalement en même temps. Tommie affiche un air faussement déçu :

— Ah zut, tout est déjà prêt ? J'aurais aimé ça, vous aider. C'est juste que j'étais prise dans une réunion au CJE (Carrefour jeunesse-emploi).

— Moi aussi, j'aurais voulu participer, ajoute Maude. C'est parce que j'ai aidé Michel à faire manger les enfants.

— Maude, réplique Marine, si toi, t'es capable de le faire toute seule quand il est pas là, il va être capable de le faire lui aussi ! Fais-lui confiance, bâtard !

— Je lui fais confiance, c'était juste pour l'aider.

— Oui oui, il me semble, s'écrient nos trois voix à l'unisson.

Une fois la table mise et le bouillon assez chaud, on laisse à Tommie la tâche de remplir le réservoir et d'allumer le feu. Depuis que Marine a failli faire flamber son duplex en renversant du combustible partout sur sa belle table neuve, Tommie a été déclarée responsable officielle du remplissage et de l'allumage. C'est quand même plutôt étonnant, la vitesse à laquelle une table peut brûler, avec un peu d'aide ! J'avoue que, sur le coup, on a vraiment eu la chienne, et c'est Tommie qui a eu le réflexe d'aller chercher l'extincteur. Pendant ce temps-là, nous, on avait l'air de trois hystériques qui criaient au meurtre. Je cherchais le téléphone pour appeler les pompiers, Maude soufflait sur le feu (super efficace !) en pensant pouvoir l'éteindre et Marine essayait de sauver ses chaises. C'est là qu'on a constaté qu'on n'avait pas de bons réflexes de survie, et que Tommie était notre personne ressource en cas de cataclysme (qui sont quand même plutôt rares en région, Dieu merci !).

Tout étant maintenant prêt, j'ouvre la séance selon le protocole habituel :

— On lève nos verres à notre souper, les filles !

— Santé ! Qui s'occupe de l'ordre du jour ? demande Maude.

— Je vais le faire, j'ai tellement de choses à vous raconter que ça risque de nous occuper jusqu'à la vaisselle ! Je propose donc l'ordre suivant :

Maudits bas jaunes!

1. Tchin tchin de bienvenue : Fait !
2. Lecture et adoption de l'ordre du jour : En cours.
3. Varia : Est-ce que quelqu'un a un sujet spécial à aborder ? Aussi bien le faire au début, parce que je pense qu'une fois partie, je ne serai pas arrêtable !
4. Péripétie d'épicerie.
5. Nouvelle job.
6. Nouvelle résolution.
7. Vaisselle et clôture de l'assemblée.

Je vois plusieurs points d'interrogation dans les yeux des filles à l'annonce du point six, mais je préfère garder le suspense jusqu'à la fin. Marine confirme l'adoption de l'ordre du jour et, puisque personne n'a de sujet à ajouter au varia, je commence par raconter mon histoire d'épicerie. Les filles se tordent de rire.

— Sérieux, Rosalie, il y a juste à toi que ça peut arriver, des affaires de même ! me dit Marine.

— Je sais ! que je réponds, découragée.

— Le numéro de Régis devrait être en composition automatique dans ton cellulaire, renchérit Maude. Tu lui fournis sûrement le quart de son chiffre d'affaires annuel !

— Ben là, exagère pas non plus !

— OK. Combien de fois tu l'as appelé l'an passé ?

— Huifffwa, que je marmonne en espérant que quelqu'un change de sujet.

— N'aie pas honte de le dire, Rosa, on t'aime quand même ! Mais, juste pour le plaisir, peux-tu le répéter plus fort pour qu'on puisse rire ?

Maudits bas jaunes!

— HUIT FOIS!!!!! que je crie presque.

Je me mets alors un gros morceau de patate dans la bouche, question d'être certaine qu'elles ne me demanderont pas de leur raconter l'histoire de chaque appel à mon serrurier.

— Bon, on passe au point numéro cinq, exige Tommie. J'avais complètement oublié que c'était aujourd'hui, ton affaire de contrats. Alors, qu'est-ce que t'as choisi, cette année?

— Bien, j'avais le choix entre deux contrats et... j'ai pris le moins pire, je pense!

— Ça, c'est du détail, Rosalie! N'en dis pas plus, on en saurait trop!

— OK, OK. C'est un contrat jusqu'en avril, en deuxième et quatrième secondaire. Je vais enseigner les sciences, dont une partie en techno.

Coïncidence ou pas, au même moment, Tommie se met à chercher frénétiquement son chou-fleur dans le bol à fondue, Maude va couper du pain même s'il reste la moitié de la baguette, et Marine prend une inteeeeeeerminable gorgée de vin. Bon, je l'avoue: au secondaire, on était toutes dans le même cours de techno et on devait construire une machine à gommes. En un seul cours, j'avais réussi à clouer mes morceaux à l'envers, à couper le mauvais côté d'une pièce, à percer deux trous de trop qui faisaient en sorte que les gommes sortaient de partout et à m'injecter de la colle à bois dans l'œil! Vraiment, je n'ai aucun talent dans ce domaine, et mes amies le savent bien. N'y a-t-il pas un dicton qui dit *l'élève dépasse le maître*? Cette fois, ce sera déjà fait avant même le début du cours!

C'est Maude qui brise le silence:

— Ah ben, je suis sûre que tu vas être super bonne.

— Bien oui, rajoute Marine. T'es bonne dans presque tout, ça va très bien aller.

Ouf ! Ça me rassure. Peut-être que finalement je n'étais pas aussi mauvaise que je le pensais. Si Marine et Maude sont confiantes, je devrais l'être aussi, non ? Il n'y a que le « presque tout » de Marine qui me fait tiquer… et Tommie vient confirmer mes doutes.

— Oui, mais, euh, techno, t'es sûre que tu vas aimer ça ? C'était pas vraiment ta force au secondaire…

Et les trois filles partent à rire !

— Bon, je savais qu'on finirait par revenir là-dessus. Ça a pas été si pire que ça, il me semble, non ?

— Ah mon Dieu, s'esclaffe Marine, vous souvenez-vous de la fois où elle avait donné un coup de marteau sur les doigts du prof alors qu'il était venu l'aider ?

— Ou de la fois où elle a mis en marche l'aspirateur à poussière dans le mauvais sens et que toute la cochonnerie est ressortie ? ne peut s'empêcher d'ajouter Tommie. Le nuage de poussière, toi ! Ha ! ha ! ha !

— Au moins, on a fini notre cours plus tôt cette journée-là ! que je réplique en essayant de paraître un peu fâchée. Sérieusement, les filles, je vais être capable, hein ?

— Bien oui, tu vas être capable ! L'important, c'est que l'école ait de bonnes assurances ! blague Tommie.

— Ha… ha… ha… Je suis crampée.

— Je te niaise ! De toute façon, il doit sûrement y avoir une technicienne qui va pouvoir t'aider si t'es mal prise. Je suis pas inquiète pour toi.

Maudits bas jaunes !

— Merci !… J'avoue que j'étais vraiment poche au secondaire !

Et on rit des nombreuses gaffes que j'ai commises dans ce cours que je détestais plus que tout. Ça me soulage quand même de voir que les filles n'ont pas l'air de s'en faire pour moi.

— Bon, passons aux choses sérieuses, réclame Marine. Qu'est-ce que tu veux encore changer dans ta vie ? Quelle est cette nouvelle résolution ?

— Ben là, tu dis ça comme si je prenais souvent des résolutions !

Je pense que j'aurais dû me la fermer sur ce coup-là. Les filles se mettent à faire l'inventaire de toutes les résolutions que j'ai prises depuis quelques années… et que je n'ai pas tenues plus d'une semaine. Cela étant dit, je ne savais pas que j'en avais pris autant.

— Le Ab King Pro que tu m'avais emprunté en disant que t'avais décidé de faire vingt minutes d'abdominaux par jour ? Je l'ai retrouvé dans ta remise quatre jours plus tard !

— Pis quand t'avais juré que, dorénavant, tu dépasserais pas deux coupes de vin par souper de groupe. Tout ça à la suite d'un lendemain de brosse légèrement plus pénible que les autres… Ça non plus, ç'a pas duré longtemps !

— La seule que t'as réussi à tenir, c'est celle de la fois où t'étais soûle au bar et que t'avais décidé d'arrêter de fumer. Tu le disais à tout le monde et tu recevais plein d'encouragements. Le seul hic, c'est que t'as jamais fumé de ta vie !

— Bon, bon, bon. Cette fois, c'est différent, je vous le jure !

— Ah ben, il me semble que c'est pas la première fois que j'entends ça non plus ! se moque Marine.

Maudits bas jaunes!

— Bon, est-ce que je vous raconte l'histoire ou pas? que je réplique avec un regard assassin vers elle.

— OK. Promis. Je dis plus rien. On t'écoute.

Je raconte en détail le dîner chez ma sœur et j'attends de voir si elles vont deviner ce que Léa m'a annoncé. Maude s'essaie en premier.

— Dis-moi pas qu'elle est enceinte!

— Ah non! T'as pas décidé de te faire inséminer pour que ta petite sœur ait pas d'enfant avant toi! renchérit sans aucun tact Tommie.

— C'est sûr que c'est pas l'idée du siècle, mais, si c'est ça que tu as décidé, on va être là pour toi, hein, les filles? tente de rattraper Maude, la plus naïve de notre quatuor.

— Oui, c'est certain! répondent les deux autres – finalement, elles ne sont pas vraiment mieux que Maude.

— Bon, est-ce que je peux placer un mot avant que vous commenciez à organiser mon *shower*? Non, Léa n'est pas enceinte; ç'a l'air que ça va être dans trois ou quatre ans...

— C'est quoi, alors? demande Marine.

Je leur explique alors comment ma sœur a pogné les nerfs parce que je ne devinais pas ce qu'elle essayait de m'apprendre.

— Bref, elle va se marier le dernier samedi d'août.

— Quoi? Dans deux semaines??? (Fiou! Finalement, il faut croire que je ne suis pas si tarte que ça.)

— Ben non, franchement! Dans un an! (Quoi? Je ne suis quand même pas pour dire que j'avais pensé la même chose.)

Maudits bas jaunes !

— *Oh my God !* Ta petite sœur va se marier avant toi ! s'épouvante Marine.

— Ha ! ha ! ha ! C'est la danse des bas jaunes qui t'attend ! se moque Tommie.

— Ouiiiiiiiiiiiiiiiiiiii ! couinent les deux autres. Va falloir que quelqu'un filme ça !

— Coudonc ! Est-ce que je suis la seule qui savait pas que cette maudite tradition conne existait ? Y avait pas eu ça à ton mariage, Maude !

— C'est parce que je suis la plus vieille chez nous et que le frère aîné de Michel était déjà marié. En tout cas, si t'étais pas au courant, j'imagine que ça t'a fait deux méga nouvelles à encaisser.

— Tu dis, toi ! J'ai eu beau lui répéter que ça me tentait pas pantoute, elle m'a bien fait comprendre que c'était SON mariage et que je ferais mieux de pas trop m'obstiner. C'est là que m'est venue ma nouvelle résolution.

— Quoi ? Te marier d'ici un an pour être exemptée de la danse ?? dit Marine, qui commence à trouver que je suis pas mal dingue.

— Ben non ! Je suis réaliste, quand même !

— OK, fiou ! Je te voyais déjà en train de rapatrier un Cubain en quête d'un visa pour être sûre que ça marche !

— Wow ! C'est vraiment le fun de voir ce que tu penses de mon jugement, Marine.

— Mais noooooooooooooon ! Je disais ça en blague. Tiens, pour me racheter, je te donne mon brocoli, il est justement prêt.

— Trop généreux ! Ajoute un morceau de bœuf, et tes excuses seront acceptées !

— *Deal !* Bon ; si c'est pas de convoler avec un danseur latino, c'est quoi, ta résolution ? Parce que, techniquement, la seule façon d'éviter de faire la danse des bas jaunes, c'est de te marier avant Léa.

— Je sais, sauf que les sœurs de Benoît vont la faire avec moi. Elles ont toutes les deux un conjoint, mais elles ont choisi de ne pas se marier ; pour elles, ça va juste être drôle d'exécuter la danse ! Y a que moi qui vais danser parce que je suis une vieille fille finie. J'ai donc décidé que moi aussi, j'allais mettre des bas jaunes uniquement parce que je veux pas me marier, que je réponds en espérant que mon raisonnement soit approuvé.

— Bref, il faut te trouver un chum d'ici un an, assez sérieux pour que tu l'emmènes au mariage de ta sœur, résume Marine.

— C'est ça !

— Tu parles d'une idée ! Je suis certaine que ton premier choix, c'était de te marier, réplique Tommie, qui possède sans doute un troisième œil.

Je change de sujet. Je leur explique alors qu'il faut établir un plan de match pour l'année entière. Dans notre coin, les occasions de rencontrer quelqu'un de nouveau sont assez rares. Il nous faut donc une façon de trouver le plus de gars possible, question que je ne finisse pas avec un chômeur de trente-huit ans, père de quatre enfants !

— Je vais m'occuper des nouveaux arrivants, propose Tommie. Comme la plupart passent par le CJE, je pourrai les accueillir et leur poser subtilement les questions de base pour voir s'ils sont célibataires.

— Bonne idée, j'aime ça, dis-je, enthousiaste.

— Je vais filtrer le Net à la recherche de sites de rencontres, annonce Marine.

— Euh, pas certaine que ça m'intéresse, les rencontres sur Internet. C'est plein de détraqués sexuels avec de fausses photos qui vont essayer de vendre mes organes !

— Eille, lâche *La loi et l'ordre : crimes sexuels* ! C'est pas si pire que ça. J'imagine que t'as assez de jugement pour ne pas accepter un rendez-vous dans une ruelle sombre, à deux heures du matin ! Inquiète-toi pas, on va s'arranger pour que ce soit sécuritaire.

— OK. On va essayer, consens-je.

— Pis moi ? De quoi je vais m'occuper ? demande Maude.

— T'es technicienne en loisirs. Tu pourrais proposer des activités intéressantes à faire, suggère Marine. On s'entend qu'on est dans une petite ville. Si, à chaque nouveau gars, Rosalie va prendre un café au Tim Hortons, ce sera pas trop long qu'elle va être catalo-guée comme la courailleuse du village.

— Parfait, c'est dans mes cordes, s'enthousiasme Maude. Il me semble que j'ai déjà plein d'idées !

— Je veux juste pas que ce soit trop quétaine. Pas question d'aller au cinéma voir la version en noir et blanc d'*Autant en emporte le vent* ni d'aller peinturer une tasse en céramique.

— Bon, c'est enregistré. J'vais essayer de pas m'offusquer du fait que tu viens de dire que mon premier rendez-vous avec mon chum était super quétaine.

— Ben non : toi, ça t'allait super bien !

— OK, ferme-la, Rosalie, tu te cales plus qu'autre chose, me suggère Tommie après m'avoir presque détruit le tibia avec un solide coup de pied.

— Désolée. Alors, on commence par quoi ?

— Réseau Contact ! s'exclament les trois filles en même temps.

C'est certain que, quand elles s'y mettent toutes les trois, je n'ai aucune chance de me défiler : je proteste donc pour la forme. Je n'ai pas vraiment envie de me retrouver sur Internet, mais l'image des bas jaunes revient me hanter et j'accepte finalement à contrecœur, après avoir négocié que Marine s'inscrive aussi. Tommie s'occupe de mon cas, et Maude, de celui de Marine.

— Pour commencer, ça te prend un pseudo. Qu'est-ce que tu penses de SexyProf ?

— Es-tu MALADE ? Vois-tu, toi, si un parent d'élève tombe là-dessus ? Ou pire, ma directrice !!

— Ha ! ha ! ha ! J'imagine un papa arrivant après les cours en te demandant d'être très très sévère !

— Ha ! ha ! T'es nouille ! Sérieux, qu'est-ce qu'on met ?

— Je l'ai : FemmeRésolue ! Ça montre que tu sais ce que tu veux et que t'as du chien.

— J'achète. Écris-le. Ensuite, il y a quoi ?

— Sexe, région et orientation sexuelle. T'as quelque chose à m'avouer ou je peux cocher hétérosexuelle ?

— Très drôle. Bon, pour la ville, on peut pas mettre la nôtre. On n'est sûrement pas mille ici à être là-dessus, donc je préfère qu'on en nomme une pas loin, ça va être plus central.

Maudits bas jaunes!

— D'accord, capitaine! Maintenant, il faut te décrire et dire ce que tu recherches comme gars.

— Facile, ça : « Bonjour, je… »

— Biiiip! C'est horrible de commencer par « bonjour ». On dirait un enfant de deuxième année qui fait sa première composition.

— D'accord, je recommence : « Je suis une jeune femme très gentille, non fumeuse et bien dans sa peau. J'aime le vin et les soupers en bonne compagnie. »

— Rosalie! se désespère Tommie. Est-ce qu'il existe quelqu'un qui n'aime pas ça? Verrais-tu quelqu'un écrire : « Je suis une femme méchante avec une haleine de cendrier et plein de complexes. Je ne bois que du lait écrémé et rien n'est mieux qu'un plat surgelé qu'on mange en solo un samedi soir » ?

— Quoi? C'est toujours ça qu'ils écrivent dans les films! que je proteste.

— Ouais, et, dans les films, le gars qui répond à l'annonce est un prince charmant plein aux as qui vient chercher la fille habillé en smoking, lui offre des fleurs, paie un quatuor à cordes pendant le souper, et la musique se poursuit miraculeusement pendant qu'il lui fait tendrement l'amour après l'avoir ramenée chez lui! Bref, c'est trop quétaine, ton texte.

— Ben là, si rien ne fait ton affaire, vas-y, écris-le, toi!

— Regarde bien ça : « Salut! Je suis une femme super dynamique qui aime bouger et faire une foule d'activités différentes. J'adore les défis et tout ce qui fait sourire. » Et je mets un bonhomme sourire.

— C'est bon, ça! Je cliquerais sur mon propre profil, c'est sûr. Ce que je recherche, maintenant.

Maudits bas jaunes!

On n'est pas d'accord non plus pour cette partie. Il semble que ce que je propose oscille entre « Ben là, c'est trop général, aussi bien nommer ceux que tu ne veux PAS rencontrer! » et « Ben là, dis tout de suite son nom si tu connais la SEULE personne qui pourrait correspondre à ta liste! ». On finit par trouver le juste milieu. Voici donc mon message :

> **Salut! Je suis une femme super dynamique qui aime bouger et faire une foule d'activités différentes. J'adore les défis et tout ce qui fait sourire 😊 Si tu sais rire de toi-même aussi bien que défendre tes idées, que tu es capable de faire ton lavage autant que d'amener une belle femme au resto, et que tu peux être sérieux, mais que tu préfères essayer de me faire rire, alors écris-moi!**

— Finalement, c'était pas si compliqué, s'inscrire là-dessus!

— On n'a pas encore terminé. En fait, on n'est même pas rendues à la moitié.

— Cibole, c'est plus complexe que de faire ma demande de chômage! Il reste quoi?

— Ton but sur le réseau. T'as le choix entre « amour », « amitié », « rencontre », « discussion », « sexualité » et « autre ».

— C'est quoi ça, « autre »? Trouver un partenaire de cirque? Retrouver un chien perdu?

On pouffe de rire toutes les deux.

— Bon, coche « amour » et « rencontre ». Ce serait assez étonnant qu'un gars qui est là pour du sexe veuille se taper le mariage de ta sœur!

— Effectivement. Il faut maintenant décrire tes intérêts.

Maudits bas jaunes!

Trente minutes et une bouteille de vin plus tard, ma fiche est enfin complète. On a même réussi à trouver une photo qui me met en valeur et qui respecte tous les critères du site. FemmeRésolue et BleueMarine ont donc vu le jour au même moment! J'ai bien hâte de voir ce que ça va donner!

— On porte un toast à mon futur mec!

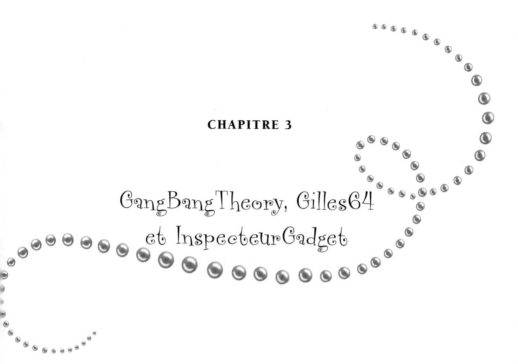

CHAPITRE 3

GangBangTheory, Gilles64 et InspecteurGadget

Midi. J'émerge doucement de mon coma éthylique et j'ose ouvrir un œil. J'ai donc bien mal à la tête ! Mes vêtements de la veille forment un tas à côté de mon lit, je suis en sous-vêtements et il semble que je n'ai pas pris le temps de fermer les stores de ma chambre en rentrant hier. Je tente un lever du corps : c'est une réussite. Ah ben finalement, ça va pas trop mal ! Un pas, deux pas, trois pas… ah ben finalement, j'ai peut-être abusé !

J'arrive dans ma micro salle de bain. Le verre d'eau à côté de la toilette me dit que j'ai peut-être été malade avant d'aller me coucher. Je m'habille lentement en prenant garde à ce que ma tête soit toujours la partie la plus élevée de mon corps. J'appelle Marine pour m'assurer qu'elle est bien en vie.

— Salut, BleueMarine !

— Chuuuuuuuuuuuuuuuuuuuuuuuuuuuuuuuuuut !

— Salut, BleueMarine, que je répète en chuchotant. Je vois que je ne suis pas la seule à avoir ambitionné.

— Ouf, non. Maude a dû rentrer en taxi et il a fallu que le chauffeur l'aide à descendre une fois chez elle! Tommie s'est endormie sur le plancher de ma salle de bain entre deux séances de vomi. Elle est dans la douche en ce moment. Toi, comment ça va?

— Je suis en mode résurrection et j'ai le goût de m'inviter à prendre un café; ça marche?

— Ben oui, viens-t'en. Je pars la cafetière. Ça fera pas de tort à Tommie non plus.

En sortant pour aller chez Marine, je me rends compte que je n'ai pas barré la porte en rentrant hier; une chance que je n'habite pas à Montréal! En parcourant les deux cents mètres séparant nos demeures, je remarque quelques flaques de vomi en zigzag des deux côtés de la rue. Eh bien, je n'ai pas été malade juste chez moi!

À mon arrivée, le café est prêt. Tommie sort de la douche et semble fonctionnelle. Malgré son teint verdâtre, Marine a l'air en forme.

— J'ai l'impression qu'on l'a échappé, hier soir. Pourtant, j'étais pas si soûle quand on a fini de s'inscrire sur Réseau Contact. Qu'est-ce qui s'est passé? que je soupire en avalant une première gorgée.

— Tu t'en souviens pas? demande Tommie. On s'est mises à dire que tu devrais aussi participer aux auditions d'*Occupation double*.

— Hein??? Eille, vous ne m'avez pas fait ça, j'espère!

— Ben non, c'est pas ça qu'on a choisi.

— Euh, parce que vous avez *choisi* autre chose?

Maudits bas jaunes !

— T'as dit qu'à *OD*, il y avait juste des *douchebags* et que les gros muscles sans cervelle, c'était pas ton genre. T'as dit que t'avais besoin d'un gars viril, très travaillant et qui aime le grand air.

— Et ?

— Tu te rappelles l'émission favorite de Maude ? me demande Tommie avec un sourire en coin.

— Noooooooooooon ! Vous m'avez pas inscrite à *L'amour est dans le pré* ?

— Ben oui ! T'étais super enthousiaste hier pis t'as craqué pour le profil du producteur de patates !

— Voyons donc ! Me vois-tu, moi, vivre sur une ferme ? C'est n'importe quoi !

— Ha ! ha ! ha ! Les nerfs, Rosa, c'est une *joke* ! Marine et moi, on se trouvait bien drôles ce matin.

Sérieusement, je pense que j'aurais fait une syncope si ç'avait été vrai ! J'ai de la misère à draguer un gars en temps normal, de quoi j'aurais eu l'air avec une caméra à trois pouces de la face ? C'est sûr que, dans *L'amour est dans le pré*, les filles ont l'air moins tarte qu'à *Occupation double*, mais je ne me vois pas en train d'embrasser un gars à la télé alors qu'un million de personnes ont vu qu'il venait juste d'embrasser les deux autres ; et adieu ma crédibilité comme enseignante !

Je retourne chez moi après seulement trois tasses de café. Il me reste trois gros jours de congé avant la rentrée des profs, mardi prochain, et j'ai bien l'intention d'en profiter au maximum. Il me semble qu'une petite journée en solo à la plage pourrait m'aider à songer à des projets technologiques que je pourrais faire avec mes futurs élèves. Je nourris Pesto, fais un peu de ménage, enfile mon maillot et prépare mon sac de plage.

Une fois arrivée, je range mes clés dans mes affaires (pas question d'appeler encore le serrurier!) et pars à la recherche d'un petit coin tranquille au soleil. Rien n'est plus apaisant que le bruit des vagues. J'installe ma serviette et sors le dernier Dan Brown que j'ai commencé la semaine dernière.

Je me réveille en sursaut en entendant un enfant crier au meurtre. Je comprends le drame qui se joue quand le bambin montre le château de sable que son frère vient de détruire. Je pousse donc un soupir de soulagement puisque personne n'est mort et constate qu'il est déjà l'heure de souper. Je ramasse mes affaires et retourne à ma voiture, dans laquelle il doit faire au moins mille degrés! Un bref coup d'œil dans le rétroviseur et... *Oh boy!* Je n'ai peut-être pas eu d'éclair de génie en ce qui concerne mes projets en techno, mais j'ai l'air d'avoir un éclair dessiné dans la face, par exemple! Je me suis endormie avec mon livre en travers du visage et mes lunettes de soleil. J'ai donc un côté de front et de menton couleur homard et le reste... complètement blanc! Ça va être chic pour la rentrée!

En soirée, je m'enduis le visage d'aloès en espérant que ça cesse de chauffer. On dirait que j'ai regardé ma pizza cuire au four, comme dans l'ancienne pub de ne je sais plus trop quelle marque. Je positionne mon miniventilateur sur mon bureau et consulte mes courriels: deux concours, un *enlarge your penis* et un message de la commission scolaire nous conviant au déjeuner de la rentrée, mardi prochain.

Tiens, pourquoi ne pas aller faire mon premier tour «à jeun» sur Réseau Contact? Avec un peu de recherches, je trouverai sûrement quelques *prospects* intéressants. Wouah! Déjà seize visites sur ma page! Ça ne prendra pas trop de temps, finalement. Hein, trois messages? Je vais même avoir le loisir de choisir!

Maudits bas jaunes!

À : FemmeRésolue
De : GangBangTheory

Ayoye, tu parles d'un pseudo!

Salut FemmeRésolue,

T'a l'air vraiment sexy. J'organise une petite soterie a Tremblant dans une semaine. Si tu veux, j'peut te payée. Tu va voir, j'ai une grosse queue! Donne-moi de tes nouvelle.

Euh, ouach! Je pense que je vais laisser faire pour celui-là. Me payer en plus! Non mais, est-ce que j'ai l'air d'une prostituée sur ma photo? Et comment est-ce possible de faire autant de fautes en si peu de mots?

Je ne me donne pas la peine de répondre et ouvre plutôt le deuxième message.

À : FemmeRésolue
De : Gilles64

Soixante-quatre. Soixante-quatre ans? Né en 1964? A soixante-quatre dollars dans son compte en banque? Possède soixante-quatre chats?

Bonsoir, chère créature,

Tu es vraiment très belle sur ta photo. Je m'appelle Gilles et j'aimerais beaucoup parler avec toi et te rencontrer. N'aie pas peur de mon âge, dis-toi seulement que j'ai de l'expérience et que je sais ce que les femmes aiment. Alors, es-tu prête pour moi?

Tendrement, Gilles

Un vieux mononque cochon, astheure! J'espère qu'il ne pense pas que ça va marcher.

Maudits bas jaunes !

Prions que le dernier soit un gars bien ordinaire.

À : FemmeRésolue
De : InspecteurGadget

Salut !

J'ai beaucoup aimé ta fiche. T'as l'air d'une fille dynamique et qui sait ce qu'elle veut. Mis à part un malencontreux accident avec de l'eau de Javel 😵**, je sais trier le linge et faire du lavage. Je suis ingénieur électrique depuis cinq ans et arrivé en région depuis peu. Et toi, que fais-tu dans la vie ?**

Au plaisir d'avoir de tes nouvelles.

Mmmmm, j'aime ça ! Drôle, n'a pas fait de faute de grammaire et travaille : trois points pour lui. Maintenant, quel est le délai à respecter avant de répondre à un message sur Internet ? Est-ce que c'est la même chose que pour le téléphone ? Je suis vraiment nulle là-dedans. S'il ne tenait qu'à moi, je laisserais tomber ce jeu de qui doit répondre à qui avant quel jour, quelle heure et avec quels mots. Je statue finalement que je répondrai demain midi. Un délai de quatorze heures, ça doit être raisonnable, non ?

Je relis trois fois le message, efface les deux autres – trop bizarres – et vais me coucher. Je me réveille à quatre heures du matin après que l'inspecteur Gadget m'a sauvée de MAD. Bien qu'on n'ait jamais vu son visage à la télé, cette fois il s'était retourné et c'était Gilles64. Pesto remplaçait son chat ! On s'est finalement échappés grâce à la formule « go go gadget hélicoptère ! ». Tu parles d'un rêve ! Je me recouche après m'être assurée que Pesto est bien dans sa cage.

Maudits bas jaunes!

Je tourne autour de mon ordinateur depuis au moins trois quarts d'heure. Onze heures cinquante-neuf. Niaiseuse, tu n'es pas obligée d'attendre qu'il soit midi pile! Qu'est-ce que je réponds? Je rédige un brouillon sur la serviette de table qui accompagnait le club poutine que je suis allée me chercher à la cabane du coin.

> ~~Bonjour~~ Salut, InspecteurGadget! ~~J'apprécie beaucoup ton message~~ J'ai trouvé ton message très drôle! ~~Tu pratiques un métier très intéressant.~~

Ah, Rosalie! Sois naturelle et écris!

À: InspecteurGadget
De: FemmeRésolue

Salut, InspecteurGadget!

C'est vrai que c'était bon, cette émission-là! J'ai trouvé ton message très drôle et je suis contente que tu saches faire ton lavage. 😊 Comme ça, tu n'es pas du coin. D'où viens-tu et comment as-tu atterri ici?

De mon côté, j'enseigne au secondaire depuis maintenant quatre ans. Pas toujours facile avec les ados, mais j'adore ça! Ça me permet aussi de voyager au maximum pendant les vacances scolaires. 😊

Et toi, tu as déjà voyagé?

Bonne journée!

J'envoie. Espérons qu'il me réponde bientôt. Au diable les délais ridicules de quatorze heures entre chaque message! Je n'ai plus le loisir d'attendre, le temps presse. Et puis, je n'aime pas attendre!

Dernière journée officielle de vacances aujourd'hui: il pleut à boire debout. Je cherche une activité à faire pour m'empêcher de poireauter devant mon ordinateur toute la journée, à vérifier si j'ai reçu d'autres messages. Je m'assois donc sur le divan, attendant d'être frappée par une illumination divine qui occuperait ma journée.

Tant qu'à ne rien faire, je sors Pesto de sa cage pour lui permettre de se dégourdir les pattes un peu. Je dois le surveiller en permanence, car, une fois, je l'ai retrouvé en train de mâchouiller une paire de bobettes qui était tombée à côté du panier à linge. À vingt-cinq dollars la petite culotte en dentelle, je ne la trouvais pas drôle... Le gars que j'avais invité chez moi a beaucoup ri, lui! On prenait une coupe de vin, bien tranquilles dans ma cuisine, quand mes bobettes roses sont allées se promener dans le salon, avant de terminer leur balade aux pieds du gars en question. Bravo, Pesto! J'ai quand même eu de la chance qu'il n'ait pas choisi la beige laide, réservée aux périodes menstruelles!

Je surveille donc Pesto pendant qu'il explore le salon... où je devrais d'ailleurs faire un peu de ménage. Je le vois soudain se mettre en position d'évacuation fécale sur un de mes bouquins. J'ai tout juste le temps de l'agripper et de le remettre dans sa cage avant qu'il ne commette l'irréparable. Mon *Anarchie culinaire* de Bob le Chef est sauf. Cela me donne une idée : je vais faire la popote!

Je choisis cinq recettes au hasard pour mes cinq soupers de la semaine. Comme ça, le retour au travail ne sera pas trop pénible. Je note les ingrédients et vais chercher le tout à l'épicerie. Cette fois, je n'oublie rien dans l'auto!

Il faut dire que je ne cuisine pas très bien. J'essaie de m'améliorer, mais j'excelle surtout dans les plats faciles que tout le monde peut faire. En fait, je n'ai acheté le recueil de recettes de Bob le Chef au dernier Salon du livre que parce que je le trouve vraiment beau et que je voulais lui parler! Finalement, tout ce que j'ai été capable de lui dire, c'est « merci » en bégayant. J'ai complètement figé, et c'est

Maudits bas jaunes!

Tommie qui a dû lui donner mon nom pour la dédicace. J'ai eu l'air d'une belle dinde!

Je retourne à ma liste :

Carottes

Céteri

Patates douces

Échalotes françaises

Oignons

Piments

Poireaux

…

Des échalotes françaises, ça doit être comme des échalotes normales, mais d'une autre couleur, non? Pourtant, je suis devant les oignons et les échalotes et je ne vois d'échalotes françaises nulle part.

— Vous avez l'air un peu perdue.

— Ah non. Je…, que je réponds en me retournant vers celui que je pense être un employé.

Sauf que ce n'est pas un employé. C'est un méchant beau gars que je n'ai encore jamais vu dans ma petite ville. Beau comme ça, c'est sûr que je m'en serais souvenu. Étire la conversation, Rosalie!

— En fait, oui, vous pourriez peut-être m'aider. J'ai besoin d'échalotes françaises pour mettre dans une recette, mais je crois qu'il n'y en a plus.

— C'est la première fois que vous cuisinez avec ça?

— Non… En fait, oui.

Maudits bas jaunes!

— Ha! ha! ha! Souvent, les gens qui ne savent pas ce que c'est pensent que ça ressemble à des échalotes normales, mais d'une autre couleur, explique-t-il pendant que je deviens cramoisie.

— Ah bon? Et c'est pas ça, je suppose.

— Non, c'est plutôt comme des gousses d'ail, mais plus doux. Venez, je vous montre.

Il me tend alors un paquet d'échalotes françaises, que je me dépêche de mettre dans mon panier à roulettes (Dieu merci, cette fois je n'ai pas pris de panier portatif!). Il faut à tout prix que je poursuive cette conversation. Je pourrais essayer de l'impressionner avec ma liste d'ingrédients. On attrape son homme par le ventre, dit toujours ma grand-mère!

— Avez-vous besoin d'autre chose?

Oui: toi, tes numéros de téléphone et d'assurance sociale, et ton corps!

— Euh, en fait, des poireaux. J'ai cherché près des poires, mais j'en ai pas trouvé. C'est bien un fruit, ça, non?

— Ha! ha! ha! Oh, désolé! Je voulais pas me moquer de toi. On peut se tutoyer? On a l'air d'être du même âge.

— Oui, bien sûr! Moi, c'est Rosalie, en passant, dis-je en tendant la main.

— Enchanté; moi, c'est Guillaume. Excuse-moi d'avoir ri, c'est juste que des poireaux, c'est loin d'être des fruits!

— Qu'est-ce que c'est alors?

— C'est ça qui est un peu drôle… Tu étais juste devant tout à l'heure. C'est comme une échalote géante, me répond-il en me ramenant au lieu de notre rencontre. Voilà !

— Merci ! Tu étais épicier dans une autre vie ou tu es simplement un cordon bleu ?

— Je suis cuisinier. Je suis le nouveau chef à la Brasserie sur la Principale.

— Ah ! Il me semblait aussi que je t'avais jamais vu !

— Oui, je viens du Bas-Saint-Laurent.

— Chouette, bienvenue ! Si tu veux, je te laisse mon numéro et je t'indique quand il y a des trucs spéciaux en ville, comme ça, tu connaîtras du monde.

Mon Dieu, Rosalie, t'es en feu ! C'est la première fois que je donne mon numéro à un gars. En plus, il ne me l'a même pas demandé ! Je ne sais pas trop ce qui m'a pris, j'espère que je n'ai pas trop l'air folle !

— Ah oui, bonne idée ! (OUF !) J'allais justement te proposer de te donner le mien au cas où tu aurais besoin d'aide avec ta recette.

Wow ! Ma première rencontre d'épicerie ! Moi qui pensais que c'était juste dans les films que ça arrivait. Un chef cuisinier, en plus ! Ça doit être tellement génial de vivre avec un chef : des déjeuners au lit avec des œufs bénédictine, des tartares de saumon en entrée en plein soir de semaine, des soupers terre et mer avec des crêpes flambées au dessert… Il me ferait sa demande en cachant la bague au milieu d'un fondant maison au chocolat…

— Cent dix-sept et soixante-huit.

— Hein, pardon ?

Maudits bas jaunes !

— Ça va faire cent dix-sept et soixante-huit, madame, répète la caissière, déjà blasée à seize ans.

Je paie en vitesse et rentre chez moi. Je commence la préparation de mon repas d'aujourd'hui, lundi. Rien ne se renverse, rien ne colle et rien ne flambe ; tout va bien ! Je laisse refroidir et commence le souper de mardi. Ç'a l'air vraiment bon, Bob serait fier de moi !

C'est quand je suis rendue à mon souper du vendredi que mon cellulaire m'indique que j'ai un message texte :

📱 Salut ! C'est Guillaume ! Alors, comment vont les poireaux ?

Wouhou !!! Je suis tout énervée ! Je me mets à sauter partout et crie dans les oreilles de Pesto à quel point j'ai de la chance. Il me faut dix bonnes minutes pour me calmer (j'ai dû aller faire une mini-promenade !). Je réponds enfin :

📱 T'avais raison, ça ne goûte pas du tout la poire ! Tout est bon !

Au moment où j'envoie mon message, mon détecteur de fumée se plaint pour la première fois. Merde ! Je sors en vitesse mon poulet rôti (calciné, plutôt) du four et utilise un vieux napperon pour faire du vent sous mon détecteur. Après deux minutes de ventilation extrême, il arrête enfin de sonner. Les bras morts, je contemple ce qui reste de mon chef-d'œuvre… Je comprends maintenant mieux le sens de l'expression « anarchie » culinaire ! En effet, en me dépêchant de sortir la viande du four, j'ai renversé la sauce aux œufs que je préparais pour mon pâté au saumon et j'ai fait tomber la planche sur laquelle je venais de réduire en poudre mes amandes. La cuisine n'est plus qu'un immense bordel. Et je reçois un autre message texte.

📱 Cool ! Bien content pour toi ! Je suis certain que tu cuisines très bien.

Maudits bas jaunes !

Correction, mon beau Guillaume : je cuisinAIS très bien ! Je décide de mettre ma débâcle culinaire sur son dos.

> Bon, tu m'as déconcentrée ! 😔 Mon plat de vendredi est maintenant un désastre ! Ma cuisine vient d'être déclarée zone sinistrée !

Je n'attends pas sa réponse très longtemps.

> Ha ! ha ! ha ! Dans ce cas, pour me faire pardonner, que dirais-tu si je t'invitais à souper vendredi ?

Aaaaahhhhhhh ! Oh mon Dieu !!!! Il m'invite à souper ? Qu'est-ce que je fais ? Qu'est-ce que je réponds ? C'est très tentant, sauf que je ne le connais pas. C'est justement ça, l'idée : tu vas pouvoir le connaître ! Bref, après une longue conversation avec moi-même, je lui réponds.

> Quelle belle façon de te racheter ! 😊 On va où ?

> Si ça te dit, je t'inviterais chez moi. Je commence à m'installer, mais j'ai tout ce qu'il faut pour faire à manger !

Chez lui ? Et si c'était un psychopathe ? Je n'aurai qu'à avertir une des filles, qu'elle m'appelle de temps à autre pour s'assurer que tout va bien ! Ça me donnera par ailleurs l'occasion de voir s'il cuisine bien pour de vrai. Parfait, je me lance !

> Vendu ! J'apporte le *vino* ! Tu me diras ce qui se marie avec ton souper ! 😊 À vendredi, bonne semaine !

> Parfait, je te texte jeudi soir pour te donner l'adresse. Bonne semaine à toi aussi !

Maudits bas jaunes!

Ouf! C'est bien la première fois qu'une telle chose m'arrive. Avec Sébastien, on s'était connus à une fête organisée par des amis communs. On avait parlé une bonne partie de la soirée, mais on était tous les deux trop gênés pour demander le numéro de l'autre. Ce sont nos amis qui avaient dû planifier une sortie à la plage et nous y inviter tous les deux pour qu'on se revoie. Sébastien m'avait finalement demandé mon numéro et on s'était donné rendez-vous dans un café. Ce n'est qu'au cinquième rendez-vous que nous nous sommes embrassés pour la première fois. Ouais, assez étonnant qu'on ait couché ensemble avant le mariage, n'est-ce pas?

Le fait de me replonger ainsi dans mes souvenirs ravive une blessure pas encore tout à fait guérie. Comme je souhaite demeurer dans mon état d'euphorie, je songe à ce que je vais porter vendredi. Je sais, on est seulement lundi, mais je change toujours dix fois d'idée, alors aussi bien commencer la sélection tout de suite!

Quelle sera la température? MétéoMédia prévoit vingt degrés et du soleil. Super, quoiqu'ils changent d'idée encore plus souvent que moi, ceux-là! Autant ne pas trop me fier là-dessus. Une petite robe? Non, un peu trop tape-à-l'œil pour un premier rendez-vous. Ma super belle minijupe sexy? Non; j'aurais volontiers couché avec lui tout à l'heure, entre deux allées d'épicerie, mais je préfère ne pas avoir l'air trop facile. Ça se jouera donc entre mon capri et le jean qui me fait un si beau derrière. Pour le haut, j'hésite encore. J'opterai probablement pour une camisole légèrement décolletée ou mon tube rayé. Pour une fois que j'ai réussi à obtenir un bronzage uniforme (sauf pour le visage!), aussi bien le mettre en valeur!

Quittant la page de la station météo et remettant mon choix vestimentaire à plus tard, je vais faire un petit tour sur Réseau Contact. Je me trouve quand même bonne de ne pas y être allée avant ça. Il faut dire que Guillaume le cuistot y est pour quelque chose! Je ne resterai pas célibataire longtemps, c'est moi qui vous le dis!

Maudits bas jaunes !

Aucun nouveau message. Zut ! Est-ce que j'ai écrit quelque chose de pas correct ? Je clique sur Mes messages envoyés et me rends compte que je peux voir s'ils ont été lus ou non. InspecteurGadget a donc lu mon message à quatorze heures vingt-trois cet après-midi. Il est dix-huit heures quatorze. Si j'ai attendu quatorze heures pour lui répondre la première fois, est-ce qu'il doit attendre le même délai pour me répondre, ou cette fois ça doit être plus court ? Ah ! Seigneur ! J'ai beau être formée en mathématiques, je ne comprends toujours pas la formule à utiliser pour savoir quand c'est le moment de faire signe à l'autre. Qu'on m'apporte un manuel d'instructions sur la séduction, maintenant !

CHAPITRE 4

Go go, gadget aux flammes!

C'est le traditionnel déjeuner des enseignants. La directrice nous salue avant de faire quelques petites annonces, nous indiquant notamment que les toilettes de la bibliothèque resteront barrées durant les pauses, car, par trois fois l'an dernier, on a retrouvé de la merde étendue par terre. Dégueulasse! C'est à se demander ce qui peut bien leur passer par la tête, à ces jeunes, parfois!

— Finalement, poursuit-elle, avant de vous remettre vos horaires, j'aimerais souhaiter la bienvenue aux nouveaux membres du personnel.

Oh, des nouveaux! Il pourrait y avoir un *prospect* intéressant!

— D'abord, Roger Marion, ouvrier d'entretien.

Une tête blanche se lève. Éliminé.

— Ensuite, Karine Soulard sera la nouvelle assistante de la technicienne en laboratoire.

OK. Elle doit devenir ma meilleure amie si je veux garder mon emploi !

— Pascal Robichaud, nouvel enseignant en éducation physique.

Intéressant, ça ! Beau, musclé et il a l'air vraiment sympathique. Je pourrais peut-être aller saluer les profs d'éduc avant de passer à mon bureau…

— Sa femme, Sandrine Jetté, également nouvelle enseignante en éducation physique.

Raté ! C'était trop beau pour être vrai. Arrête de te plaindre, Rosalie. Tu as déjà quand même deux gars dans ta mire, soit deux de plus qu'il y a deux jours !

La directrice interrompt mes pensées :

— Finalement, Rosalie Lefebvre est de retour avec nous pour enseigner les sciences en deuxième et quatrième secondaire.

J'envoie brièvement la main, étant donné que je connais déjà presque tous mes collègues. Je déteste être présentée comme une nouvelle enseignante simplement parce que je n'ai pas de poste à moi.

Une fois à mon bureau, je prends connaissance de mon horaire. Wouhou !! J'ai un après-midi libre toutes les deux semaines ! Ça va me permettre de travailler mes aptitudes manuelles, ou encore de mettre au point des sorties avec tous les prétendants que je vais rencontrer… Bon ! Suffit, Rosalie ! Tu n'as que trois jours pour préparer ton année scolaire, alors arrête de rêvasser !

Maudits bas jaunes!

À la réunion avec la directrice adjointe, on fait le tour des élèves qui seront dans nos classes et qui présentent des besoins particuliers. Puis, on organise la collation du vendredi, jour de la rentrée des élèves ; c'est une façon de nous encourager à passer au travers de l'année. Forte des quatre super plats que j'ai faits hier et oubliant la catastrophe qui a suivi ma séance de popote, je me propose pour apporter une croustade aux pommes.

À la fin de la journée, j'arrive chez moi épuisée, mais confiante. Ma classe est en ordre, mes photocopies sont prêtes et mes premiers cours sont planifiés. J'ai rencontré la technicienne en laboratoire et son assistante dans l'après-midi. Elles ont bien ri quand je leur ai raconté toutes les gaffes que j'avais commises quand j'étais au secondaire, mais elles m'ont assurée qu'elles m'apporteraient leur aide si j'en avais besoin.

Je fais réchauffer mon souper et vais vérifier si une des filles a laissé un message sur LSGirls.

Maude

Salut, les filles ! Sachez qu'aujourd'hui, je suis partie travailler plus tôt et j'ai laissé Michel s'occuper du déjeuner des enfants et les reconduire à la garderie. Et je ne l'ai pas appelé une fois ! Dans vos dents !

Marine

Quelle mère indigne tu fais ! Tu ne t'inquiètes pas pour eux ? 😌

Tommie

À ta place, j'aurais au moins appelé une fois pour m'assurer que tout était correct et que Michel n'avait pas besoin d'aide ! C'est une honte ! 😌

Maude

Ah pis mangez donc d'la...

Maudits bas jaunes!

Ce à quoi Marine et Maude ont chacune ajouté un LOL suivi de plusieurs points d'exclamation. Je vais ensuite faire mon tour sur Réseau Contact en espérant que mon InspecteurGadget m'ait répondu. Bingo!

À: FemmeRésolue
De: InspecteurGadget

Salut, FemmeRésolue au regard de feu!

J'espère que tu profites bien de tes dernières journées de liberté! Pour répondre à ta question, j'ai atterri ici après être tombé sur une offre d'emploi, aussi simple que ça! Je n'étais jamais venu dans le coin et c'est vraiment une belle découverte. J'adore ça!

Comme ça, tu aimes voyager; moi aussi! J'aime bien partir à l'aventure avec mon sac à dos.

Hé, que dirais-tu si on allait prendre un café pour parler de nos voyages? Je pourrais même te raconter mon accident de lavage, vu qu'il s'est passé à l'étranger!

Go go, gadget au café!

Le rencontrer, déjà? Ce n'est pas un peu tôt? J'appelle Tommie pour avoir son avis. Elle semble plutôt emballée.

— C'est une très bonne idée! En plus, un café, ce n'est pas trop long. Si c'est ennuyeux ou si c'est un con, tu en as pour maximum une heure.

— Oui, mais on ne s'est pas parlé beaucoup.

— C'est sûr, mais, d'un autre côté, c'est toujours facile de bien paraître sur Internet. Tu vas tout de suite découvrir s'il t'intéresse pour de vrai.

Maudits bas jaunes!

— Ah, je ne sais pas trop, ça me stresse !

— Allez, Rosa. On pourrait avoir un code. Je t'appellerai après vingt minutes et, si tu dis le mot magique, je t'annoncerai que ta grand-mère est malade !

— Ha ! ha ! ha ! D'accord, bon plan !

J'accepte l'offre d'InspecteurGadget. Nous avons convenu de nous rencontrer samedi après-midi, au Petit Café du Coin. Non seulement je n'ai jamais eu de *blind date*, mais j'ai maintenant deux rendez-vous ! Je ne suis pas du genre à jouer sur plusieurs tableaux à la fois, mais là, j'ai un objectif et une échéance à respecter ! Je rassure ma conscience en me disant que, dès que ça deviendra plus sérieux avec l'un des deux, je cesserai immédiatement de voir l'autre. Pas question de leur jouer dans le dos !

Mes deux autres journées de préparation de cours passent très vite et je ne chôme pas. On est maintenant jeudi soir et je m'affaire à cuisiner la croustade aux pommes. Je suis très énervée par tout ce qui s'en vient : les nouveaux élèves, le souper avec Guillaume et le café avec InspecteurGadget. Je répète le discours d'accueil que je prononcerai en classe. Je suis toujours naturelle au maximum quand j'enseigne. Je ne choisis jamais mes mots à l'avance, car je préfère y aller selon l'humeur des élèves. Il n'y a qu'à la rentrée que je prépare quelque chose, car je suis trop nerveuse. En plus, ce soir, ça m'aide à passer le temps en attendant le texto de Guillaume. J'espère qu'il n'a pas changé d'idée.

Mon cellulaire se manifeste enfin.

Salut, c'est maman ! Je voulais te souhaiter une bonne rentrée. Bisous xxxx

Maudits bas jaunes !

Fausse alerte. Je remercie ma mère et lui dis que je passerai la voir en fin de semaine. Nouvelle vibration. C'est Guillaume ! (Danse de Saint-Guy dans mon salon !)

Salut, Rosalie ! Mon invitation t'intéresse toujours ?

Certain ! Tu ne te débarrasseras pas de moi si facilement ! Qu'est-ce que j'apporte comme vin ?

Super ! Un rouge de pastille mauve serait parfait !

Wow ! Il suggère ma pastille ! On est faits l'un pour l'autre, c'est évident. C'est fou à quel point nous, les filles, sommes capables de décoder tous les signes que la vie nous envoie. Il me laisse son adresse et me souhaite une bonne rentrée. Je vais me coucher en sachant très bien que j'aurai beaucoup de difficulté à trouver le sommeil.

Bip ! Bip ! Bip ! Bip ! Bip !

Sept heures une (j'aime bien me donner l'impression que j'ai gagné une minute de sommeil supplémentaire en réglant mon cadran ainsi). Je me réveille encore plus fatiguée qu'hier en raison de mon habituel cauchemar de la rentrée. Je suis dans ma classe et j'essaie de faire mon petit discours d'accueil, mais les élèves ne m'écoutent pas et se lancent des avions. Un élève monte sur son bureau et se met à crier : « ANARCHIE, ANARCHIE, ANARCHIE ! » Les autres se mettent à taper sur leur bureau avec leur cartable et scandent le même slogan. La directrice arrive au même moment et je suis renvoyée. Le rêve classique de tout prof, quoi !

Je déjeune tranquillement, même si je sens un gros nœud dans mon estomac. Je me félicite d'avoir choisi mes vêtements la veille, car sinon j'aurais pu essayer ma garde-robe au complet. J'emporte ensuite la croustade et mon portable jusqu'à ma voiture. Je dépose le dessert sur le toit, le temps de déverrouiller les portières et de placer mon portable en sécurité. Je fais encore deux voyages de matériel scolaire et démarre. En sortant de la cour, j'entends un bruit qui me fait lever les yeux au ciel. Eh merde, la croustade ! Je l'ai oubliée sur le toit et elle a dû tomber quand j'ai accéléré. Je sors pour constater les dégâts.

Il y a du verre partout ; le Pyrex a pratiquement explosé. Quant à mon chef-d'œuvre sucré, il gît dans une flaque de boue. Bâtard de marde ! Je prends ma pelle dans le cabanon, ramasse le verre et repars. Comme je suis en avance, j'ai le temps de passer à la pâtisserie acheter un dessert qui pourrait avoir l'air fait maison. Méchant début de journée !

J'arrive finalement dans la salle des profs quelques minutes seulement avant le début des cours. Je range en vitesse le gâteau choco-noisettes que j'ai acheté et file vers mon local. J'ai à peine le temps de griffonner un mot de bienvenue au tableau que la cloche sonne. Mon premier groupe est celui de deuxième secondaire.

C'est toujours drôle, la rentrée. La moitié des jeunes attend à la porte pour être certaine d'avoir trouvé son local et l'autre moitié arrive en retard parce qu'elle s'est trompée de cours ! Cette année ne fait pas exception. J'attends donc quelques minutes après la deuxième cloche avant de parler aux élèves. Je commence par me présenter brièvement, avant d'abattre ma carte maîtresse :

— J'adore voyager et, si ça vous intéresse, je pourrais vous raconter quelques anecdotes les vendredis après-midi, quand on n'aura pas trop le goût de travailler. Qu'en pensez-vous ?

Généralement, je réussis à capter l'attention des élèves quand je parle de mes voyages. De plus, la perspective de fermer leur livre quand ils en auront assez de la science est très attrayante. Je constate d'ailleurs plusieurs hochements de tête approbateurs et j'entends même quelques « ah oui, c'est super ! ».

Je poursuis mon petit discours en énonçant mes règles de classe : obligation de prendre des notes, vérification des devoirs, retards non tolérés, respect, etc.

— Est-ce qu'il y en a qui ont des questions ? Est-ce qu'il y a des points qui ne sont pas clairs ?

— Madame, êtes-vous mariée ? demande un des élèves assis au fond de la classe.

Maudite question ! Je déteste me la faire poser, mais, chaque année, ça recommence. Il y a toujours un élève dans chaque groupe qui veut le savoir, ça ou si j'ai des enfants. Je décide donc de répondre aux deux à la fois.

— Non, je ne suis pas mariée et je n'ai pas d'enfants non plus. C'est vous, mes enfants, que j'ajoute avec un sourire en coin.

Ma réponse semble clore le sujet. Le reste du cours et de la journée se passe relativement bien. J'ai droit à la question du mari deux autres fois, mais, au moins, les élèves rient de mes blagues plates. C'est vrai que, quand je suis nerveuse, mes blagues ne sont pas vraiment drôles. J'imagine que certains ont pitié et rient pour gagner des points.

J'ai aussi droit à quelques moqueries de la part de mes collègues au sujet de mon gâteau qui a l'air de sortir du magasin. Bon, peut-être qu'ils y auraient davantage cru si j'avais enlevé le prix ! Je préfère ne pas raconter ma mésaventure matinale, pour m'épargner un peu.

Je quitte l'école vers seize heures quarante-cinq et Guillaume m'attend pour dix-neuf heures. J'entreprends une épilation en règle.

Maudits bas jaunes!

Je n'ai pas l'intention de coucher avec lui ce soir, mais mieux vaut parer à toute éventualité. Une bonne douche avec mon savon aux huiles essentielles vient ensuite. J'opte finalement pour mon capri kaki et ma camisole noire un peu décolletée. Évidemment, je choisis aussi un kit de sous-vêtements en dentelle bien agencés, au cas où! Dix-huit heures quarante-trois. J'ai dix-sept minutes pour m'arranger la face et aller acheter le vin; vingt-sept si on suppose que dix minutes de retard est l'heure idéale à laquelle arriver à un rendez-vous. Un maquillage léger et hop! dans la voiture. J'achète le vin, et j'arrive avec exactement dix minutes de retard. *Timing* parfait! Je sonne.

— Hé, salut! m'accueille Guillaume vêtu de son tablier.

Ahhhhh! OK, il est vraiment sexy. Il porte un short blanc (n'y a-t-il que moi qui craque pour les gars qui s'habillent en blanc?) et un polo bleu qui met en valeur ses yeux de braise (c'est qu'ils me font fondre!). Le bouquet: il a une barbe naissante qui le rend irrésistible.

— Pis? demande-t-il en ayant l'air d'attendre une réponse de ma part depuis un moment.

Merde, je pense que j'ai bavé! Je porte discrètement ma main à ma bouche et constate avec soulagement que je suis revenue sur terre juste à temps.

— Pardon, tu disais?

— Je te demandais si t'avais eu de la difficulté à trouver la place.

— Ah non, pas du tout.

Il me sert un verre de rosé qu'il avait déjà chez lui. Il m'hypnotise tellement que je pense que je vais y aller mollo sur le vin pour éviter de dire trop de niaiseries! Je lui demande si je peux l'aider dans la préparation du souper.

Maudits bas jaunes!

— Ben non, c'est moi qui t'ai invitée. Laisse-toi gâter, me répond-il.

— Justement, je me gâterais en profitant de tes talents pour apprendre un peu et éviter un deuxième Tchernobyl dans ma cuisine.

— Si tu insistes! Tiens, mets ce tablier-là. Je voudrais pas que tu salisses ta belle camisole, me dit-il en jetant un rapide coup d'œil dans mon décolleté (merci, mère Nature, pour mon parfait bonnet C).

On commence par confectionner une entrée de pétoncles. Vraiment, on est loin des sandwichs baloné et moutarde que Sébastien avait préparés pour notre premier pique-nique! J'apprends donc comment réussir à bien les faire cuire sans qu'ils deviennent caoutchouteux, ce qui m'arrivait toujours avant ce soir.

Tout se passe merveilleusement bien. Le vin est bon et la conversation coule d'elle-même. Guillaume est très patient et m'explique comment réaliser chaque étape. Ce qu'il y a de bien dans une cuisine d'appartement, c'est que c'est plutôt exigu. Je le frôle sans arrêt. Bon, OK, j'avoue qu'une fois sur deux, je le fais exprès… En plus d'être très sexy, il sent bon. Rien pour m'aider, quoi!

— C'est prêt! On passe au salon pour déguster notre premier chef-d'œuvre? propose-t-il.

— À vos ordres, chef! que je blague en le suivant.

— Je n'ai pas encore reçu mes sofas ni ma table de cuisine. J'ai donc pensé qu'on pourrait pique-niquer dans mon salon, dit-il, mi-enthousiaste, mi-inquiet.

Je suis sur le cul! Il a installé une couverture avec des coussins, et un plateau de service nous sert de table. C'est tellement *hot*! La seule chose qui me préoccupe, c'est qu'il n'y aura aucun obstacle ni suffisamment de distance entre nous pour m'empêcher de lui sauter dessus entre deux bouchées de fruits de mer.

Je vois qu'il attend que je confirme que c'est une bonne idée.

— Wow! C'est vraiment génial, du camping dans ton salon!

— Content que ça fasse ton affaire, me sourit-il. Bon, le chef a assez parlé, c'est au tour de la prof de me raconter sa rentrée avec ses nouveaux élèves.

— D'accord; avale bien ta bouchée, parce que je commence par ma mésaventure de ce matin!

Je lui relate l'incident de la croustade et me félicite de l'avoir prévenu de terminer sa bouchée. Il a tellement ri que je suis certaine qu'il se serait étouffé. J'aurais un peu trop aimé le réanimer! Je vais garder ça pour le dessert. Je raconte le reste de ma journée et il me pose plein de questions. Il semble vraiment intéressé par mes réponses.

Je sens mon téléphone vibrer au moment où on débarrasse les assiettes de l'entrée. C'est sûrement Marine; je lui ai demandé de m'appeler à vingt heures pour s'assurer que je suis toujours en vie. Je lui ai laissé l'adresse pour plus de prudence. L'affaire, c'est que je ne me souviens plus du code pour dire que tout va bien. Je demande donc à Guillaume si je peux utiliser sa salle de bain et je prends l'appel de Marine.

— Salut, Rosa! Alors, comment ça se passe, comment sont les carottes?

— Ah oui, c'était ça, le code! Pour bien, c'était crues ou cuites?

— Crues! J'en conclus que tout se passe bien.

Maudits bas jaunes!

— Mets-en! On vient de cuisiner des pétoncles et on fait un pique-nique dans son salon. La moitié de mon attention sert à me retenir de lui sauter dessus!

— Wow! De quoi avez-vous jasé?

— Je te raconterai ça demain. Je te laisse, je veux pas qu'il pense que je suis en train de chier! Ça tuerait le moment!

— T'es conne, répond-elle en riant. À demain!

Quand je reviens, Guillaume achève la vaisselle du premier service et m'annonce que les carrés d'agneau seront bientôt prêts. Des carrés d'agneau?! Ce n'est pas super cher, ça? Je suis en train de rêver, c'est sûr. Impossible qu'un homme aussi sexy et faisant aussi bien à manger soit célibataire. Il y a anguille sous roche, c'est clair... mais je chercherai plus tard.

— Wow, des carrés d'agneau! Tu as besoin d'aide pour quelque chose?

— Non, merci. Cette fois, tout est prêt.

Ça doit paraître que je suis déçue, parce qu'il me propose qu'on fasse le dessert ensemble: une tarte aux pommes. Il a déjà épluché et fait bouillir les pommes, mais il lui reste à faire la pâte. FAIRE LA PÂTE!!!!!! Merde, ça va être trop cochon! Reviens sur terre, Rosalie; c'est l'heure du plat principal, concentre-toi là-dessus!

C'est tout simplement délicieux. Il met vraiment la barre haute pour le deuxième rendez-vous... Bon, me voilà déjà partie trop vite en affaires. Je me calme. On continue à discuter de tout et de rien: de nos familles, de ce qu'on aime, de ce qu'on déteste, des Canadiens de Montréal... Je découvre alors son seul défaut: il était fan des Nordiques, donc il déteste les Canadiens. Il va bien s'entendre avec mon père!

66

Maudits bas jaunes!

Nous en sommes au dessert. Je suis vraiment excitée… dans tous les sens du terme. Je nous imagine déjà dans la version culinaire de *Mon fantôme d'amour*, lui derrière moi qui m'aiderait à pétrir la pâte. Il m'embrasserait dans le cou, caresserait mes bras et ça finirait que la pâte ne serait plus qu'une figurante.

— Rosalie, allô! La Terre appelle la Lune!

— Oh, désolée, j'ai eu une grosse journée, je suis pas mal distraite.

— Pas grave. Tiens, prends le rouleau, je vais te montrer comment rouler la pâte.

— Je suis prête!

Malheureusement, à part quelques légers contacts, je n'ai rien de torride à déclarer. Pendant que je roule, Guillaume réchauffe les pommes et la sauce dans un chaudron. Je mets les mitaines de four pour être prête quand il aura versé sa préparation dans le moule. Il me raconte son premier séjour dans la région, mais je ne suis pas capable de me concentrer. Je ne fais que penser à mon scénario érotique et au Patrick Swayze que j'ai devant moi. Je nous vois batifolant dans la farine!

— Wouah, Rosalie, t'es en feu!

Merde, je dois avoir le visage super rouge. Ça me fait ça chaque fois que je pense à… à ça, là! Trouve quelque chose à dire, Rosa!

— Oui, c'est que j'ai pas mal chaud.

— Non, t'es vraiment en feu! Regarde ta mitaine!

— Arrrrrrrrrrrrrrg! Qu'est-ce que je fais? Qu'est-ce que je fais?

Maudits bas jaunes!

Merde, j'ai dû me mettre la main sur le rond de la cuisinière quand il a enlevé son chaudron. Ma mitaine de four flambe de plus en plus et je commence à avoir chaud pour de vrai! Après que j'ai failli lui faire perdre ses sourcils en capotant, les mains dans les airs, Guillaume m'enlève ma mitaine et la lance dans l'évier. Catastrophe évitée! Je viens d'avoir l'air vraiment nouille, là!

— Désolée! J'ai complètement détruit ta mitaine, dis-je, la mine déconfite.

— Ben voyons, c'est pas grave! me répond Guillaume, qui ne peut s'empêcher de rire.

— Eille, c'est pas drôle! que je tente de me défendre en me mettant à rire à mon tour.

— J'espère seulement que tu t'es pas brûlé les doigts. Montre-moi ça.

Même si ma main est visiblement intacte, il en inspecte chaque recoin en soufflant dessus. Trop sous le charme, j'ai déjà les lèvres entrouvertes quand il relève la tête. Il m'embrasse alors avec fougue et me juche sur le comptoir. Oh mon Dieu, c'est tellement surréaliste! Je n'ai pas souvenir d'avoir déjà vécu quelque chose du genre.

On s'embrasse depuis je ne sais combien de temps quand la sonnerie du four se fait entendre. Ouf, sauvée par le gong! D'après moi, sans la tarte, on aurait fini dans son lit, et ce n'est pas ce que je veux… du moins pas tout de suite. Si je souhaite qu'il me rappelle, je ferais mieux de ne pas tout lui donner sur-le-champ.

Mon capri kaki est maintenant blanc à cause de la farine. Guillaume prend un malin plaisir à m'aider à le secouer. On mange finalement la fameuse tarte et on prend un dernier verre. Avec tout ça, il est déjà vingt-trois heures. La soirée a passé trop vite. J'amorce un départ.

— En tout cas, merci beaucoup pour le souper. C'était vraiment très bon.

— Ça m'a fait plaisir. J'ai bien apprécié ma soirée.

— Oui, c'était super. Va falloir que je te remette la pareille, dis-je en espérant qu'il accepte.

— Très certainement. C'est quand tu veux. Je travaille vendredi et samedi prochains. On peut faire ça jeudi ou dimanche, qu'est-ce que tu préfères?

— Jeudi! que je réponds un peu trop vite. On se texte mercredi pour confirmer le tout?

— Parfait. Je te souhaite donc une excellente fin de semaine.

— À toi aussi.

On s'embrasse sur le pas de sa porte et, au bout de quelques minutes, les lèvres gonflées, je retourne chez moi.

Je saute sur place comme une dingue une fois arrivée à mon appartement. C'était beaucoup trop génial comme rendez-vous, ça! Et dire que j'en ai un autre avec un gars différent demain. À moins d'un «go go, gadget-surprise», je ne vois pas comment il pourra surpasser cette soirée. Je ne suis pas fatiguée, mais, comme j'ai une bonne journée demain, je me mets au lit.

Je me réveille les joues en feu. Je pense que je me suis endormie dès que j'ai posé la tête sur l'oreiller; le stress de la rentrée qui est enfin tombé y était sûrement pour quelque chose. Cette fois, je n'ai pas fait de cauchemar; c'était plutôt le contraire. Sans le décrire, disons que mon rêve était très, très érotique!

Maudits bas jaunes !

J'appelle Marine pour l'inviter à dîner. Trop impatiente d'entendre le récit de ma soirée avec Guillaume, elle me répond qu'elle arrivera à onze heures. Je profite donc du temps qu'il me reste pour aller sur Internet et vérifier ma messagerie. Une invitation à participer à un concours, une mise à jour des Canadiens de Montréal qui m'avisent d'un échange mineur, et un message de mon amie Serena, que j'ai connue lors d'un séjour en Italie. Elle me donne de ses nouvelles et m'invite à venir lui rendre visite quand je veux. Je lui réponds en lui racontant ma rentrée scolaire, l'annonce du mariage de ma sœur et ma chasse à l'homme.

Je fais ensuite un tour rapide sur LSGirls, où Tommie nous a laissé un message :

Tommie

Salut, les femmes !

Un petit mot pour vous dire que je pars en congrès à Québec, dimanche, pour une semaine. Il me semble qu'on serait dues pour un souper rassemblement à mon retour, question de prendre des nouvelles de tout le monde et de faire un premier bilan de la résolution de Rosalie. Ça vous dit ? Marine, ta maison est libre dimanche prochain ? Personne ne travaille lundi à cause de la fête du Travail.

Maude

Wow ! Un congrès tous frais payés ! C'est pas mon boss avec ses compressions budgétaires qui me paierait ça ! Amuse-toi bien ! Bonne idée pour le souper de groupe ! On se fait une raclette ?

Marine

Va pour moi et la maison ! Côté bouffe, Rosalie sera sûrement bonne pour m'aider avec ses nouvelles leçons... ☺ Bon congrès !

Maudits bas jaunes !

Tommie

Des leçons de cuisine? Oh, il y a quelque chose dont je ne suis pas au courant! Y aurait-il un mec là-dessous?

Maude

Eille, moi non plus je ne suis pas au courant, ce n'est pas juste!

Ouf! Il est temps que je m'en mêle, avant que Marine ne déballe tout de travers et ne vole mon punch. Je ne lui ai encore rien raconté!

Rosalie

Ne vous inquiétez pas. Je vous expliquerai tout! Bon congrès, Tommie! xx

Je vois que celle-ci m'a également envoyé un message privé :

Tommie

Salut, Rosa! Ne t'inquiète pas pour cet après-midi, je ne t'ai pas oubliée. Je t'appelle vers quinze heures. N'oublie pas le code: muffin aux bleuets pour «tout va bien», pain aux bananes pour «ça va, mais c'est plate en maudit» et brioche à la cannelle pour «vite, fais mourir ma grand-mère». Ça va bien aller, j'en suis certaine. Bon rendez-vous!

Je la remercie et lui promets de me souvenir du code. Marine sonne au même moment. Je la sermonne un peu d'avoir parlé de mon souper avant que je ne le fasse moi-même, mais elle est tellement impatiente que je lui raconte ma soirée qu'elle ne m'écoute qu'à moitié. Je me lance donc dans le récit des événements de la veille.

— Wow! Il t'a vraiment sorti le grand jeu: du carré d'agneau! Alors, il a cuisiné nu sous son tablier? ajoute-t-elle avec un sourire en coin.

Maudits bas jaunes!

— T'es nouille, que je m'esclaffe. Quoique ce soit une bonne idée pour quand on sera rendus au quatrième ou au cinquième rendez-vous…

— Et qu'est-ce qu'il a préparé comme dessert?

— Euh, juste une tarte aux pommes, réponds-je en escamotant l'épisode de la mitaine de four et du baiser langoureux dans la farine.

— Rosalie Lefebvre, tu ne me dis pas tout! Allez, crache le morceau.

— C'est bon. En voulant aider mon dieu de la cuisine, j'ai failli mettre le feu à son appartement!

— Nooooooon!?

Je relate donc ma mésaventure, qui s'est plutôt bien terminée. Je lui parle aussi de mon fantasme de *Mon fantôme d'amour*.

— Wouah! Un peu plus et tu faisais un trip à trois avec Robin Hood!

— Niaiseuse, ne puis-je m'empêcher de dire en riant. J'avoue que ça me tentait en maudit, mais la tarte était prête et je préfère attendre un peu.

— Alors, quand est-ce que vous vous revoyez?

— Jeudi!!!!!!!!!

— Cool! Et tu vas faire quoi comme bouffe? Des huîtres aphrodisiaques? De la grosse saucisse? Des choux FOURRÉS à la crème? Ha! ha! ha!

— Ouais, une grosse palourde royale et des QUEUES de homard, tant qu'à y être! Ha! ha! Sérieusement, pour l'instant, je n'ai aucune idée, je dois y réfléchir.

Maudits bas jaunes!

Marine et moi continuons à discuter et dressons une liste (ah, moi et mes listes!) d'idées de plats pour jeudi. Elle me raconte aussi qu'elle a reçu quelques messages sur Réseau Contact, dont un de Gilles64! Le temps passe et il est déjà treize heures quarante-cinq. Je dois rejoindre InspecteurGadget au café dans quarante-cinq minutes. Je trouve une façon de mettre Marine à la porte et commence à me préparer.

C'est peut-être parce que ma soirée d'hier était géniale, mais je ne suis pas trop enthousiaste pour ma rencontre d'aujourd'hui. J'opte néanmoins pour une petite robe d'été et un maquillage léger. Comme il me reste vingt minutes, je pars à pied.

En arrivant, je cherche ma *date*, qui est censée porter une chemise à manches courtes bleue. Je ne me souviens plus très bien de la photo, mais je sais qu'il a les cheveux châtains très courts. Malheureusement, je vois présentement deux hommes vêtus de bleu qui correspondent à cette description, et ils sont seuls à leur table tous les deux. Si je connaissais son prénom, je pourrais le chuchoter discrètement pour voir lequel des deux se retourne, mais on a décidé de se révéler nos vrais noms en personne pour que ce soit plus drôle. Tu parles d'une idée conne! Je n'irai quand même pas crier InspecteurGadget devant tout le monde. Bâtard de marde! Il faut que je trouve une façon de m'en tirer.

Finalement, je décide de passer devant les deux gars en marchant très lentement et en espérant qu'il y en ait un qui réagisse. Aucun mouvement. Merde! Je dois passer quatre fois avant que le premier n'allume et me fasse signe de la main.

— Bonjour! Madame Lefebvre? (Merde, comment ça se fait qu'il connaît mon nom?)

— Euh, oui… Je suis désolée, on se connaît?

Maudits bas jaunes!

— Vous avez enseigné à mon fils l'an passé, en première secondaire, et je pense que vous l'avez encore cette année. Il s'appelle Michaël Dubois. (Ah oui, une petite peste!)

— Oui oui, je m'en souviens. Vous êtes son père? (Mon Dieu, il doit avoir trente ans maximum, ça ne fonctionne pas!)

— Oui, je sais, je n'ai pas l'air d'être père d'un enfant de treize ans.

— Effectivement!

— Disons que je l'ai eu très jeune.

— Eh bien, je suis contente d'avoir fait votre connaissance, dis-je en commençant à m'éloigner vers l'autre gars en chemise à manches courtes.

— Euh, madame Lefebvre! me retient le papa. Êtes-vous une femme résolue? me demande-t-il tout bas. Il me semble vous avoir vue quelque part.

Ah non. Ah non, pas ça. Bâtard de marde! Il faut que je me sorte de là avant qu'il ne parle de Réseau Contact!

— Pardon? Eh bien, je suis résolue à bien faire mon travail, si c'est ce que vous voulez dire.

— Euh, oui. C'est ce que je voulais dire, se reprend-il, gêné. Bon, eh bien, passez une bonne journée.

— Vous aussi!

Ouf! Je suis presque certaine de ne pas vouloir sortir avec un gars qui a déjà des enfants, mais je demeure absolument, complètement et irrévocablement sûre que l'heureux élu ne sera JAMAIS le père d'un de mes élèves! Je suis beaucoup trop jeune pour ça. Si je finis vieille fille à quarante ans, je pourrai reconsidérer, mais pas avant. En tout cas, une chance que je n'ai pas crié « InspecteurGadget ? » !

Dommage, il avait l'air vraiment sympathique dans nos conversations. Mais je ne suis pas trop déçue ; j'ai encore mon beau Guillaume.

Je rentre tranquillement chez moi et écris un mot à InspecteurGadget pour expliquer mon « absence ».

À : InspecteurGadget

De : FemmeRésolue

Salut,

Je suis désolée de ne pas être venue au café, mais j'ai eu un empêchement de dernière minute et je n'avais pas ton numéro pour te joindre. En plus, j'ai rencontré quelqu'un, donc je préfère en rester là pour le moment. Cela étant dit, tu as l'air d'un gars très gentil et je te souhaite de trouver la fille que tu cherches. Désolée encore pour le faux bond...

FemmeRésolue

Envoyé. J'ai quand même été honnête ; j'ai vraiment rencontré quelqu'un. Ce n'est pas sérieux encore, mais ça, il n'a pas besoin de le savoir. L'important, c'est de rompre le contact et d'espérer qu'il n'aille pas observer de plus près ma photo de profil, et que ce soit la mère de son fils qui vienne à la prochaine rencontre de parents !

Mon téléphone sonne. C'est Tommie qui veut vérifier l'état de mon rendez-vous. Elle va être déçue !

— Salut, Rosalie ! Alors, qu'as-tu choisi de manger ?

— Un pain aux bananes ET une brioche à la cannelle, mais pas besoin de faire mourir personne.

Maudits bas jaunes!

— Hein? Comment ça?

— Je suis déjà de retour chez moi; ç'a été assez bref!

— Noooooon, il s'est pas présenté? Le salaud!

— En fait, c'est plutôt moi qui lui ai posé un lapin.

— Ben voyons, pourquoi?

— En fait, JE me suis pointée, mais pas FemmeRésolue. Je t'expliquerai ça à notre prochain souper de LSGirls. Disons simplement que c'est mieux comme ça.

— Ah bon. Dans ce cas, je te laisse, je suis en route et je vais bientôt perdre le signal.

— D'accord. Bon congrès!

J'ai toute la fin de semaine pour penser à mon menu de jeudi. Va quand même falloir que je m'y mette, parce que, pour l'instant, je ne pense qu'aux choux FOURRÉS et à n'importe quoi qui pourrait se faire dans la farine! Pas très productif... Je dois aussi continuer ma planification, créer d'autre matériel didactique et faire quelques recherches sur des projets qui pourraient intéresser les élèves en technologie (et que je serais capable de réaliser!).

Lundi arrive cependant très vite, et le début de la semaine file à la même vitesse. On est déjà mercredi soir, et les courses sont faites pour me permettre d'impressionner Guillaume demain. C'est justement lui qui me texte à l'instant.

> Hé hé, beauté, tu passes une bonne semaine?

> Oui, très bonne, et toi?

Maudits bas jaunes !

Excellente, je me suis racheté des mitaines de four☺ Ton invitation pour demain tient toujours ?

Bien sûr ! Je t'attends vers dix-huit heures.

Parfait ! J'ai bien hâte !

Wouah ! Il a écrit qu'il a hâte !!!!! Je lui file mon adresse avant d'aller marcher pour me calmer, c'est trop excitant ! Je vais encore avoir du mal à dormir, c'est certain.

CHAPITRE 5

Désastre en cuisine...

Jeudi, enfin. Une chance que je travaille, ça m'occupe l'esprit! Rien n'est plus efficace qu'un groupe de trente ados qui posent des questions pour se changer les idées. Grosse journée, mais seize heures arrive enfin et je ramasse mes affaires en vitesse, question d'avoir un maximum de temps pour mettre mes talents en pratique... ou commander une pizza si ça tourne à la catastrophe.

J'ai déjà le pied dans la porte quand ma directrice demande à me rencontrer dans son bureau. Elle m'annonce qu'un parent l'a appelée pour se plaindre du fait que j'aurais refusé que son enfant aille se moucher dans le corridor. QUOI? C'est sérieux? Je suis découragée. Je lui explique ma version des faits.

— Rosalie, je ne t'ai pas fait venir pour te blâmer. Je voulais juste te le dire pour que tu saches qu'il va falloir faire attention avec cet élève-là. Je sais que tu fais du très bon travail, ne t'en fais pas.

— Fiou! C'est vraiment n'importe quoi, se plaindre pour des niaiseries comme ça!

Maudits bas jaunes !

— Si tu savais le nombre d'appels que je reçois chaque jour !

Je regarde ma montre : seize heures quarante-cinq. Ahhhhhhhh ! Je n'aurai jamais le temps de préparer tout ce que je voulais ! J'avais prévu un superbe gâteau au chocolat pour dessert, avec un délicieux coulis maison aux framboises. Le coulis est déjà prêt, mais j'avais prévu faire le gâteau aujourd'hui pour que Guillaume arrive et que ça sente super bon dans l'appartement. Comme c'est une recette plutôt longue, je fais un saut rapide à l'épicerie pour acheter un mélange, auquel je n'aurai qu'à ajouter de l'eau avant de le mettre au four. En espérant qu'il n'y verra que du feu (ah non, Rosalie, n'attire pas le malheur en parlant de feu !) ou, du moins, qu'il fasse comme si de rien n'était.

Mon entrée, le riz et les légumes accompagnant le plat principal sont pratiquement prêts lorsque mon invité arrive chez moi. Je l'accueille vêtue de mon nouveau tablier (payé soixante dollars dans une boutique spécialisée, mais c'était le seul qui me donnait un air coquin sans fille nue sur le devant).

— Hum, ça sent vraiment bon chez toi !

— Merci. Entre, je vais te faire visiter.

On fait rapidement le tour, mais je ralentis un peu en passant devant la chambre à coucher. Je lui présente aussi Pesto. Ils semblent déjà bien s'entendre (d'accord, Pesto n'a pas daigné s'arrêter de courir sur sa roue pour le saluer, mais je sens que la chimie s'installe).

— Je nous ai préparé des roulades au saumon comme entrée, ça te dit ? Malheureusement, j'ai une table, alors il faudra garder le camping pour plus tard… (Est-ce que je viens vraiment de dire ça ? Belle invitation non subtile à une partie de jambes en l'air !)

Maudits bas jaunes!

— Ça me va très bien. Je t'ai regardée aller dans ma cuisine et je suis vraiment pas inquiet, répond-il, les joues légèrement rouges, signe qu'il a capté mon message pas du tout subliminal.

— Parfait! Passons à table. Alors, comment se déroule ton intégration à notre belle région jusqu'à maintenant? que je lui demande en remplissant les assiettes.

— Très bien, je vis déjà mon premier repas chez l'habitant! Sérieusement, les gens sont très gentils et très accueillants. Je pense par contre que j'ai rencontré quelqu'une de plus spéciale, ajoute-t-il en me lançant un regard pénétrant.

— Ah bon, est-ce que je la connais?

— Il me semble que oui. Je crois d'ailleurs qu'elle est sur le point de faire brûler ses queues de homard si elle ne les sort pas immédiatement du four!

— Ah, pour de vrai?! Merde! Merci, je m'en occupe tout de suite.

Comme je n'ai pas réussi à complètement m'enlever de la tête les idées de bouffe à connotation sexuelle, j'ai opté pour les queues de homard. En fait, j'en ai mangé toute la semaine pour être certaine que ma recette soit au point. Ç'aurait été bête de rater mon coup ce soir! Je les sors du four et jette un coup d'œil à mon gâteau par le fait même. Euh, il n'a pas l'air de gonfler beaucoup… pourtant il est censé être prêt dans cinq minutes. Bah, peut-être que tout se passe à la fin …

Je sers mes queues, le riz et les légumes. Guillaume me complimente… et il a raison, c'est très bon. On se raconte mutuellement le déroulement de notre semaine. Il me parle des différentes expressions qu'il a apprises depuis qu'il est arrivé ici. On rit beaucoup, et plus le temps passe, plus je trouve qu'on irait très bien ensemble. Je sais que j'ai tendance à faire des plans trop vite, mais je sens que ça pourrait vraiment fonctionner entre nous.

Nous voilà rendus au dessert. Je sors mon gâteau du four et, déjà qu'il n'avait vraiment pas gonflé, il s'effondre complètement dès que je le dépose sur le comptoir. Bâtard de marde! Ne me dites pas que j'ai raté une préparation à gâteau toute faite! Guillaume arrive derrière moi et ne peut s'empêcher de rire (au moins, il a l'air de trouver ça mignon).

— Désolé de rire, mais, quand un gâteau fait ça, c'est qu'on a oublié de mettre des œufs. Est-ce que ça se pourrait? (Ah non, c'est pas vrai! Il fallait seulement ajouter de l'eau et des œufs et j'en ai oublié un des deux, faut le faire!)

— Je crois que c'est possible, en effet… Bon, aussi bien être honnête, tant qu'à en rire… j'ai manqué de temps, donc c'est une préparation que j'ai achetée.

— Oh, dit-il en se pliant en deux. Écoute, c'est pas grave, ça peut arriver à… non, ça peut juste t'arriver à toi, mais je t'adore quand même.

Ohhhhhhhhhh! Il m'ADORE!!!!!! Vive les gâteaux manqués! Ah! pis au diable le gâteau, fais-moi un enfant maintenant!

On mange finalement les bords, qui ont fait une croûte, avec le coulis que j'avais préparé. Ce n'est pas le délice qui était prévu, mais ça fait l'affaire. Guillaume se propose pour m'aider à faire la vaisselle et j'accepte uniquement pour pouvoir me retrouver près de lui. Ce qui devait arriver arrive… Il commence à m'arroser, je me venge et ça finit par une bataille à coups de linge à vaisselle.

Maudits bas jaunes!

Alors que je tente de le fouetter avec le torchon, il en attrape l'extrémité et s'en sert pour m'attirer vers lui (oh, ça sent la passe de bisous dans la farine, mais sans farine cette fois!). Guillaume me hisse sur le comptoir et se met à m'embrasser. Je réponds à son baiser très passionnément et, sans que je m'en rende compte, nos chandails se retrouvent par terre. Il me soulève à nouveau et m'emmène dans ma chambre (il a bien écouté pendant ma visite guidée!). Il me dépose délicatement sur le lit et me couvre de baisers. Je sais que je ne suis pas prête à coucher avec lui (je m'étais dit que ça irait au cinquième rendez-vous, mais là, c'est évident que ça va être au prochain!). On continue à s'embrasser et à se caresser. J'ai peine à reprendre mon souffle. Quand ses mains commencent à s'aventurer sous mon jean, je le ralentis.

— Écoute, je sais que je suis plate, mais je voudrais prendre mon temps. J'aime vraiment nos soirées – et comment elles finissent –, mais j'irai pas plus loin ce soir.

Je le sens se crisper légèrement. Je sais que j'aurais dû le lui dire plus tôt. Si c'est difficile pour moi, ce doit être encore pire pour lui. Il s'allonge à côté de moi, me caresse le bras et s'arrête un moment. Quelques grandes inspirations pour faire baisser... la tension, puis:

— C'est bien correct, Rosalie. Je suis content que tu m'en parles. J'apprécie beaucoup nos moments ensemble, moi aussi, et je suis pas pressé. Tu me feras signe quand tu seras prête, ça te va? me rassure-t-il.

— T'es vraiment un bon gars, toi. Je vais te faire signe, promis. T'inquiète pas, t'auras pas à attendre le mariage non plus!

— Fiou! J'ai rien de prévu pour la fête du Travail, ça te dirait qu'on fasse quelque chose ensemble? me demande-t-il.

— Oui, mais JE choisis l'activité, et ce sera une surprise!

Maudits bas jaunes !

— À vos ordres, madame !

On reste dans les bras l'un de l'autre encore une bonne vingtaine de minutes, puis Guillaume rentre chez lui. Je me touche les lèvres pour m'assurer que tout ça est bien réel. Je les sens légèrement gonflées, ça me rassure. Comme je peux encore humer son odeur sur moi, je décide de ne prendre ma douche que demain matin, question de la garder le plus longtemps possible. Je finis de ranger la vaisselle qu'on a laissée en plan et vais me coucher, le sourire fendu jusqu'aux oreilles.

Mon vendredi a beau être infernal, ça ne m'atteint pas. Je suis encore sur mon petit nuage. Je parviens difficilement à prendre un air fâché en séparant deux filles qui se tirent les cheveux. Ma concentration n'étant vraiment pas au rendez-vous, je suis bien contente que la semaine soit terminée, surtout que je vais pouvoir profiter du long week-end. J'ai hâte de raconter mes aventures aux filles, dimanche.

— Allez, Rosalie, raconte-m'en un bout en attendant les autres. Juste un peu, me supplie Marine.

— Pas question ! Tu en sais déjà plus qu'elles. Tu es capable d'attendre !

— Ouais, d'accord, mais, quand il se passera quelque chose de palpitant dans ma vie, tu vas devoir attendre, toi aussi !

— C'est nous ! lancent alors Tommie et Maude à l'unisson.

— Salut ! Comment s'est passé ton congrès, Tommie ? que je m'informe.

Maudits bas jaunes!

— Vraiment très bien. En tout cas, Rosalie, si tu reçois une offre pour participer à un congrès, accepte sans hésiter, tu vas y trouver quelqu'un, c'est assuré ! Si j'avais pas été en couple, j'en aurais sûrement profité !

— C'est vrai, renchérit Maude. C'est comme ça que j'ai rencontré Michel. Il donnait sa première conférence et il m'avait prise en exemple.

— D'accord, je retiens l'idée. Quoique j'aie peut-être déjà déniché la perle rare…

— Oh que j'ai hâte d'entendre ça ! On peut commencer à souper ? demande Tommie.

— Oui, lui réponds-je. Mais, avant, j'en ai une bonne à vous raconter !

On s'installe toutes à table et je commence par mon rendez-vous manqué avec InspecteurGadget. Tommie en rajoute avec le code secret de pain aux bananes qu'elle est si fière d'avoir « inventé ».

— Eille, tu m'en as jamais parlé ! s'offusque Marine quand je termine.

— Chiale pas, t'es au courant de l'autre histoire, moi j'étais au courant d'aucune, boude Maude.

— Ah, les filles, je vous en ai pas toutes parlé parce que je voulais attendre de voir comment ça allait se passer. Je promets de vous avertir de tous mes prochains rendez-vous, ça vous va ?

— Parfait, répondent mes trois amies en chœur.

— En tout cas, je t'aurais bien vue comme belle-mère de Michaël-La-Terreur ! lance Tommie.

Maudits bas jaunes !

— JAMAIS !! Une heure, deux fois par semaine, c'est déjà bien assez. Mais bon, j'ai peut-être trouvé mieux. Un homme sans enfant. Sauf que là, ça fait déjà vingt minutes qu'il n'y a que moi qui parle, alors je fais une pause et, Tommie, tu nous racontes ton congrès.

Maintenant que je ne suis plus le centre d'attention, je peux enfin manger. Je n'écoute Tommie que d'une oreille. La très mauvaise amie que je suis pense à la façon dont elle va parler de sa nouvelle *date*. Elles vont être jalouses, c'est garanti ! J'ai comblé la moitié de ma faim quand Tommie termine son histoire.

— Bref, c'est pas mal ça ! Ah oui, j'oubliais ! Rosalie, j'ai failli te trouver LA perle rare, l'autre jour, au bureau.

— Ah oui ? Bah, c'est pas trop grave, j'ai rencontré l'homme idéal… Mais juste pour le plaisir, c'était qui ?

— Un méchant beau gars. Il vient d'arriver en région. Je lui ai trouvé un appart et lui ai fait visiter la ville. Il parlait bien, avait l'air plutôt cultivé et il était vraiment sexy.

— Ah ouin ? Il est venu faire quoi ici ? que je demande, la bouche pleine. (Gourmandise, quand tu nous tiens !)

— Il est chef cuisinier et il a trouvé un travail au centre-ville.

Marine me regarde, j'ai un chou-fleur dans la bouche… Bon, il ne peut pas y avoir dix nouveaux cuisiniers en ville en même temps. C'est évident qu'elle parle de Guillaume.

— Chef cuisinier, hein ? Comment il s'appelle ?

— Guillaume quelque chose, j'ai oublié son nom de famille, répond Tommie tandis que mon chou-fleur repose toujours intact sur ma langue.

Maudits bas jaunes !

— Ah bon… Pourquoi tu me l'as pas présenté dans ce cas ? (Faites que ce soit parce qu'elle n'aimait pas la couleur de ses bas ou qu'il sentait l'ail à cause d'une nouvelle recette.)

— Ben, quand je lui ai subtilement dit « c'est super, un nouveau célibataire en ville qui sait faire à manger », il m'a répondu que sa blonde venait le rejoindre dans un mois, quand elle aurait fini son travail. Quoi, qu'est-ce qu'il y a ? demande-t-elle en nous voyant la face, à Marine et à moi.

— Ah ben tabarnac, l'écœurant de crotté ! Vous savez, l'homme idéal que j'avais supposément déniché ? que j'enchaîne pour répondre au regard interrogateur de Maude. Ben, c'était ce trou de cul là ! On s'est rencontrés à l'épicerie pis il m'a invitée à l'appart que tu lui as trouvé. Il m'a cuisiné un souper de reine pis on a failli baiser dans la farine, sur son comptoir ! Hier, il est venu chez moi et on a encore failli coucher ensemble. Ça a dû lui sortir de la tête de me dire qu'il avait une blonde ! L'osti de… de… de…

— De mangeux de marde, de connard, d'enfoiré, de cave, de… de…, m'aide Marine.

— De porc mal effiloché, de morue qui pue, de piment, de navet ! rajoute Maude.

Les métaphores culinaires de Maude finissent par m'arracher un sourire. Je n'en reviens pas ; je me suis vraiment fait avoir comme une belle dinde (OK, lâche la bouffe, Rosalie, tu tournes le fer dans la plaie). Il me semblait aussi que c'était trop beau. Un gars avec autant de qualités ne pouvait pas être célibataire. N'empêche que ça me fait suer ! J'ai beaucoup de peine aussi. Je suis allée trop vite en affaires – encore – et je m'étais déjà fait des plans. Tommie m'empêche de sombrer dans la tristesse :

— Sérieux, il est vraiment épais. Il aurait dû penser qu'ici personne se mêle de ses affaires et que tu finirais par apprendre qu'il a une blonde. Quelqu'un pète et, à la fin de la journée, toute la ville sait qu'il a chié dans ses culottes !

— Es-tu censée le revoir ? demande Maude.

— Ouin, demain, mais je pense que je vais annuler maintenant.

— Non ! s'exclame Tommie. C'est l'occasion idéale de le faire payer. Qu'est-ce que vous avez prévu ?

— J'ai pas encore décidé, mais je lui ai dit que j'organiserais une activité-surprise.

— Alors on va s'arranger pour que ce soit mémorable..., déclare Tommie en se frottant les mains pour se donner un air diabolique.

Le reste du souper et de la soirée sert à échafauder les plans les plus cruels, mais aussi les plus crétins, pour donner une leçon à cet imbécile de Guillaume. Maude suggère même de l'ébouillanter par « inadvertance », mais, même si je suis très tentée par l'idée, on l'écarte par peur de poursuites... L'empoisonnement alimentaire et le coup accidentel dans les parties sont aussi mis de côté ; dommage. Je pense toutefois que le plan que nous choisissons sera parfait, s'il fonctionne, bien entendu. Même si je suis triste, la colère me donne vraiment hâte à demain. J'ai presque envie de dire « pauvre Guillaume »...

CHAPITRE 6

La dinde contre-attaque !

Guillaume arrive chez moi un peu avant le dîner. Je lui ai dit de se faire beau, puisqu'on irait manger à un endroit spécial. Il est donc là, dans de superbes chaussures chics et un ensemble bermudas et polo très propre. Génial, mon plan se déroule à merveille.

— Salut, Rosalie, dit-il en m'embrassant sur les joues. Alors, qu'est-ce que t'as prévu pour nous ? J'ai vraiment hâte de découvrir ton activité. Il fait tellement beau dehors, j'en ai même profité pour venir ici à pied. (Super !)

— Je vais te surprendre, tu peux en être sûr ! On va prendre ma voiture. J'aimerais te bander les yeux pendant le trajet, si tu le veux bien. Comme ça, tu auras une plus belle surprise.

— Pourquoi pas ? Ça peut être drôle.

Je bande donc les yeux de mon futur supplicié en serrant juste assez fort pour qu'il ait une marque, mais pas plus que ce que son côté «homme viril» est capable de supporter sans dire que c'est trop douloureux. En conduisant, je freine brusquement aux arrêts et prends quelques virages plus serré que nécessaire, question de lui donner une légère nausée.

Deux petites minutes sur un chemin de terre et nous voilà enfin arrivés. Le *set-up* est très romantique. Nous sommes en plein bois et j'ai apporté ce qu'il faut pour pique-niquer.

— Tadam! dis-je en lui enlevant son bandeau.

— Wow! C'est un beau coin ici; et tu as préparé un pique-nique en plus, j'ai vraiment hâte d'y goûter. Je suis pas certain d'être habillé convenablement pour un pique-nique en nature, par contre.

Je regarde ses beaux souliers, qui sont maintenant couverts de boue. Je me sens comme dans *Maman j'ai arrêté les méchants* version adulte. Phase un réussie: il est vert à cause de la balade en voiture et il a déjà commencé à se salir!

— Désolée, je voulais que tu ne te doutes de rien. J'espère que ça restera pas taché.

— T'en fais pas. Ton idée est excellente! Quelle est la suite?

— Je commence à avoir faim, on pique-nique? J'ai préparé une petite salade de haricots en entrée.

Je lui tends le plat que j'ai cuisiné tout spécialement pour lui et me réserve celui dans lequel j'ai mis un ingrédient en moins.

— Alors, comment tu trouves ça? que je lui demande en voyant bien la grimace qu'il tente de cacher.

— C'est bon, c'est assez... spécial, comme goût. As-tu mis du vinaigre dans la vinaigrette?

Maudits bas jaunes!

— Oui, un peu moins d'une cuillerée à thé (dans mon bol, parce que, dans le tien, ce sont deux cuillerées à soupe que j'ai « échappées »).

— Ah, c'est ça que je goûtais. C'est très bon quand même, je t'assure.

J'essaie de ne pas rire. *La vengeance est douce au cœur de l'Indien.* C'est la première fois que je comprends vraiment ce proverbe. La vengeance est un plat qui ne se mange plus froid, mais trafiqué ; ça aussi, ça convient très bien. Je vais lui lancer quelques perches, question de voir s'il va se décider à me révéler son petit secret.

— Tu t'ennuies pas trop de ta famille depuis que tu es ici ? Tu dois manquer à beaucoup de gens, non ?

— Euh… Oui, c'est certain que je m'ennuie de plusieurs personnes, mais je les appelle, donc ça va.

— Les filles du Bas-Saint-Laurent devaient être tristes de voir déménager un si bon parti ! (Attention, tu vas lui crever un œil avec une perche aussi directe !)

— Je pourrais te donner ma recette de salade si tu veux, enchaîne-t-il comme s'il n'avait pas entendu mon commentaire.

— Pourquoi pas ? T'es prêt pour le reste du repas ? que je demande pour changer de sujet en me promettant de revenir à la charge plus tard. J'ai fait des sandwichs à la dinde et aux avocats avec une sauce un peu piquante, ça te convient ?

— Je te fais confiance. (Oh que tu ne devrais pas !)

Je lui tends son sandwich préparé avec… amour, bien sûr. Il prend une première bouchée et je fais de même. Tout va bien. J'attends qu'il arrive à la moitié… et qu'il vire au rouge !

Maudits bas jaunes!

— Ouf, je pense que je suis tombé sur un rassemblement d'épices (ah, le tabasco est considéré comme une épice?)! C'est un peu fort, tu as de l'eau?

— Bien sûr! Je suis vraiment désolée, je sais pas ce qui s'est passé (je le jure, monsieur le juge).

— Mais non, c'est pas ta faute, essaye-t-il de me dire en toussant (j'y suis peut-être allée un peu fort).

Tout marche comme sur des roulettes. La phase deux est maintenant terminée et je me sens étrangement détendue. Mon Dieu que ça fait du bien! Allons-y pour la phase trois: le dessert! Comme Guillaume n'a pas terminé son sandwich au tabasco, je suppose qu'il a encore faim.

— J'ai fait un gâteau à l'ananas. J'espère qu'il va être bon, il m'a fallu beaucoup de temps pour le faire.

— Il me reste encore de la place! Tu veux que j'aille le chercher?

— Non! que je réponds un peu trop brusquement. Euh, je veux dire, merci, mais je vais y aller moi-même.

Je vais chercher l'arme de mon prochain crime dans la voiture et reviens vers le pique-nique. En arrivant près de ma victime, je « trébuche » sur une racine et échappe le gâteau en plein sur ses pantalons. Là, il est tout à fait sale!

— Oh non! Zut, excuse-moi! Je suis une catastrophe ambulante aujourd'hui!

Moment de silence suivi d'une grande inspiration de sa part.

— J'avoue que tu es un peu maladroite, mais c'est mignon. Ce sont juste des pantalons, ça se lave. Dommage pour ton gâteau!

Maudits bas jaunes!

— Bah, maintenant, c'est un renversé à l'ananas ! J'ai une paire de pantalons de jogging assez grande pour toi dans la voiture, si tu veux. Et tu peux rester torse nu, ça me dérange pas du tout, que j'ajoute avec un clin d'œil.

— D'accord, bonne idée. Je vais me changer, mais regarde pas, hein, me dit-il en me faisant un clin d'œil à son tour. (Ouais, c'est ça, espèce de trou de cul. Tu te crois vraiment irrésistible !)

— T'inquiète pas, je ferme les yeux. Donne-moi tes vêtements, je vais les mettre dans un sac et les laver chez moi.

— Laisse tomber, je te ferai quand même pas faire mon lavage !

— T'as même pas de laveuse, alors donne-les-moi.

— Ouin, c'est vrai, ça, m'accorde-t-il en me remettant ses pantalons et son chandail. À propos, je devrais recevoir mes meubles à la fin de la semaine prochaine.

Et voilà ma porte de sortie ! Je prends ses vêtements et me dirige vers la voiture. Je lance le tout sur le siège arrière, m'assieds derrière le volant, mets le contact, baisse ma vitre et lui crie :

— Justement, t'aurais pas oublié de me dire que ta BLONDE te serait livrée en même temps que tes meubles, espèce de con ?

— B-b-b-b-ben euh… Rosalie, qu'est-ce que tu fais ?

— Tu pensais quoi, que je le saurais jamais ?

— Non, écoute… je voulais t'en parler…

— Va chier ! En passant, la ville est à gauche, au bout du sentier ! *Ciao !*

Maudits bas jaunes!

Phase quatre : succès total ! Je roule sur le sentier tout en jetant un coup d'œil dans le rétroviseur pour l'apercevoir, en bobettes et en beaux souliers, la mine à la fois déconfite et ahurie. Victoire ! Je l'imagine marcher sur le bord de la route, l'air d'un imbécile, et essayer de faire du pouce. J'envoie un message texte aux filles pour leur confirmer la réussite sur toute la ligne de notre plan de vengeance diabolique.

Quand j'arrive chez moi, l'euphorie laisse peu à peu place au découragement. D'un côté, ça me fait du bien de l'imaginer en train de se faire klaxonner en bobettes, mais, d'un autre côté, me voilà de retour à la case départ. Le moral à zéro, je m'accorde un mini-instant de braillage intense. Je retourne me coucher en boule par terre, à côté de Pesto, et me mets à pleurer en criant : « Mais c'est quoi, mon problème ? » Comme Pesto n'a trouvé aucune réponse au bout de quinze minutes, je vais me coucher dans mon lit. On a beau être en plein après-midi, cette journée est trop mauvaise pour être vécue consciemment, alors aussi bien la dormir.

C'est Maude qui me réveille vers dix-sept heures.

— Rosalie, tu sais pas quoi ? s'exclame-t-elle lorsque je réponds.

— Non, je le sais pas encore, alors vas-y !

— C'est vraiment trop drôle. Environ trois quarts d'heure après que j'ai reçu ton message annonçant la réussite du plan « le gros cave va payer », Michel est arrivé à la maison avec les enfants.

— Super, et alors ?

— En entrant, Jordan s'est précipité sur moi pour me raconter qu'il avait vu quelqu'un faire du pouce en bobettes sur le bord de la route !

— Noooooon ! Ha ! ha ! J'avoue qu'elle est bonne.

Maudits bas jaunes!

— En plus, il m'a dit: «Je pense que c'était un sans-abri, il avait pas de linge, mais quelqu'un lui avait sûrement prêté une paire de souliers pour qu'il puisse marcher et aller quêter!»

— Il est vraiment trop drôle, ton fils!

— Attends, c'est pas ça, la meilleure! Comme c'était la première fois qu'il voyait un « quêteux », il a insisté pour que Michel arrête sur le bord du chemin, pour qu'il puisse lui donner des sous!... Ben imagine-toi donc que, pour éviter une crise, Michel l'a fait!

Je m'esclaffe et manque de me faire pipi dessus. Ça, c'est la phase numéro cinq non prévue, mais complètement triomphale du plan diabolique. Guillaume n'est pas près de se trouver une autre dinde à tromper! Je raconte en détail à Maude le déroulement de ma vengeance, et la charge d'en faire le compte rendu aux autres filles. J'ai le goût d'oublier tout ça et de passer à autre chose. Cependant, au vu de l'échec de ces deux tentatives rapprochées et des autres imbéciles qui m'ont écrit sur Internet, je pense que je vais attendre avant de resonger à ma résolution. Je vais me concentrer sur le travail; ça devrait me tenir suffisamment occupée.

CHAPITRE 7

Hélium, shooters et Sex... on the beach !

Je profite donc du mois de septembre pour apprendre à mieux connaître mes élèves et pour me familiariser avec la matière que je dois enseigner. Il me faut un certain temps pour mémoriser le nom des différents outils qu'on voit dans le cours de techno de quatrième secondaire, pour être certaine de savoir de quoi je vais parler et pour prévenir les éventuelles questions des élèves. Mais, apparemment, j'en ai oublié un...

— C'est quoi, ça, un pointeau, madame ? Y a même pas d'image !

— Bonne question, Christophe. (Hum ! Hum !...) Est-ce que quelqu'un dans la classe s'est déjà servi de cet outil et pourrait expliquer à quoi ça sert ?

— C'est facile, répond Francis. C'est un *punch* ! (Ben oui, Rosalie, tu ne sais pas ça !?)

— Effectivement, tu as raison. Et ça sert à quoi, Francis? Peux-tu l'expliquer?

— Ben, quand tu veux percer un trou, tu donnes un coup de *punch* et ça amorce le trou avant que tu utilises la perceuse.

— Et voilà! Très bien expliqué, Francis. Je n'aurais pas fait mieux. (Tu parles!)

Je suis sauvée du reste par la cloche. En tout cas, maintenant, je vais prendre soin de lire le manuel au complet et de chercher les termes que je ne connais pas!

La première journée pédagogique d'octobre me donne l'occasion de passer du temps avec les méchantes machines-outils, en compagnie de l'assistante de la technicienne en laboratoire. Le premier projet de techno consistera à fabriquer un genre de sauterelle jouet en bois avec des roues, que l'on peut faire avancer avec une corde. J'ai du mal à imaginer comment je vais demander aux élèves de faire ça, quand moi-même je n'ai aucune idée de la façon de procéder.

Karine me sort le matériel et les matériaux, et je prends le cahier des charges. Les premières étapes sont assez simples: noter les mesures sur les morceaux avant de les couper.

— Hé, ne fais pas ça au stylo!

— Ah non, pourquoi?

— Normalement, on utilise un crayon à mine, surtout quand on veut garder la couleur originale du bois.

— Merde!

Maudits bas jaunes!

— Ce n'est pas grave, on va le sabler et ça ne paraîtra plus.

— Ah ouin? Eh ben…

À la fin de l'avant-midi, j'ai enfin terminé ma sauterelle. Elle est vraiment laide, roule difficilement (les roues étant plus carrées que rondes) et a un trou en trop, mais j'ai encore tous mes doigts et il n'y a de sang nulle part. Maintenant, je serai en mesure d'expliquer à mes élèves les étapes à suivre et de leur dire précisément quoi ne pas faire (c'est-à-dire quatre-vingt-dix pour cent des gestes que j'ai faits), et je saurai être indulgente dans ma correction.

Je passe justement l'après-midi à corriger des rapports de laboratoire. L'amertume laissée par mon aventure avec Guillaume étant presque totalement disparue, plus rien ne m'empêche de me concentrer. Je n'ai d'ailleurs toujours pas repris la chasse au mâle ni ne suis retournée sur mon profil du site de rencontres; j'attends de me sentir de nouveau d'attaque. Les filles m'ont présenté quelques candidats, mais elles ont bien vite vu mon manque d'intérêt. Elles semblent avoir laissé tomber… pour le moment.

Ma fête arrive bientôt; vendredi prochain en fait. Nous avons prévu d'abord un souper bien arrosé au Bistro Mag suivi d'une débauche totale sur le *dance floor* du Bar d'à Côté. Ça pourrait être l'occasion idéale de me remettre en selle et de recommencer les travaux de prospection. Par contre, si je suis trop soûle, mes critères de sélection risquent de diminuer grandement. Bah, je n'aurai qu'à demander à Maude de surveiller mes choix; elle ne boit jamais plus de deux verres, elle est donc fiable à cent pour cent.

Mes parents m'invitent à souper avec ma sœur et Benoît jeudi. Comme ils ont tous les quatre quelque chose de prévu pour la fin de semaine, on va célébrer mon anniversaire ce jour-là. Ça fait bien mon affaire, car je sens que je vais être coma samedi toute la journée ! J'ai hâte, ça fait un bout qu'on n'a pas mangé tous ensemble.

La semaine à l'école passe assez vite. Je fais ma première visite avec ma classe au laboratoire de technologie, où j'explique les règles de sécurité et montre le fonctionnement général de chaque machine. Je parle comme si je m'en servais tous les jours, et les élèves n'y voient que du feu. Une chance que leurs parents n'étaient pas au secondaire en même temps que moi, ç'aurait miné ma crédibilité assez rapidement !

Le jeudi soir, j'arrive chez mes parents avant ma sœur. Même si je vais avoir vingt-huit ans (Seigneur que je suis vieille !) ma mère a décoré la maison comme pour une fête d'enfant. Il y a des ballons et des guirlandes partout. C'est bébé, mais j'adore ça !

— Bonne fête, ma grande ! Viens ici que je te donne des gros bisous ! (Ah ! ça, j'aime moins…)

— Merci, maman. C'est super beau, les décorations. Je savais pas qu'on disait félicitations aux gens quand c'était leur anniversaire, par contre.

— Ah non, ça, c'est pour ta sœur. On s'est dit qu'on pourrait fêter les deux événements en même temps. Qu'en penses-tu ?

— Oui, bonne idée, dis-je en essayant d'avoir l'air convaincue.

Ah ben, bâtard de marde ! C'est MA fête et il faut que je la partage ! On n'aurait pas pu organiser un AUTRE souper pour célébrer les fiançailles de ma sœur ? J'espère au moins qu'ils ne passeront pas la soirée à mentionner mon statut de célibataire. Pas le temps de m'apitoyer, Benoît et ma sœur arrivent.

— Félicitations, les amoureux !

Maudits bas jaunes !

— Wow ! Merci, maman, mais je pensais qu'on fêtait Rosalie.

— Ta mère s'est dit qu'on pourrait souligner les deux, explique mon père après m'avoir souhaité bonne fête à son tour.

— C'est vraiment très gentil, madame Lefebvre.

— Là, Benoît, tu vas marier ma fille, alors, si tu veux ma bénédiction, tu vas arrêter de m'appeler madame Lefebvre comme si j'étais une petite vieille malcommode et tu vas dire Doris. Pis lui, c'est pas monsieur Lefebvre, mais Prussien. (Ouais, mon père a un nom horrible, je sais !)

— Oui, madame Doris, euh… Doris.

— Bon, maintenant que c'est réglé, assoyez-vous, c'est prêt !

Ma mère a préparé mon plat préféré : une entrée de salade d'avocats, suivie d'un filet de porc farci aux canneberges et au brie accompagné de riz basmati et d'une salade César avec seulement les feuilles (pas de tiges !). Je sais que le porc n'est pas la viande favorite de ma sœur, alors ça me fait chaud au cœur de constater que ma fête a priorité sur ses fiançailles. Benoît vient cependant gâcher mon moment.

— J'aurais aimé apporter ton cadeau, Rosalie, mais il était pas encore prêt.

— Ah oui ? dis-je, tout heureuse. Qu'est-ce que c'est ?

— Une belle grosse paire de bas de laine jaunes, voyons ! Ma mère les a presque terminés.

— Ah, ce cadeau-là. J'ai vraiment hâte de les porter, lui réponds-je en levant les yeux au ciel.

Maudits bas jaunes!

Mon père demande aussitôt à Benoît de l'aider à desservir la table. Il doit être le seul homme au monde capable de détecter les signaux de détresse que les femmes envoient. Peut-être que le fait d'avoir été élevé avec douze sœurs et seulement deux frères a quelque chose à y voir. Quoi qu'il en soit, aucune autre allusion à la super danse de la sœur aînée célibataire n'est faite du reste du repas. L'ambiance est détendue et, même si je déteste l'idée de vieillir encore d'un an en étant de retour à la case départ, j'adore qu'on me chante *Bonne fête*. Mes parents m'offrent un week-end de détente dans un spa, et ma sœur, une paire de raquettes. Je suis très contente, je voulais justement m'y mettre cet hiver! Puisque tous travaillent demain, je repars chez moi vers vingt et une heures trente. Je me couche tôt pour être le plus en forme possible en vue de la soirée avec les filles.

Les élèves sont toujours plus agités à la veille d'un congé de trois jours. Aucun d'entre eux ne sait vraiment ce que signifie l'Action de grâce, mais ils sont tous bien contents que la fête existe! Quant à moi, je ne sais pas exactement pourquoi je devrais célébrer. Avec les échecs que j'ai connus récemment, je ne vois pas trop de quoi je pourrais être reconnaissante. Mais, malgré tout, je suis d'excellente humeur: c'est ma fête!

Chez moi, je passe une bonne heure devant ma garde-robe. J'ai beau posséder au moins trente chandails et camisoles, j'ai l'impression de n'avoir rien à me mettre. Après m'être changée pas moins de six fois, j'opte pour un jean moulant et un cache-cœur… qui ne cache pas mon cœur du tout! Je condamne mon placard avec mon mini fauteuil de chambre pour être certaine de ne pas être tentée de retourner faire d'autres essais et passe à l'étape suivante: les cheveux!

Une tresse sur le côté, pas de tresse sur le côté. Une queue de cheval, non, pas de queue de cheval. Un chignon sur le dessus de la tête, ark! non, pas de chignon sur le dessus de la tête. Dahhhhhhhhhhh! Crime que les gars sont chanceux, avec leurs cheveux courts! J'étire finalement mes cheveux au fer plat et décide de les laisser détachés : les gars aiment « avoir de la pogne », j'ai entendu ça dans un film. Étape trois : le visage !

Comme je n'ai aucun talent pour me maquiller, je ne possède que deux couleurs de fard à paupières, un cache-cernes, un crayon, un mascara et un brillant à lèvres. Maude m'a déjà donné un cours sur comment appliquer le tout et, surtout, dans quel ordre. À cette étape, la difficulté n'est plus dans la sélection, mais plutôt dans l'application, c'est-à-dire que je ne dois pas m'en mettre partout ! Le cache-cernes, ça va. Pour le fard, c'est beaucoup mieux depuis que Marine m'a précisé que le but n'est pas de se couvrir entièrement la paupière de bleu jusqu'au sourcil. Avec le crayon, tout se passe bien pour l'œil gauche, mais je dois recommencer deux fois pour le droit. Allez savoir pourquoi, je ne suis jamais capable de faire deux lignes pareilles. Après m'être rentré le bâton de mascara dans l'œil, je complète le tout et m'admire dans le miroir : ça va. Étape quatre : la finition !

Je choisis une paire de bottines à talons hauts qui me font des fesses d'enfer. Un peu de parfum entre les seins, cent dollars dans une poche avec ma clé d'appartement et, dans l'autre, un condom… juste au cas ! Je suis déjà en retard, donc je demande à Maude de passer me prendre. Pas question que je conduise, c'est certain que je vais être beaucoup trop soûle pour revenir en voiture !

Marine et Tommie sont déjà à notre table quand on arrive.

— Bonne fête, Rosa ! s'écrient-elles en chœur.

— Merciiiiiiiiiiiii !

— J'espère que t'es en forme parce qu'on a l'intention de fêter fort ce soir ! dit Tommie, que je sens déjà un peu *feeling*.

Maudits bas jaunes !

— Oh que oui ! Et, les filles, c'est ce soir que je recommence la chasse au gros gibier !

— On avait cru comprendre ça, oui. Méchante belle craque ! dit Marine en riant.

— Merci… mais est-ce que c'est trop ?

— PAS DU TOUT, affirme Tommie en détachant bien chacun des mots.

— Disons juste qu'elle a tellement de personnalité qu'on pourrait lui créer un profil Facebook ! blague Maude.

— T'inquiète pas, Rosalie, tu es très femme ce soir ! C'est sûr que tu finiras pas la soirée seule et que t'auras pas à payer grand-chose au bar, me rassure Marine.

— Super ! Maude, je compte sur toi pour m'empêcher de partir avec un gars que personne connaît ou de faire une niaiserie que je pourrais regretter.

Mes arrières étant assurés, on commande la première de quatre bouteilles de vin. Le souper est aussi délicieux que notre alcoolémie est élevée. Nous sommes certainement les clientes les plus bruyantes et les plus désagréables du bistro. Note à moi-même : Il faut que je me souvienne de ne plus avoir envie d'arracher la tête des gens qui parlent trop fort au restaurant quand ils célèbrent un anniversaire. J'insiste pour que les serveurs me chantent tous *Bonne fête* et qu'il y ait au moins une chandelle sur mon gâteau.

Il est déjà vingt-trois heures lorsqu'on quitte le bistro. Les filles ont payé mon addition et ont laissé un généreux pourboire… sûrement pour faire oublier notre comportement et pour s'assurer qu'on pourra revenir quand on sera à jeun. Maintenant, direction le bar !

Maudits bas jaunes!

Il y a déjà plein de monde lorsqu'on arrive. Je me souviens alors que c'est ce soir que la tournée des concurrents de la dernière téléréalité à la mode s'arrête dans notre bar. Eh merde! Les gars vont sûrement tous se pâmer sur des petites blondes aux faux seins. Ne pense pas à ça, Rosalie; de toute façon, ce soir, c'est toi la plus belle.

Les filles ont accroché un ballon gonflé à l'hélium à mon chandail, pour que tout le monde puisse me souhaiter un joyeux anniversaire. Je les soupçonne de l'avoir fait pour ne pas me perdre de vue. Elles sont toutes déjà assez soûles (même Maude, qui s'est lâchée lousse!), mais je le suis un brin plus qu'elles. En tout cas, leur plan fonctionne, car ça fait déjà deux gars qui me paient un *shooter* pour célébrer l'occasion. N'ayant plus aucune inhibition, on se ramasse toutes les quatre à danser sur les haut-parleurs. Je ne me souviens pas d'avoir déjà eu autant de plaisir dans un bar! Après deux chansons, on redescend de notre piédestal pour se commander à boire. C'est à ce moment qu'on perd Marine. Un beau mec lui propose une bière et elle part danser avec lui. Quant à moi, j'essaie de me frayer un chemin jusqu'au bar. Je tire une chaise qui se trouve sur mon passage et entends un « ouuuuuuuuuuuuuuuuuuuuuuuch » assez senti. Je me retourne et découvre un gars plié en deux. Je constate que je lui ai balancé le dossier de la chaise directement dans l'entrejambe. Comme je m'avance pour m'excuser, le gars se relève: c'est Guillaume! De la marde, les excuses! Bien fait pour lui! Je me retourne rapidement pour qu'il ne me voie pas et arrive juste à temps au bar pour prendre le *shooter* que Maude me tend. Comme on repart sur la piste de danse, je sens quelqu'un me taper sur l'épaule. J'espère que ce n'est pas Guillaume… Mais c'est plutôt un gars très musclé, sans pour autant avoir l'air soufflé, avec un air sexy, qui m'aborde. Je fais signe aux filles que j'irai les rejoindre plus tard.

— Salut, toi! Je suppose que c'est ta fête!

— Oh que oui! Vingt-huit ans ce soir.

— Dans ce cas : bonne fête ! me dit-il en me donnant deux becs sur les joues. C'est quoi, ton nom ?

— Rosalie, et toi ?

— Robert, mais c'est laid, alors tout le monde m'appelle Bob !

— Ah ben, enchantée, Bob !

— Je peux te payer un verre ? Tu bois quoi ?

— C'est gentil ! Un *Sex on the beach* dans ce cas, s'il te plaît. (En espérant qu'il comprenne l'allusion !)

Pendant qu'il commande nos boissons, le DJ fait jouer *I Will Survive*.

— *Oh my God !* C'est ma toune !!!!!!!!!!!!!

Et je le plante là, avec mon verre ! Je rejoins les filles sur la piste de danse et me donne à fond. Je chante tellement fort que j'ai l'impression d'enterrer la musique ! À la fin de la chanson, une petite voix me rappelle que j'ai abandonné le gars au bar. Je retourne le voir ; il a encore mon verre à la main. Je le remercie et essaie d'amorcer une discussion, mais Maude et Tommie viennent me chercher pour m'offrir un autre *shooter*. Elles veulent retourner sur les haut-parleurs. Je laisse de nouveau mon ex-future baise en plan et poursuis la débauche avec les filles. En chemin, je repère discrètement Marine dans un coin, en train de *frencher* son mec à pleine gueule.

On danse comme des déchaînées depuis au moins vingt minutes quand le DJ interrompt la soirée.

— Hé, tout le monde, êtes-vous sur le party ?

— *Yeah !!!!!!* crie la foule.

Maudits bas jaunes!

— Ç'aurait l'air que c'est la fête de quelqu'un ce soir. Rosalie, où es-tu, Rosalie? (Ah non, pas moi? Les filles ne m'ont pas fait ce coup-là?!) Rosalie Lefebvre?

— Elle est ici!!!!!!!! crie Maude, que je n'ai jamais vue aussi soûle, avec la voix aiguë d'une hystérique. Vas-y, Rosa!

Ainsi démasquée, je n'ai pas vraiment d'autre choix que de monter sur la scène pour rejoindre le DJ. J'aperçois une chaise et une rangée de *shooters*. Tant qu'il ne me demande pas de monter sur la chaise et de faire la poule, ça devrait être correct.

— Ce soir, Rosalie, tu vas avoir droit à un cadeau spécial pour tes vingt-huit ans, annonce DJ Marco avec une voix qu'il doit croire profonde et sexy.

— Ah oui?

— Oh oui! Pour ceux qui ne l'avaient pas remarqué, c'est la tournée des ex-candidats ce soir! (Ouin pis?) On a justement quelqu'un de spécial qui est prêt à t'offrir un petit numéro, étant donné que c'est ta fête. (Ah non, c'est pas ce que je pense!?) Allez tout le monde, on accueille le participant ET danseur au 281...

— Ah ben viarge! que je crie tandis que le DJ nomme le mec devant moi.

— Alors, Rosalie, tu vois les cinq *shooters* qui sont là?

Je fais signe que oui, un brin inquiète.

— C'est notre stripteaseur préféré qui va t'aider à les prendre! On l'encourage, tout le monde!

— *Let's go*, Rosaliiiiiiiiiiiiiiiiiiiiiiiie! crient Maude, Tommie et Marine, qui semble avoir laissé tomber son mec pour le spectacle.

Le DJ met *Let's Get It On* de Marvin Gaye et mon «cadeau» commence à se déshabiller. J'ai lu dans un magazine que, lorsqu'il faisait des tournées de promotion, il ne pouvait enlever que son chandail et faire semblant de descendre ses pantalons, contrat oblige. Ça me convient très bien. J'avale donc un *shooter* qu'il tient dans sa bouche, un autre pendant qu'il est assis sur moi, un troisième que je dois aller chercher moi-même sur son nombril alors qu'il est couché sur la chaise, et un quatrième qu'il a pris soin de se verser sur le torse (celui-là, je fais plus semblant d'aspirer qu'autre chose !). Je laisse tomber le dernier quand je comprends qu'il faut que j'aille le chercher entre ses jambes. Je n'ai vraiment pas envie qu'un cave prenne une photo et que j'aie l'air de faire une pipe en public à une vedette de... du spectacle...

De retour sur la piste de danse, le gars du bar revient me voir avec un autre verre. J'ai déjà un peu mal au cœur et je commence à zigzaguer quand je marche, alors je me promets que ce sera le dernier.

— Tiens, je t'ai pris un autre *Sex on the beach*.

— Hé hé, merci, euh... (Merde, c'est quoi son nom ?)

— Ça fait plaisir ! Bonne fête encore ! T'as eu quel âge déjà ?

— Je te l'ai dit tantôt, tu m'écoutais pas ? (Ben quoi ? Moi non plus, mais ça, il ne le sait pas !)

— Euh... oui oui, mais...

— OK, on fait un marché : je te redis mon âge si tu me rappelles ton nom.

— C'est Bob, dit-il en riant. (Ah oui, c'est ça, le nom laid !)

Cette soirée d'anniversaire est ce qu'il me fallait pour me requinquer : de l'alcool, un danseur nu, de la bonne musique et un mec pour me draguer ! Tu ne passeras pas la nuit seule, Rosalie Lefebvre, c'est moi qui te le dis !

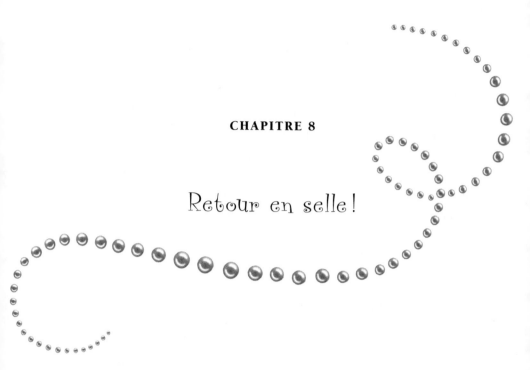

CHAPITRE 8

Retour en selle!

J'ouvre un œil, je suis dans ma chambre : ouf! Le reste de la soirée d'hier est un *black-out* total! Aucun souvenir de comment je suis rentrée. Mon soulagement est de courte durée, car je sens le matelas bouger. Merde, il y a quelqu'un dans mon lit! Je me retourne doucement et ne vois que des cheveux que je ne reconnais pas... des cheveux de femme! Wôôôô minute! J'étais soûle, mais pas au point de changer d'orientation! La fille se retourne et... c'est Maude. Ouf!

— Maude, qu'est-ce que tu fais là?

— Chut! Pas si fort, j'ai mal aux cheveux ce matin. J'ai vraiment trop bu, je pense.

— Parlant de cheveux, veux-tu bien me dire ce que t'as sur la tête?

— Quoi, qu'est-ce qu'il y a?

— T'as une perruque!

Maudits bas jaunes!

— Hein? Ah oui, il y avait une autre fille dans le bar à qui c'était la fête. Ses amies lui avaient mis une perruque et elle aimait pas ça. J'ai toujours voulu être blonde, alors je la lui ai achetée.

— T'es vraiment nouille, ça te va pas bien du tout! Mais comment ça se fait que t'as dormi ici? J'étais pas avec un super mec sexy et musclé?

— Parlons-en, de ton Bob! Tu devais être vraiment soûle, parce qu'en vrai, il était archi laid!!!!!

— Hein? Ben voyons donc!

— Je te dis, il avait plein de boutons en plus! Tommie et moi on capotait, on avait peur que tu partes avec, alors je suis revenue en taxi avec toi. J'ai appelé Michel pour lui dire que je restais coucher ici. De toute façon, j'étais trop soûle et j'avais pas assez d'argent pour prendre le taxi jusque chez moi.

— Mais là, vous m'avez laissée passer la soirée avec ce gars-là?

— Euh, on a essayé d'aller te chercher, mais soit tu retournais le voir, soit c'est lui qui te suivait.

— Bon, merci, dans ce cas.

— Ça fait plaisir. Sérieux, je pense que j'avais pas encore eu les enfants la dernière fois que j'ai bu autant! Guillaume était là aussi, tu l'as vu? Tommie m'a montré c'était qui quand on est arrivées, mais je l'ai pas revu de la soirée.

— Oui, je suis tombée sur lui. En fait, je lui ai balancé une chaise dans les couilles, c'est peut-être pour ça qu'il est pas resté longtemps!

— Nooooooon!

Maudits bas jaunes !

— Ouin. C'était un accident, mais il y a des accidents qui tombent mieux que d'autres ! Je suis vite repartie, donc je pense pas qu'il sache que c'était moi.

— Tu oublies qu'il y avait un ballon qui te suivait…

— Merde ! Ah, c'est pas grave !

Je réussis tant bien que mal à me lever. Pour Maude, c'est plus pénible. Elle vomit deux fois avant de réussir à s'habiller. Elle appelle Michel pour qu'il vienne la chercher, car je me sens encore beaucoup trop soûle pour aller la reconduire. Je laisse tomber le déjeuner, je ne suis pas certaine qu'il aurait le temps de se rendre à mon estomac. Je me sens comme une grosse patate, et un mal de tête refuse de me quitter. Je décrète donc une journée films et divan.

J'alterne entre les siestes et les vieux films. Vers la fin de l'après-midi, je me sens toujours vaseuse, mais je commence à avoir faim. Je commande ce qu'il y a de mieux pour me remettre sur pied : une grosse poutine. Le repas passe, et je profite de la soirée pour répondre aux messages de tous ceux qui m'ont souhaité un joyeux anniversaire.

Je repense à ma soirée d'hier (du moins, à la partie dont je me souviens) et, même si Bob était laid, j'avoue que ça m'a fait du bien de me faire draguer. Je vais redonner une chance au site de rencontres, je crois. Pourquoi pas maintenant ? Retournons voir si FemmeRésolue a reçu des messages pendant que je la boudais !

Wouah ! Quatre messages !

À : FemmeRésolue
De : Lancelot32

Oyez, oyez, gente dame !

Mon cœur de chevalier a été conquis par votre beauté. C'était mon destin de lire le profil de votre âme et je ne doute pas

qu'une correspondance entre nos deux cœurs puisse nous conduire au grand amour. Apportez-moi votre aide dans ma quête et vous découvrirez le gentilhomme qui se cache sous mon armure.

Dans l'espérance d'une réponse favorable, je demeure votre preux chevalier,

Lancelot

Quel message! Je ne crois pas que Lancelot soit mon genre d'homme. Je me souviens du local de ceux qui jouaient à Donjons et Dragons quand j'allais au cégep. Certains des gars qui le fréquentaient arboraient une longue barbe et portaient un chandail aux manches bouffantes. Pas certaine de vouloir me faire courtiser avec des ballades et des « gente dame » par-ci, par-là. *Le premier chevalier* fait partie de mes films préférés, et aucun homme ne pourra jamais remplacer Richard Gere dans mon fantasme médiéval. Je prends quand même le temps de lui répondre.

À : Lancelot32
De : FemmeRésolue

Cher Lancelot,

Mon cœur a été touché par votre noble missive, mais, hélas, je ne puis faire route à vos côtés.

(Oh, c'est bien dit, ça! Je m'imagine le déclamer avec le revers de la main sur le front.)

Nos quêtes sont différentes, mais je vous souhaite de rencontrer votre âme sœur à la prochaine croisée des chemins. Puisse la bonne fortune vous accompagner.

Gente dame résolue x

Je me relis et m'épate moi-même. Bon, voyons voir le deuxième message.

Maudits bas jaunes!

À: FemmeRésolue
De: IronMan69

(Ah non, pas encore un vieux!)

Yo, Femme!

T'a l'air sex sur ta pic! Chu pas icitt pour l'amour, mes plus pour trouver qq1 avec qui fourrer! J'ai de l'expérience et chu ben membré. J'aime les 69 et on peut faire de l'anal si tu veut essayer. Fak comme t'as l'air un peux cochonne, j'attend de tes news si tu veux te faire broutter.

Ouach! Il y en a donc bien, des pervers, sur ce site-là! Malgré toutes ses fautes, le message est clair en tout cas. Pas de méprise possible! Allons-y alors d'une réponse aussi limpide.

À: IronMan69
De: FemmeRésolue

Non merci!

Un homme du Moyen Âge, un accro du sexe… Quel bizarroïde me réserve le prochain message? Jusqu'à maintenant, je n'ai aucun prétendant sérieux, mais j'ai bien du plaisir! Je pense que, même si je finis par être en couple, je vais demeurer abonnée au site pour continuer à recevoir des courriels aussi drôles!

À: FemmeRésolue
De: Clic_sur_moi

Allô à toi,

Je suis tombé sur ton profil et je l'ai trouvé charmant. Si le mien t'intéresse, viens me parler.

Bonne journée

Maudits bas jaunes!

Enfin un message qui a de l'allure. Bon, il n'en dit pas beaucoup. En fait, il ne dit rien du tout! Je vais suivre son conseil et lire son profil avant de répondre quoi que ce soit.

Bon, la photo n'est pas trop mal, quoiqu'on ne voie que son visage.

Nombre d'enfants: 4 (soit quatre de trop!).

Désire des enfants: oui (il veut une équipe de baseball ou quoi?).

Situation financière: précaire (très vendeur, il aurait pu ne rien mettre).

Occupation: à la maison (de mieux en mieux).

Scolarité: études primaires (quoi ajouter?).

Pas du tout mon genre, finalement. Je lui réponds quand même.

À: Clic_sur_moi
De: FemmeRésolue

Salut!

Merci pour ton message, mais je cherche plutôt quelqu'un qui n'a pas encore sa propre famille. Je te souhaite bonne chance dans tes recherches!

Bonne soirée!

Je croise les doigts pour que le dernier « prétendant » soit tout le contraire de Clic_sur_moi. Il me semble que je mérite l'homme parfait!

À: FemmeRésolue
De: Hippocrate33

Bonjour,

Je suis nouvellement arrivé en région et j'aimerais beaucoup connaître de nouvelles personnes. Tu as l'air d'une fille

cultivée et très énergique et c'est ce que je recherche. Mon métier m'a fait visiter le Cambodge, la Namibie, le Burkina Faso et le Cameroun. J'aimerais bien discuter avec toi si tu veux.

Fais-moi signe !

Eh bien, il semblerait que nous ayons un gagnant ! Allons voir si sa fiche ne le disqualifie pas lui aussi.

Nombre d'enfants : aucun (c'est bien parti !).

Désire des enfants : indécis (traduction : je ne demande qu'à être convaincu, mais je veux éviter celles qui viennent sur le site pour un don de sperme).

Situation financière : aisée (bon, je ne cherche pas un gars riche, mais j'aime bien quand quelqu'un peut se permettre de sortir sans compter chaque cenne dépensée).

Occupation : employé (parfait ! Les gars qui sont patrons de leur compagnie reçoivent toujours mille appels pour des trucs qui ne fonctionnent pas).

Scolarité : doctorat (pas de doute, il doit être cultivé !).

Tout semble en règle. Une réponse positive, ça va faire du bien.

À : Hippocrate33
De : FemmeRésolue

Salut, Hippocrate !

Bienvenue en région ! J'espère que tu aimes notre coin de pays. J'ai trouvé ton profil très intéressant et les voyages que tu as faits ont l'air vraiment super ! Qu'as-tu préféré ?

De mon côté, je commence à peine à découvrir le monde. J'ai vu le Mexique, et une bonne partie de la France et de l'Italie. Deux coins complètement différents, mais tout aussi incroyables.

J'ai hâte d'en savoir plus sur toi !

Serais-tu médecin par hasard ? 😊

Femme Résolue

Cette chasse au mâle s'avère beaucoup plus divertissante que je ne l'aurais pensé ! J'ai eu plus de *prospects* en deux mois que durant mes six années d'études collégiales et universitaires !

Décompte avant **DCMAVQGD** (pour Danse conne mais accompagnée vu la quantité de gibier disponible) :

300 jours.

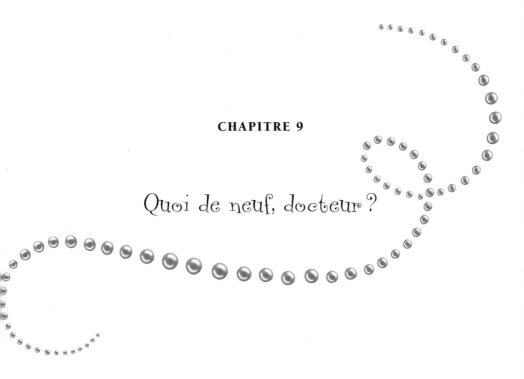

CHAPITRE 9

Quoi de neuf, docteur ?

Le reste du long congé se décline en une suite de siestes et de films. Non mais, deux jours pour me remettre d'une brosse, je vieillis vraiment mal! Je reprends tranquillement vie lundi. J'en profite pour mettre le nez dehors et faire un léger jogging pour évacuer toute la crasse de poutine et de bière des derniers jours. Ah! que ça fait du bien!

En fin de soirée, je passe vérifier si j'ai reçu un message d'Hippocrate33. Bingo!

À: FemmeRésolue
De: Hippocrate33

Bon lundi!

Eh oui, tu as bien deviné, je suis médecin. J'avoue que mon pseudo fournit un bon indice. Ce que j'ai le plus aimé en voyage? J'avoue que les paysages à couper le souffle du Cambodge et les couchers de soleil sur la savane de la Namibie

sont gravés dans ma mémoire. C'est génial de voyager pour le travail ; ça limite les dépenses.

(Euh, t'as vraiment écrit ça ?)

Et toi, que fais-tu dans la vie ? C'est chouette que tu puisses te payer des aventures comme ça ! (OK, reviens-en !) Sinon, que fais-tu de tes temps libres ?

Bonne fin de congé !

Il a l'air gentil. Bon, il fait un peu trop allusion à l'argent, mais il est peut-être seulement maladroit. Ce n'est pas évident de savoir quoi écrire quand on n'a jamais rencontré l'autre. De toute façon, ce n'est pas comme si j'avais l'embarras du choix. Je vais laisser passer quelques jours avant de lui donner une chance.

Mardi, je retourne en classe, en pleine forme heureusement. Mon projet de sauterelle roulante avec les élèves avance bien. Francis, celui qui savait ce qu'était un pointeau, s'avère un passionné de menuiserie. Il connaît déjà plusieurs techniques et il est bien meilleur que moi ! Sa sauterelle a presque l'air vivante ! Il donne un coup de main aux autres, ce qui m'aide beaucoup. Les élèves n'ont pas trop l'air de se rendre compte que c'est lui qui me montre des trucs…

J'ai une autre élève qui se démarque : Laurie, la version ado de moi-même. Elle est tellement gaffeuse ! Jusqu'à maintenant, elle a réussi à casser une égoïne (je ne savais pas que c'était possible) et à confondre du vernis à bois avec de la colle, et sa sauterelle ressemble à un gros rectangle avec des pattes. Elle met beaucoup d'efforts, mais plus elle essaie, plus elle s'empêtre.

Je n'ai pas le temps de m'ennuyer, mais je m'en garde tout de même un peu pour me trouver un homme avant le mariage de ma sœur. Comme elle ne manque pas de me parler des maudits bas

Maudits bas jaunes!

jaunes chaque fois qu'on se voit, c'est difficile d'oublier mon objectif. Il est d'ailleurs temps que je réponde à mon gentil docteur.

À : Hippocrate33
De : FemmeRésolue

Salut !

J'avoue que, d'après la description que tu en fais, ça doit être génial, le Cambodge ! J'aimerais bien y aller un jour, moi aussi. J'ai justement tous mes étés libres pour voyager ; voilà un indice sur ce que je fais dans la vie 😎

Sinon, dans mes temps libres, je sors avec mes amis, je fais du jogging ou j'écoute la télé ; tout dépend de mon humeur. Et toi ?

Envoyé. Oh, il est en ligne !

> **Hippocrate**
> Hé, salut ! Je viens de lire ton message. Comment ça va ?

> **FemmeRésolue**
> Salut ! Ouah, je savais pas qu'on pouvait clavarder sur ce site ! Ça va et toi ?

> **Hippocrate**
> Oui, très bien ! Je crois avoir deviné que tu es enseignante, est-ce le cas ?

> **FemmeRésolue**
> Eh oui, je suis prof de sciences au secondaire.

> **Hippocrate**
> Cool ! Ça te dirait qu'on continue notre conversation autour d'un bon souper ?

(Euh…)

Maudits bas jaunes !

FemmeRésolue

Oui, pourquoi pas ! Samedi prochain ?

Hippocrate

Ce serait parfait. On pourrait aller au Manoir Royal !

(Wow ! Un resto chic, ça promet !)

FemmeRésolue

Très bonne idée ! Je t'y rejoins donc samedi à dix-neuf heures.

Hippocrate

Je pourrais plutôt passer te prendre.

FemmeRésolue

Bien sûr. Je te donne l'adresse.

(Celle de ma voisine, juste au cas.)

Hippocrate

C'est noté ! J'ai hâte☺ Bonne soirée !

FemmeRésolue

Toi aussi.

Et voilà ! Un rendez-vous, yé ! Avec un médecin en plus. On dirait que ç'a un petit quelque chose de spécial, de classe. C'est toujours agréable de connaître quelqu'un qui peut vous dire pourquoi vous avez mal quelque part. Et j'ai toujours voulu jouer pour de vrai au docteur ! Il doit sûrement avoir les mains habiles…

Ça y est, j'ai mis mon pantalon gris et ma belle blouse crème. Un dernier coup d'œil dans le miroir et je suis prête.

Maudits bas jaunes!

François-Alexandre (cette fois, je n'ai pas pris de risque, je lui ai demandé son nom avant!) devrait arriver dans une vingtaine de minutes. Ça me laisse le temps pour une petite coupe de vin avant de partir. Marine doit aussi passer me porter un livre qu'elle m'a emprunté la semaine dernière.

— Salut! Je te rapporte ton Dan Brown. C'est vrai que c'est pas mal bon!

— Merci. T'en aurais pas un à me prêter? J'ai plus rien à lire.

— Je vais regarder ça. Mais toi, tu vas passer une entrevue ou quoi?

— Ah merde, j'ai l'air d'aller postuler quelque part?

— Bah, un peu, oui. Ça, ou d'avoir un souper d'affaires.

— Bon, je vais aller me changer alors, que je réponds en bougonnant.

— Pourquoi tu voulais t'habiller chic, au fait?

— J'ai un rendez-vous. J'ai rencontré un autre gars sur le site. Il a l'air gentil et il est médecin! J'voulais vous en parler, mais j'ai été tellement occupée cette semaine que ça m'est sorti de la tête, que j'explique en me changeant.

— Je te pardonne, à la condition que tu m'en parles en premier, aussitôt que tu reviens!

— Marché conclu. Si je ne t'ai pas appelée, tu sauras que mon beau docteur m'aura passée au scalpel! C'est mieux, comme ça? que je lui demande, maintenant en jean noir et chemisier de soie rouge.

— Parfait! C'est chic, *glamour*, avec un petit côté sexy pour qu'il sache ce que tu veux! dit-elle en riant.

Maudits bas jaunes !

— Super ! Bon, il arrive. Je dois y aller. Bonne soirée !

— Voyons, tu divagues ! Y a personne dans la cour.

— C'est parce que je lui ai donné l'adresse de la voisine.

— T'es drôle ; belle prudence ! Dans ce cas, je te laisse. Bon tour de… FERRARI !! s'écrie-t-elle. Ah ben là, je suis jalouse.

Je laisse Marine plantée dans mon appartement et passe par-derrière pour ressortir dans la cour de ma voisine. Une chance qu'elle n'est pas là, car j'aurais vraiment eu l'air d'une belle épaisse. En montant dans la voiture, je comprends pourquoi Marine était si jalouse. C'est vraiment spacieux et luxueux. Bref, un bel endroit pour… tsé là… Reprends tes esprits, Rosalie, tu sais que ça paraît toujours dans ton visage quand tu penses à ça ! En plus, on arrive au restaurant.

— Oh, le stationnement coûte deux dollars, t'aurais pas un dollar ?

— Euh, oui oui. (J'imagine qu'il a l'habitude de payer avec sa carte !)

La serveuse nous conduit à la meilleure table. On a vue sur la rivière et le centre-ville, c'est magnifique. J'adore ce restaurant, même si je n'ai pas l'habitude d'y venir parce qu'il est au-dessus de mes moyens.

— Je suis venu souper ici avec des collègues quand je suis arrivé en région. Je te conseille l'entrée d'escargots à la provençale, me suggère-t-il alors qu'on regarde le menu.

— Ah oui ? Dans ce cas, je vais l'essayer. D'autres idées ?

— Le filet mignon Napoléon est vraiment excellent. Il est servi avec un délicieux risotto.

Maudits bas jaunes!

— Parfait, c'est ce que je vais prendre, tu m'as convaincue. (Wow! Il veut vraiment m'impressionner. C'est la première fois qu'un homme m'encourage à prendre les plats les plus chers. J'ai gagné le gros lot!)

— On commande du vin?

— Oui, bonne idée. Tu aimes le rouge?

— C'est parfait pour moi. Tu veux choisir?

— Non, je te fais confiance (je ne connais tellement rien au vin, il me faut mes pastilles!).

François-Alexandre commande une des bouteilles les plus chères sur le menu. Il ne regarde vraiment pas à la dépense! Je me suis sûrement trompée sur son compte, il n'est pas autant à l'argent que je le croyais.

Malgré les deux fois où il me mentionne, pas du tout subtilement, son salaire annuel, la conversation est assez intéressante. On parle de voyage jusqu'au dessert. En fait, on parle jusqu'à ce que la serveuse vienne nous interrompre.

— Désirez-vous autre chose?

— Non, je crois que ça va être tout, répond François-Alexandre après m'avoir consultée du regard.

— Parfait. Une ou deux factures?

— Des factures séparées, s'il vous plaît, demande mon EX-futur chum. Vous n'aurez qu'à diviser la bouteille de vin en deux.

PARDON???????? Tu me fais choisir la bouffe la plus chère, tu prends une bouteille de vin que je ne me paierais même pas pour ma fête, tu te vantes de ton salaire astronomique pis tu me fais payer ma facture ???? Ah ben, j'ai mon voyage! QUATRE-VINGT-DIX-SEPT DOLLARS! Pis le pourboire n'est pas encore inclus! C'est n'importe quoi.

Je paie sans dire un mot. Sur le chemin du retour, je ne réponds que par des « mmm », « ouin » et « fffff ». Je suis beaucoup trop frustrée et sous le choc pour dire quelque chose. Mais, en me ramenant dans la cour de ma voisine, mon cavalier au nom de frais chié me réserve une autre surprise.

— Écoute, Rosalie, j'ai passé une belle soirée, mais je crois pas que ça ira plus loin entre nous.

— Ah. (Eille, c'est moi qui voulais te domper!)

— Oui. En discutant avec toi, j'ai constaté qu'on n'évolue pas vraiment dans le même monde. Je suis médecin et…

— T'as bien raison! l'interromps-je. On n'est vraiment pas faits pour être ensemble. T'es beaucoup trop *cheap* et prétentieux pour la petite bachelière que je suis. À propos, tiens! V'là trois dollars pour l'essence. Bonne soirée!

Je claque la porte et salue ma voisine, qui est de retour chez elle. Je n'ai pas le goût de m'expliquer, alors je lui dis que mon ami s'est trompé d'adresse, et je rentre chez moi. Quelle soirée de merde! Je dois bien être la seule conne qui ne l'ait pas vu venir!

Ça fait trois mois que j'ai pris ma résolution et il me semble que je pourrais déjà écrire un livre avec tout ce qui m'est arrivé. Un cuisinier sexy déjà pris, un parent d'élève, un faux beau gars, un danseur du 281 et un docteur radin. Il serait temps que je trouve quelqu'un de sérieux. Je pense que je vais mettre le site de rencontres de côté pour le moment. J'appelle Marine pour l'aviser du déroulement de ma palpitante soirée.

Maudits bas jaunes!

— Salut, je suis revenue!

— Déjà? Alors, pas de baise intense entre la boîte de vitesse et le coffre à gants?

— Eh non! Je suis certaine que, si on l'avait fait, il m'aurait demandé de payer la moitié du prix du condom!

— Ben voyons donc! Comment ça s'est passé?

— On a parlé de voyage; ça, c'était intéressant. Il m'a claire-ment dit à deux reprises qu'il était TRÈS à l'aise financièrement, pis il a eu le culot de me faire payer ma facture et de séparer la bouteille à soixante piastres qu'IL avait choisie! En plus, j'ai payé ma part du parcomètre!

— Ouin, t'es quasiment chanceuse qu'il t'ait pas facturé l'essence!

— En fait, j'étais tellement insultée que je lui ai lancé trois dollars par la tête quand il m'a reconduite.

— Bien fait pour lui! Bon, je te laisse. Je pars en congrès à Trois-Rivières lundi et j'ai encore plein de trucs à préparer.

— Ah oui, j'avais oublié. Profites-en bien… dans tous les sens du terme!

— J'y compte bien! Bonne nuit!

Le lendemain, je me lève avec l'envie d'une bonne séance de jogging, question de finir de digérer le repas d'hier ET l'addition. C'est une journée étonnamment ensoleillée pour le milieu d'octobre; je ne prends pas de risque et décide de me mettre de la crème solaire. Je brûle si facilement, et rarement de façon égale! Ma lotion étant en aérosol, je sors sur mon balcon pour m'en appliquer. Un coup de vent ferme brusquement la porte derrière moi. Eh merde! C'est barré, je suis sans chaussures et mon cellulaire est à l'intérieur. Je suis vraiment mal foutue! Ma voisine étant partie (déjà!?), je m'assieds sur le pas de ma porte en attendant que quelqu'un passe pour lui emprunter son téléphone. C'est beaucoup exiger d'une petite ville un dimanche matin. Je dois attendre trente-cinq minutes avant qu'une âme se pointe… et c'est une personne âgée! Quelle chance, mamie vient justement de s'acheter un cellulaire sur les recommandations de sa fille.

Parce que, voyez-vous, Martine, la fille de mamie, a déménagé à Montréal le mois passé, car son mari, Pierre, a obtenu un nouvel emploi pour une grosse compagnie qui fabrique des machines (comprendre ici des voitures). Martine veut pouvoir joindre mamie en tout temps maintenant qu'elle ne vit plus près d'elle. Mamie s'ennuie de ses petits-enfants, Camille et Tristan, et bla bla bla. Elle en a, de la jasette, mamie! Elle me prête son cellulaire uniquement après m'avoir raconté comment elle et son mari sont arrivés dans la région en 1953!

Une chance que je connais le numéro du serrurier par cœur. Pour une fois, je suis contente d'avoir eu besoin de lui aussi souvent. Il n'a pas l'habitude de travailler le dimanche, mais il m'a déjà dit que j'étais un cas spécial et qu'il viendrait toujours pour moi. Il arrive rapidement; je n'ai même pas eu besoin de lui donner l'adresse.

— Ouin, Rosalie, tu t'ennuyais de moi?

— Régis, cette fois, je te jure que c'est pas ma faute! Le vent m'a enfermée dehors, que je tente de le convaincre.

— Le vent… J'adore faire affaire avec toi, Rosalie, t'as toujours les meilleures histoires! En tout cas, si t'étais pas aussi jeune, je croirais que tu le fais exprès, pour me séduire, suggère mon sauveur en riant.

Maudits bas jaunes!

Je ris à mon tour. C'est un petit jeu entre Régis et moi. Il pourrait presque être mon grand-père et il adore jouer les protecteurs. Il m'ouvre et je peux enfin rentrer chez moi. Ah oui, je voulais aller courir! J'enfile mes chaussures, prends ma clé et retourne à l'extérieur pour un léger échauffement.

Autant j'aime courir, autant j'aimerais être un homme quand je cours et réussir à ne penser à rien. Là, je me demande si j'ai pensé à éteindre la cafetière ou si j'ai envoyé un mémo à ma directrice pour solliciter une rencontre au sujet d'un élève qui a des problèmes de comportement. Je pense à tout ce que je dois faire cette semaine : écrire aux filles pour organiser un souper de LSGirls, envoyer un mémo aux parents afin d'obtenir l'autorisation de sortie pour visiter une exposition scientifique, prendre rendez-vous chez l'esthéticienne parce que je suis à la veille de n'avoir plus qu'un seul sourcil et appeler Léa pour m'informer de l'organisation de son mariage. Pas moyen de juste courir.

J'aperçois enfin mon appartement après cinquante-cinq minutes d'effort. J'ai chaud, je suis complètement trempée et tout échevelée, mais mon Dieu que ça fait du bien!

Après une bonne douche, je passe à l'épicerie. Puis, avant de commencer mon bouilli aux légumes, je prépare le mémo destiné aux parents de mes élèves, envoie le courriel à ma directrice et écris un mot aux filles sur notre groupe Facebook.

Rosalie

Salut! On se fait un souper de gang bientôt? Je suis curieuse de savoir comment s'est passée votre récupération après ma fête. 😊 Marine pourrait aussi nous raconter son congrès, Tommie me proposer de nouveaux candidats, et Maude... nous parler de ses derniers efforts pour laisser des responsabilités à Michel! Alors, on fait ça quand?

Maudits bas jaunes!

J'envoie et retourne à mes légumes. Je réussis mon bouilli du premier coup. Pas d'éclaboussures nulle part, rien n'est brûlé et j'ai encore mes dix doigts. Je laisse refroidir avant de mettre le tout dans de petits plats pour la semaine. Une heure plus tard, les filles ont déjà répondu.

Maude
Va donc péter dans les fleurs, Rosalie Lefebvre! 😝 Michel a autant de responsabilités que moi, tu sauras! C'est l'anniversaire de sa mère la fin de semaine prochaine et on a un party avec des collègues du bureau la suivante. Je ne suis pas libre avant le 8 novembre, en fait. Ça vous va si on attend jusque-là?

Marine
C'est bon pour moi, le 8. J'espère avoir quelque chose de croustillant à vous raconter!

Tommie
Parfait aussi pour moi. Ça va me donner plus de temps pour créer une banque de candidats! Si elle ne revient pas amourachée d'un Trifluvien, Marine pourra s'en choisir un elle aussi!

Marine
Quelle bonne idée! Mais pourquoi ne pourrais-je pas avoir les deux? 😝

Rosalie
Va pour le 8, alors! On se fera livrer de la bouffe, ça fait longtemps. Bonne semaine!

Finalement, ça fait pas mal mon affaire que le souper ne soit que dans trois semaines. Je risque d'être fort occupée d'ici là. La fin de la première étape approche, ce qui est synonyme de montagne de corrections!

Maudits bas jaunes!

Le mardi précédant le souper avec les filles, j'invite ma sœur à dîner. Je ne l'ai pas vue depuis mon anniversaire et, même si elle m'exaspère avec ses maudits bas jaunes, je me suis ennuyée. Je lui interdis d'aborder le sujet sous peine de l'attacher et de lui faire manger des toasts au wasabi!

— Pis, quoi de neuf, la sœur?

— Ben, la préparation du mariage avance tranquillement. Benoît a choisi son garçon d'honneur. Ça va être son ami, tu sais, celui que tu trouves hyper laid?

— Ah ouin? Tu lui as dit que s'il le choisissait, il allait se retrouver sur les trois quarts de vos photos? lui dis-je en riant.

— T'es nouille! Au pire, je demanderai à Benoît qu'il lui propose un peu de fond de teint pour la soirée, ça devrait cacher une partie de ses boutons…

— Ah, ah! (Mon imitation de l'annonce de Familiprix.) Tu avoues qu'il est pas beau!

— J'ai pas dit ça… mais c'est pas un apollon, je te l'accorde.

— Merci! Alors, tu as choisi une demoiselle d'honneur?

— Je lui ai pas encore demandé, mais oui, je l'ai choisie: c'est toi!

— Wow, merci! J'accepte avec plaisir! Est-ce que mon nouveau statut annule ma participation à la danse des bas jaunes? que je demande, pleine d'espoir.

Maudits bas jaunes!

— Ha! ha! Désolée, mais non. Et là, c'est toi qui en as parlé, c'est pas moi.

— Je tentais ma chance! Comme ça, je vais être demoiselle d'honneur! J'ai déjà plein d'idées. Quelle est la prochaine étape?

— J'ai pris rendez-vous le 15 décembre dans une boutique de robes de mariée. Tu veux nous accompagner, maman et moi?

— Ouiiiiiiiiiiiii! (Enfin quelque chose d'agréable à faire pour ce mariage!)

Durant le reste du dîner, on feuillette les neuf revues consacrées au mariage que ma sœur a achetées (je ne pensais pas qu'il pouvait en exister autant, c'est incroyable!). J'en garde quatre avec moi pour pouvoir les lire plus attentivement et dénicher des idées qui pourraient lui plaire. À vrai dire, j'espère aussi y trouver des articles où il serait écrit que la danse des célibataires est désuète, ou des suggestions pour la remplacer par une autre activité moins humiliante. En tout cas, il va rocker, ce mariage, c'est moi qui vous le dis!

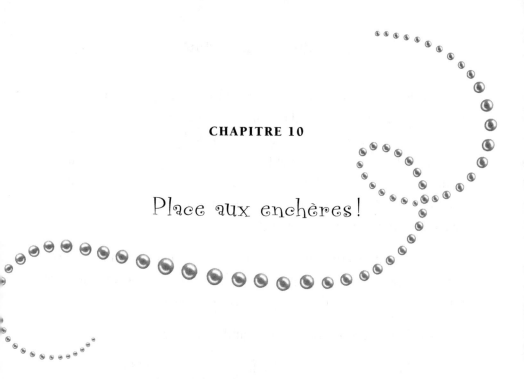

CHAPITRE 10

Place aux enchères !

C'est étonnamment moi qui arrive la dernière chez Marine en ce samedi. Je tenais absolument à passer au travers de ma pile de correction de quarante-huit centimètres (oui, j'ai mesuré !). Tommie a préparé une sangria et les filles ne semblent pas en être à leur premier verre. Connaissant Tommie, je parierais que ce n'est pas le Seven Up qui se retrouve en plus grande quantité dans ce pichet-là ; ça promet ! Je cale rapidement mon verre, question d'atteindre le même niveau d'ébriété que mes amies. Pour nous faire patienter en attendant la pizza, Maude a apporté des craquelins et du fromage, et on se bourre la face pendant que Marine nous annonce l'ordre du jour.

1. Accueil et verre de bienvenue. Fait !
2. Lecture et adoption de l'ordre du jour : En cours.
3. Nouveau sauvetage par Régis (moi).
4. Grands remous et tourbillon à Trois-Rivières (Marine).
5. Promotion (Maude).
6. Va te faire foutre, docteur (moi) !
7. Liste de candidats potentiels (Tommie).

Maudits bas jaunes!

J'espère que Tommie a préparé plus qu'un pichet de sangria, parce qu'on ne partira pas d'ici bientôt! La pizza arrive alors que je termine de raconter l'épisode de Régis et de la mamie. Malgré leurs fous rires, les filles conviennent que, pour une fois, j'ai surtout été victime de malchance. J'ai quand même découvert qu'elles avaient parié entre elles sur le temps que je mettrais avant d'avoir à rappeler Régis. Non mais, elles font dur!

Au tour de Marine. Elle a rencontré un consultant en ressources humaines pendant son congrès. Elle le décrit comme un mélange entre Zac Efron et Bradley Cooper, rien de moins!

— C'est quoi, son nom? demande Tommie.

— Vous avez pas besoin de le savoir, réplique Marine.

— Ben oui! On va aller le « facebooker » pour voir s'il est aussi beau que tu le dis! que je lui explique.

— Il a même pas Facebook, objecte-t-elle.

— Me semble, oui. Un gars qui travaille dans les communications qui n'a pas Facebook. Même mon grand-père est rendu sur Facebook! argumente Tommie.

Rien à faire, Marine reste sur sa position. On ne la croit pas, évidemment.

— Eille, j'ai manqué deux conférences à cause de lui!

— Ouin, faudrait pas que ton *boss* apprenne ça! Peut-être que, si tu nous disais son nom, on pourrait s'assurer que ça reste entre nous..., laisse entendre Maude, qui n'a pourtant pas l'habitude de faire du chantage.

— Pas question! Pis pas question non plus que vous alliez raconter ça, se fâche Marine.

Maudits bas jaunes!

Elle décolère cependant assez rapidement et nous raconte brièvement les performances de son inépuisable étalon. J'avoue que, s'il est à moitié aussi bon qu'elle le dit, il vaut la peine de se taper une couple d'heures de route! Marine va à Montréal juste avant Noël et ils ont convenu qu'il l'y rejoindrait. Ça ne semble pas être le début d'une histoire d'amour, mais c'est bien correct quand même. Je suis un peu jalouse. Moi aussi, j'veux un amant!

Maude nous apprend ensuite qu'elle change d'emploi. Elle travaillait pour la Commission des loisirs de la Ville et, dorénavant, elle coordonnera les activités au niveau régional. C'est vraiment une belle promotion. Elle est très excitée par ses nouveaux défis.

— J'imagine que tu vas être pas mal plus occupée, dit Tommie.

— Je sais, c'est pour ça que j'en ai d'abord discuté avec Michel. Il a un peu pété sa coche!

— Comment ça, il était pas content pour toi? que je demande.

— Pour la job, oui, mais il s'est mis en tête que, si j'hésitais, c'est parce que j'allais devoir lui laisser plus de tâches à la maison avec les enfants.

— Et ça se pourrait pas un peu, justement? dit Tommie. T'es pas mal mère poule. Avec les autres, je peux comprendre, mais j'avoue que ça doit être frustrant pour ton chum.

— Je suis si terrible que ça? s'inquiète Maude.

— Ben non, que je tente de la rassurer. On exagère souvent avec nos blagues, mais c'est certain qu'il y a un fond de vérité.

— Je sais. J'ai dit à Michel que j'allais faire des efforts.

Pour redonner un peu de pep à la soirée et rendre son sourire à Maude, je raconte ma sortie avec François-Alexandre. Les filles n'en reviennent pas. Même Marine, qui connaît déjà l'histoire, grince des dents.

— Je suis bien mieux de pas tomber sur lui pour mon test Pap, sinon je lui pète dans la face! rage Tommie.

— T'es nouille! J'aimerais bien voir ça, dis-je en riant.

Ayant épuisé tout ce qu'on pourrait faire si on tombait sur lui comme médecin, on passe au dessert et à la liste de candidats de Tommie. Il faut croire que l'économie de la région roule bien, car Tommie a accueilli au moins six nouveaux arrivants célibataires au cours du dernier mois! Ce ne sont sûrement pas tous des princes charmants, mais au moins on devrait avoir un peu de choix. Maude crée une fiche pour chacun, s'inspirant du questionnaire auquel elle a dû répondre quand elle a mis sa maison en vente. On instaure aussi un code de couleurs inspiré des feux de circulation pour trier les candidats. Les rouges sont automatiquement éliminés, les jaunes sont en attente (j'ai insisté pour qu'on n'utilise pas le terme «bouche-trou», au cas où finalement je finirais avec l'un d'eux) et les verts sont ceux que Marine ou moi voulons rencontrer. Advenant le cas où un gars nous intéresserait toutes les deux, c'est celle qui aura levé son carton en premier qui aura la priorité. Ayant été championne de *Génies en herbe*, je suis confiante de battre Marine de vitesse.

CANDIDAT NUMÉRO 1

Nom: Amoun Fatimah   **Année de naissance:** 1980

Origine: Iran   **Profession:** ingénieur minier

Nombre d'enfants: aucun   **Apparence:** bien entretenue

Taille: 5 pieds 10 pouces   **Particularité:** porte le turban

Évaluation: 7/10

Maudits bas jaunes!

C'est un rouge pour Marine et moi. J'adore découvrir différentes cultures et je ne suis aucunement raciste, mais, étant plutôt athée, je ne me vois pas avec un homme très religieux.

CANDIDAT NUMÉRO 2

Nom : Justin Francoeur   **Année de naissance :** 1988

Origine : Lennoxville   **Profession :** comptable agréé

Nombre d'enfants : aucun   **Apparence :** impeccable

Taille : 6 pieds 1 pouce   **Particularité :** semble un brin timide

                             Évaluation : 9/10

Marine se jette sur moi pour m'arracher mon carton vert, mais je la pousse en bas de sa chaise et remporte la mise pour le candidat Francoeur. Il est mieux d'en valoir la peine, car je perds ma priorité si nous voulons toutes les deux le candidat suivant.

CANDIDAT NUMÉRO 3

Nom : Pierre Lambert   **Année de naissance :** 1978

(ses parents ont dû être contents quand *Lance et compte* est sorti !)

Origine : Sainte-Marie   **Profession :** programmeur analyste

Nombre d'enfants : 1   **Apparence :** légèrement geek

Taille : 5 pieds 8 pouces   **Particularité :** paraît plus jeune que son âge

                             Évaluation : 8,5 /10

Marine y va pour un carton jaune. J'avoue qu'il a l'air intéressant, mais je veux un gars sans enfant. C'est donc un rouge pour moi.

Maudits bas jaunes!

CANDIDAT NUMÉRO 4

Nom : Jean Mathieu… ?　　　　**Année de naissance :** 1980

(ou Mathieu Jean ? Tommie ne se souvient plus de l'ordre)

Origine : Tracadie-Sheila　　　**Profession :** entraîneur sportif

(un ami de Wilfred ?)

Nombre d'enfants : aucun légitime　**Apparence :** en forme

(c'est sa réponse !)

Taille : 5 pieds 6 pouces　　**Particularité :** ressemble un peu au comédien des capsules Chest-Bras sur Internet

Évaluation : 7,5/10

Jean Mathieu ou Mathieu Jean se retrouve en attente pour nous deux. Je pense que c'est la curiosité de voir de quoi il a l'air qui a fait en sorte qu'on ne l'a pas mis de côté.

CANDIDAT NUMÉRO 5

Nom : Xavier Lahaie　　　　**Année de naissance :** 1985

Origine : Laurentides　　　**Profession :** directeur financier

Nombre d'enfants : aucun　　**Apparence :** OMG !

Taille : 5 pieds 9 pouces　　**Particularité :** semble à la recherche d'une blonde, car a dit au moins à quatre reprises à Tommie qu'il était célibataire

Évaluation : 9,5/10

Maudits bas jaunes!

Dah! Pourquoi ai-je poussé Marine en bas de sa chaise tout à l'heure? Nous avons chacune levé notre carton vert, mais, comme j'ai gagné le candidat numéro deux, c'est Marine qui remporte celui-ci.

Je me demande ce que diraient ces gars-là s'ils savaient ce qu'on est en train de faire...

CANDIDAT NUMÉRO 6

Nom: Maxime Therrien

(ça me dit quelque chose)

Origine: Barrie, en Ontario

Nombre d'enfants: aucun

(est-il seulement pubère?)

Taille: 6 pieds 3 pouces

Année de naissance: 1996

(ouf, ça commence à faire jeune)

Profession: monteur de ligne

Apparence: pas de rides!

Particularité: semble mature même s'il est plus jeune

Évaluation: 8/10

J'y vais d'un carton jaune après avoir calculé son âge pour m'assurer qu'il est bien majeur. Marine affiche plutôt son carton rouge. Cela termine la séance d'affectation de candidats. Reste maintenant à établir un plan de match pour que Tommie fasse les présentations. Comme Marine et moi ne voulons pas de *blind date* parce que c'est trop stressant, il faut trouver une activité de groupe.

Tommie nous propose de nous impliquer dans la soirée d'accueil que son bureau organise pour les nouveaux arrivants. Il va cependant falloir patienter un peu, car l'événement n'a lieu qu'au retour des fêtes. C'est dommage, mais on ne peut y faire grand-chose. De toute façon, je suis assez occupée d'ici là. Ça nous laisse libres pour Noël, et on fait toujours de belles rencontres au réveillon du jour de l'An.

Maudits bas jaunes !

Maude passe le reste de la soirée à nous suggérer des activités à faire avec nos candidats. Très emballée (trop ?!), elle nous a même préparé une présentation PowerPoint ! J'avoue qu'elle a plusieurs bonnes idées : raquette ou patin à glace, festivals à venir, soupers dans de petits bistros des villes avoisinantes. Elle connaît même de bons endroits où aller glisser si le cœur nous en dit ! Elle va être très appréciée à sa nouvelle job. Je pense que j'ai aussi hâte de faire ces activités que de rencontrer Justin !

J'adore autant que j'appréhende la soirée où je rencontre les parents de mes élèves. Pendant quatre heures, ils se succèdent les uns après les autres et j'ai à peine le temps de prendre une gorgée d'eau. Quant à la possibilité d'aller aux toilettes, il faut oublier ça. Et voilà, c'est parti !

Deux heures et dix-huit parents plus tard, je peux affirmer que tout se passe sans problème. Ceux dont les enfants sont doués repartent avec une foule de compliments à leur transmettre une fois à la maison, et ceux dont les enfants ont des difficultés semblent bien prendre la chose et se montrent prêts à coopérer. Une seule maman a éclaté en sanglots, quand je lui ai dit que sa fille serait probablement en échec à la prochaine étape si elle continuait à manquer autant de cours. J'ai su plus tard qu'elle s'était mise à pleurer avec tous les autres profs ; pauvre elle !

Soudain, un homme s'avance. Son visage me dit quelque chose… Non ! Pas InspecteurGadget !

— Bonsoir, madame Lefebvre, content de vous revoir.

— Ah oui, le papa de Michaël ! Heureuse de vous revoir aussi.

Maudits bas jaunes!

Espérons qu'il ne fasse pas allusion au site de rencontres...

Son fils s'étant repris en main cette année, je lui fais part de ses améliorations. Je lui donne ses résultats et termine en abordant ce qu'il reste à corriger en ce qui concerne son comportement.

— Avant de partir, madame Lefebvre, je voulais m'excuser pour l'autre jour. Je suis célibataire et je me suis inscrit à un site de rencontres. (OK, information non sollicitée!) J'étais sûr que...

— Que vous correspondiez avec moi?

— Ah non. Je n'ai discuté avec personne sur le site, mais j'étais sûr d'avoir vu votre photo et votre profil.

— Ah bon? Écoutez, ne vous en faites pas, c'est déjà oublié. Passez une belle soirée!

Hein? Ce n'est pas lui, InspecteurGadget? C'est qui, alors? Je ne comprends plus rien. C'est très bizarre. Peut-être qu'il est vraiment juste tombé sur ma fiche... Je n'ai pas le temps de m'interroger davantage, un autre couple s'avance. Et ainsi de suite...

À la fin de la soirée, je vais prendre une bière avec quelques collègues. C'est une tradition que de se réunir pour déblatérer sur les parents les plus bizarres que nous avons rencontrés. La prof d'anglais s'est fait dire que ça n'avait aucun sens qu'elle parle en anglais dans ses cours. La prof de math a été accusée d'encourager le décrochage scolaire parce qu'elle donnait trop de devoirs. Un parent n'a pas arrêté de péter et de roter devant la prof de français et un autre a demandé au prof d'éducation physique s'il pouvait venir chez lui faire des démonstrations de lutte gréco-romaine, pour enseigner à son fils ce qu'est un homme viril. Décidément, on a une belle cuvée cette année!

Maudits bas jaunes!

Maintenant que la rencontre de parents est faite, on peut passer à autre chose. Autre chose… comme ma future rencontre avec le beau Justin. J'ai trop hâte!

CHAPITRE 11

Robes et réveillon

C'est déjà le moment de magasiner la robe de mariée de ma sœur. Direction Montréal, où se trouve la boutique spécialisée que Léa a repérée dans une de ses revues. Une chance qu'elle s'est informée, car jamais je n'aurais songé qu'il fallait prendre rendez-vous pour aller dans un magasin…

À notre arrivée, notre vendeuse, Stella (une Italienne, on dirait que ça fait plus haute couture!), nous offre une coupe de champagne pour célébrer l'événement. Ma sœur lui montre des images des robes qu'elle préfère pour lui donner une idée de ses goûts. Stella lui remet un jupon et une guêpière et l'envoie attendre dans la salle d'essayage pendant qu'elle part en quête de LA robe. En attendant, ma mère et moi, on sirote notre champagne (il n'est pourtant que neuf heures du matin!), confortablement assises sur un sofa moelleux. Quatre autres futures mariées et leur famille surexcitée occupent le reste de la boutique.

Maudits bas jaunes !

Comme Stella met un certain temps à reparaître, j'espionne les choix des autres. Il y en a pour tous les goûts ! À lui voir l'allure, je dirais que la première future mariée s'appelle Huguette. Elle se marie sur le tard, elle doit avoir quarante-cinq ans. Étonnamment, Huguette semble opter pour une robe bouffante aux multiples froufrous. J'ai tellement le goût de lui dire que ça conviendrait davantage à une jeune de vingt ans, mais je m'abstiens !

La deuxième pourrait s'appeler Natacha. Soit elle veut avoir l'air ultra sexy à son mariage, soit elle pense économiser en minimisant la quantité de tissu ! Si ses seins sont encore dans sa robe à la fin de la soirée, je lui lève mon chapeau. Je n'ai jamais vu un décolleté aussi plongeant. En tout cas, aucun danger que quelqu'un marche sur sa traîne.

Future mariée numéro trois se nomme certainement Madeleine. Ça fait une demi-heure qu'elle pleure sans arrêt et elle n'en est qu'à sa première robe. Qu'est-ce que ça va être le jour des noces ? Ceux que je crois être ses parents sont encore plus émus. Leur pauvre vendeuse n'en finit plus de leur tendre des mouchoirs. Je ne sais pas comment leur photographe va réussir à faire des portraits de famille sur lesquels ils auront l'air heureux !

La dernière chanceuse me fait penser à Ozzy Osbourne dans la vingtaine, en version féminine. Pendant qu'elle essaie une robe que je trouve archi laide et qui conviendrait mieux à un party d'Halloween, elle décrit le thème de son mariage à sa conseillère et lui donne quelques détails sur sa grande journée. Le thème sera les films d'horreur. Les témoins du marié seront déguisés en Freddy et en Jason. Une des demoiselles d'honneur sera un vampire et l'autre, un zombie. Il y aura un couloir de l'horreur que les invités devront traverser pour arriver à la salle de réception, où un groupe de death metal jouera pour eux toute la soirée. Sans commentaire.

Maudits bas jaunes!

Ma sœur interrompt mes pensées (j'essayais d'imaginer ce que je mettrais si j'étais invitée au mariage de future mariée numéro quatre) lorsqu'elle sort nous montrer la première robe. Je n'entends aucun « laaaaaaaaaa » (musique de l'au-delà accompagnée d'un halo de lumière qui survient dans les moments exceptionnels). Comme c'est la première fois que je magasine une robe de mariée, je ne sais pas trop si je dois lui dire que ça ne lui va vraiment pas bien ou si je dois faire « ohhhhhhhhh » au cas où elle l'aimerait. L'affaire, c'est qu'elle a l'air d'une patate au four, mais emballée dans du froufrou au lieu de papier d'aluminium.

— Alors, comment trouvez-vous ça?

— Euh, que je réponds en cherchant comment m'en tirer. Bien, c'est ta robe; toi, qu'est-ce que t'en penses?

— Je sais pas trop. Il me semble que j'ai l'air d'une... je sais pas... d'une patate!

Soulagement. On peut passer à la suivante. Lorsqu'elle a noté le rejet massif de la première robe, Stella est retournée dans l'arrière-boutique et elle nous revient maintenant avec trois autres « œuvres » à essayer. Ma mère et moi en sommes déjà à notre deuxième coupe de champagne. Si ma sœur ne trouve pas sa robe bientôt, nos commentaires risquent de devenir décousus...

En sortant de la cabine pour la deuxième fois, Léa nous regarde avec un air découragé. Elle attend que Stella s'éloigne, et elle se lance.

— J'ai l'air d'organiser un mariage grec! Ça existe encore, les manches bouffantes?

— Ben là, j'en avais, moi, à mon mariage! s'offusque ma mère.

— Justement, maman, c'était beau il y a trente ans. Maintenant, c'est *out*!

Maudits bas jaunes!

— Ne te décourage pas, Léa, c'est juste la deuxième que t'essaies, que je tente de la rassurer.

— Alors, vous en dites quoi? demande Stella à son retour.

— C'est archi laid! s'exclame ma sœur, que je n'ai jamais connue aussi franche. Est-ce que vous pourriez me présenter des robes un peu plus à la mode, s'il vous plaît? Des robes bustier, des perles, pas de froufrous, mais des détails soignés, c'est ça que je veux!

— *Va bene!* répond Stella. Ce sont des caractéristiques précises, je vais vous chercher ça tout de suite, ajoute-t-elle en disparaissant avec les deux autres robes qu'elle avait apportées.

— Est-ce que j'ai été trop bête? s'inquiète ma sœur.

— Non, c'est pas grave. C'est vrai qu'elle allait pas du tout dans la bonne direction. Si tu le lui avais pas dit, je pense que c'est maman qui l'aurait fait, et ç'aurait été pire!

Les joues rouges, Stella revient avec d'autres choix qui, à travers le plastique, semblent mieux convenir au style de ma sœur. J'espère, sinon elle va faire connaissance avec Bridezilla! En attendant, pourquoi pas une troisième coupe de champagne?

Je pense qu'on commence à être pompettes. Notre future mariée s'avance pour nous montrer le prochain essai. Déjà mieux. Le bustier est en forme de cœur, ce qui avantage sa poitrine. Je ne suis pas certaine des paillettes sur le corsage; des perles conviendraient davantage. La traîne est cependant magnifique. Elle est recouverte d'une légère broderie qui lui donne un petit côté rétro. Léa est splendide dans cette robe; la musique divine ne s'est pas manifestée à mes oreilles, mais, si elle opte pour celle-ci, ce sera quand même un bon choix.

Maudits bas jaunes!

— Comment tu te sens là-dedans? demande ma mère, qui semble avoir la même opinion que moi.

— Je pense que je l'aime, déclare Léa en souriant face au miroir.

— Attendez, je vais aller vous chercher les accessoires! dit Stella, soulagée de voir qu'elle réussira peut-être à conclure une vente finalement.

Ouf, il y en a, des cossins qui vont avec une robe de mariée! Le voile, la couronne, la barrette, le collier, le bracelet… Sauf que ça donne un tout autre coup d'œil au bout du compte. Une fois l'assemblage terminé (il y a tellement de morceaux qu'on dirait un meuble Ikea, version mariage!), je suis stupéfaite. Là, ma sœur a l'air d'une vraie future mariée. Elle est vraiment belle. Bien sûr, ce n'est que la première robe qui lui va bien, il faut en essayer d'autres… donc boire davantage de champagne. Une chance que ce n'est jamais la même vendeuse qui nous remplit notre flûte, parce que, sinon, elle se rendrait compte que ma mère et moi avons déjà assez bu.

Quand Léa reparaît, ma mère est en train de donner des idées à la fille d'Ozzy pour son party sanglant. Elle lui suggère de faire un montage vidéo présentant des extraits de tous les films de vampires possibles et imaginables et de mettre des affiches grandeur nature de Robert Pattinson dans *Twilight* (son idole). Je crois que la fille d'Ozzy l'écoute pour être polie. Elle me lance des regards pour que je vienne à sa rescousse, mais, comme je suis dans le même état que ma mère, je suis trop occupée à rire pour faire quoi que ce soit. C'est Léa qui doit intervenir. Je pense qu'elle hésite entre rire à son tour et s'offusquer de notre comportement en ce moment si important. Ma mère enfin revenue parmi nous, on peut commencer l'analyse de la nouvelle robe.

Maudits bas jaunes!

Cette fois, des bretelles délicates surmontent un bustier simple mais élégant. Le dos est boutonné jusqu'au bas des reins et la traîne satinée est longue et étroite. Léa a l'air tout droit sortie d'une pub de parfum où un ange flotte dans le ciel (entends-je un petit « laaaaaaaaaa » ?) !

— Je l'aime beaucoup, elle aussi, commence ma sœur. J'ai l'air super mince dedans et la traîne est superbe.

— Oui, tu es sublime ! La robe met vraiment ta silhouette en valeur, ajoute ma mère, qui demeure étonnamment cohérente vu son alcoolémie.

— Et toi, Rosalie, comment la trouves-tu ?

— Elle te va très bien aussi. Je pense que j'aime mieux celle-ci que l'autre, mais les deux sont magnifiques.

Stella apporte les accessoires et, cette fois, je suis certaine que cette robe est ma préférée. Léa semble du même avis que moi, mais c'est un choix tellement important qu'elle hésite encore.

— J'aimerais en essayer une autre, dit-elle à Stella.

— Bien sûr, il y en a encore une dans la salle d'essayage. Allons-y, je vais t'aider. Encore un peu de champagne, madame Lefebvre ?

— Ah oui, pourquoi pas ? accepte ma mère avant que j'aie eu le temps de m'y opposer.

Léa est maintenant prête à sortir, mais je ne trouve plus ma mère. Je cherche du côté de la fille d'Ozzy, mais elle a fait son choix il y a une quinzaine de minutes et elle est partie. Je fais le tour de la boutique et des cabines d'essayage inoccupées. Elle finit par émerger entre deux robes, affublée d'un immense voile. J'ignore où elle est allée le chercher, mais Stella ne semble pas trouver la situation aussi comique que moi.

— Regardez ça, les filles ! Il ressemble à celui que je portais quand je me suis mariée avec votre père.

— Maman, c'est un chapeau que tu portais à ton mariage, la reprend ma sœur.

— Redonne ça à Stella et viens voir Léa ! que je la sermonne en étouffant un fou rire.

Même sans l'aide de l'alcool, c'est le genre de niaiserie que ma mère adore faire. Stella lui retire le voile sans dire un mot. Je crois qu'elle se doute que c'est ma mère qui va payer la robe, donc elle s'abstient de tout commentaire. Elle se contente de nous ramener à notre « fauteuil d'attente » et aide Léa à sortir de la cabine. À ce moment, j'entends clairement un « laaaaaaaaaa ». Tout le corsage est en dentelle et donne l'impression que le soutien-gorge de ma sœur a gagné une taille de bonnet. Le bas est orné de plusieurs perles nacrées. La traîne n'est ni trop longue ni trop courte, elle est parfaite – selon moi, bien sûr. Une fois les bijoux et le voile ajoutés (c'est un peu drôle, mais c'est celui que ma mère avait « volé » qui allait avec cette robe !), j'ai le souffle coupé.

— Oh, je l'aime vraiment beaucoup aussi, celle-là ! s'écrie ma sœur.

— Elle est parfaite ! Je sais pas quoi dire, que j'ajoute.

— Elle te va comme un gant, la complimente ma mère.

— Alors, dit Stella. Est-ce que c'est LA robe ?

— Je pense que ouiiiiiiii, couine Léa.

— *Brava !* s'exclame Stella. Champagne, alors !

Maudits bas jaunes!

— Non, ça va, merci. Je pense que c'est moi qui vais devoir conduire, dit ma sœur en nous voyant les yeux un peu vitreux.

Finalement, quatre heures après notre arrivée à la boutique, ma mère passe à la caisse. Je n'en reviens pas du prix de la robe : mille deux cent soixante dollars. Avec tous les accessoires, j'aurais cru qu'elle aurait coûté beaucoup plus cher. Quelques minutes plus tard, je comprends pourquoi l'industrie de la robe de mariée est aussi lucrative. Jupon (non inclus) : cent trente-cinq dollars. Guêpière : soixante-quinze dollars. Voile : cent soixante-quinze dollars (j'aurais pu peindre une moustiquaire en blanc à la place…). Couronne : cent vingt-cinq dollars. Barrette : soixante-cinq dollars (et il y en avait de bien plus chères). Collier de perles : zéro dollar (Dieu merci, ma mère va lui prêter le sien !). Bracelet : cent soixante dollars.

Stella nous avise que la robe devrait arriver dans quatre mois et que nous pourrons revenir pour l'essayage final et les dernières retouches, au coût de trois cents dollars.

Et on n'a même pas encore acheté les souliers !

À notre sortie, ma mère suggère, tant qu'à être dans le quartier du mariage (c'est fou le nombre de boutiques qui ne vendent que des articles matrimoniaux), que nous fassions le tour pour acheter ce qui manque pour la cérémonie et la réception. Une petite promenade ne nous fera pas de tort si on veut dégriser un peu.

Au bout d'une heure seulement, je n'en peux plus. Ma mère et ma sœur ont décidé que tout était magnifique et indispensable ; je suis donc devenue une sherpa de mariage. Je suis chargée comme un mulet de toutes les babioles qu'elles ont trouvées. Là encore, aucun danger que ces boutiques fassent faillite un jour ! Jarretière, coussin pour les alliances, flûtes de champagne des mariés, boîte aux lettres pour recevoir les cartes, couteau et spatule pour couper le gâteau, petits mariés à mettre sur le dessus dudit gâteau (totalement dépassé, selon moi), marque-place, livre de signatures, cadeaux pour les invités… Ça n'en finit plus. J'ai même trouvé du papier hygiénique avec des mariés dessus! N'importe quoi! La journée s'achève enfin, et je remercie le ciel qu'il n'y ait pas de boutique spécialisée dans notre ville, sinon je crois que Léa y passerait ses journées!

Les deux semaines d'école qui précèdent le congé des fêtes sont toujours infernales, mais là, mes élèves se surpassent. Ils sont surexcités. Ils parlent sans arrêt et ont bien du mal à se concentrer. Je les comprends, moi aussi j'ai toujours hâte à Noël. Pas hâte aux réunions de famille où on va me demander au moins cinquante fois pourquoi je n'ai pas de chum, mais plutôt hâte aux longues journées entre Noël et le jour de l'An, où je reste en pyjama à écouter des films de filles. Tout le monde est donc d'humeur rêveuse: eux songent à la console de jeux vidéo qu'ils vont recevoir, et moi, à ma grosse doudou et à ma télé. N'empêche qu'un de mes élèves est vraiment «pas là»: il a décidé de vérifier ce que ça donne de mettre des ciseaux dans une prise de courant! Les flammèches que ça fait, toi! Il a tellement l'air sous le choc que je ne peux pas le réprimander. Il a les doigts tout noirs, et ses ciseaux en ont mangé tout une!

On atteint enfin la dernière période du dernier jour de classe. Dès que la cloche sonne, les élèves se transforment en un imposant troupeau de gnous en période de migration. Mieux vaut aller dans la même direction qu'eux ou attendre le retour au calme! Une fois la tornade passée, on entend des «wouhou!» dans tous les locaux: c'est au tour des profs de manifester leur joie. Tout le monde se souhaite de belles vacances et se dépêche de rentrer à la maison, car on annonce une bonne tempête de neige. Miracle de Noël ou simple coup de chance, je reviens chez moi sur mes deux jambes et sans avoir oublié mes clés nulle part!

En me préparant pour le party chez ma tante Francine, la sœur de ma mère, je me rends compte que, cette année, je n'ai pas eu à choisir entre ma famille et celle de Sébastien. Même si je n'aimais pas avoir à faire un choix, j'ai un léger pincement au cœur en songeant que c'est sa nouvelle greluche qui va fêter avec lui. Pense à autre chose, Rosalie, c'est la veille de Noël!

Question de faire encore plus vieille fille, je me rends chez ma tante avec mes parents. Heureusement, ma sœur et Benoît sont déjà arrivés. J'ai donc manqué leur entrée et le moment où tout le monde les a félicités pour leurs fiançailles (jalousie, quand tu nous tiens!). Après la tournée de bises, on passe à table: le moment que je préfère et que je déteste le plus.

D'un côté, j'adore ça parce que ma tante est un vrai cordon-bleu. Ça sent terriblement bon! Il y a assez de bouffe pour nourrir une armée: des pâtés, du ragoût, des patates pilées, du pain de viande, des crevettes dans une sauce à l'avocat, de la dinde farcie, des saucisses maison, de la salade de macaroni, de la salade César, des légumes, de la trempette aux épinards et du pain. Cette année, j'ai prévu le coup et je n'ai pris qu'un déjeuner léger tôt ce matin.

D'un autre côté, il s'agit du moment le plus propice aux questions sur mon célibat. Ces dernières années, j'étais tranquille parce que j'avais Sébastien, mais, avant ça, j'en avais eu pour trois Noëls consécutifs à me faire harceler (le mot est fort, mais quand ça te fait suer…). Tout le monde se trouvait bien drôle et avait bien du plaisir pendant que j'exposais un sourire forcé et que je fulminais par en dedans. Cette fois, on m'épargne durant dix bonnes minutes, au cours desquelles je peux me contenter de manger et d'écouter les doléances de ma cousine, qui étudie présentement au cégep. Ses professeurs sont tellement trop exigeants, elle a tellement de travaux à faire, et bla bla bla. J'ai envie de lui dire que c'est normal et que c'est ça, la vie collégiale, mais ça pourrait attirer l'attention sur moi, donc je me tais et continue de me faire discrète. Malheureusement, mon grand-père, assis au bout de la table, peut tous nous voir...

— Pis, ma Rosalie, tu nous as pas ramené un petit chum? me demande-t-il suffisamment fort pour que tout le reste de la famille cesse sa conversation.

— Eh non, grand-papa, que je réponds en serrant les dents. Les bons gars sont trop bien cachés, ça doit être pour ça.

— Ben voyons, ma petite fille, c'est pas compliqué, quand t'en vois un qui passe, tu l'attrapes avec un lasso, tu l'attaches pis tu le gardes avec toi! m'explique-t-il, provoquant l'hilarité de la tablée entière.

Mon grand-père a longtemps participé à des rodéos et en a même remporté plusieurs. Maintenant qu'il est trop vieux pour jouer au cow-boy, il croit qu'une métaphore western peut s'appliquer à toutes les situations de la vie. Sacré grand-papa! Il n'a pas l'air de comprendre que j'aimerais mieux changer de sujet, mais je suis incapable de lui en vouloir.

— Me reste plus qu'à aller m'acheter une corde, alors!

— Et à apprendre à viser, aussi, lance ma sœur alors que je la fusille du regard.

Maudits bas jaunes!

— Moi, quand j'ai vu ta grand-mère, j'ai su que je voulais me marier avec elle. Je suis allée la voir pis je l'ai invitée à la danse du village. C'est facile!

Facile, facile… dans les années cinquante peut-être, oui! Tout le monde voulait se marier et n'avait que ça à faire! Ce n'est pas juste!

— Bonne idée, grand-papa, je vais essayer ça et je t'en redonne des nouvelles.

— Ben oui, une belle grand' fille comme toi, ça court pas les rues, m'encourage ma grand-mère. Tu vas vite trouver.

Finalement, je vais peut-être m'en sortir. Vite, Rosalie, trouve un nouveau sujet de conversation! Merde, mon oncle Serge prend la parole. Raté!

— En tout cas, Rosalie, j'ai bien hâte de te voir faire la danse des bas jaunes!

— C'est la danse des vieilles filles, ça? demande le fils de mon cousin, à qui je lance maintenant un regard noir.

— Eille, c'est vraiment très bon, Francine, est-ce qu'il reste de la dinde? me sauve mon père pendant que je finis de m'étouffer.

Il n'y a pas de doute, mon père est mon héros. Sa diversion fonctionne au-delà de mes espérances. Tout le monde se met à complimenter ma tante et à se resservir. Une fois la bouche pleine, impossible de m'asticoter.

Le réveillon se poursuit en chants et en alcool. Crème de menthe avec de l'eau chaude (eurk) pour les hommes et *Sex on the beach* pour les femmes. Mis à part mon grand-père, qui me donne encore deux ou trois conseils (dont un sur comment échapper à son chaperon), personne ne me reparle des bas jaunes ni de mon célibat. Vers quatre heures du matin, après une énième partie de cartes, ma mère somme mon père de partir.

— Bon, Prussien, il est tard, là! J'ai déjà démarré l'auto. Viens mettre ton manteau!

— Encore une petite partie, j'ai pas fini ma crème de menthe, hoquette mon père, assez éméché.

— Ah non, Prussien, t'en as assez bu de toute façon. Rosalie, veux-tu aller chercher nos bottes dans le bain?

Finalement, c'est aussi moi qui lui mets ses bottes et lui boucle sa ceinture une fois dans la voiture. C'est ainsi que la vieille fille rentre d'une réunion de famille avec ses parents. Une chance que j'insiste pour que ma mère me raccompagne chez moi, parce qu'elle voulait me garder à coucher! De toute façon, on a un autre party de famille demain soir, du côté de mon père, et je préfère avoir une bonne nuit de sommeil. Je m'endors d'ailleurs tout habillée dès que j'arrive chez moi.

La soirée du 25 se déroule pratiquement de la même façon, sauf que Fernand, le nouveau chum de ma tante, tombe dans le sapin et casse presque toutes les boules. Comme c'est lui qui m'a le plus énervée avec ses « vieille fille » par-ci et ses « pauvre célibataire » par-là tout au long du souper, je n'ai pas vraiment pitié de lui avec ses éclats de boules dans le derrière!

J'ai enfin trois jours complètement libres pour faire la patate sur mon divan. Maude est encore dans la famille de Michel, dans les Laurentides, Tommie aide la sœur de José qui vient d'accoucher de jumeaux et Marine s'est permis d'échapper aux réunions de famille en se payant un voyage dans le Sud. On a prévu de se faire un souper de groupe avec les conjoints (c'était plus cool quand Marine et moi étions aussi en couple, mais bon) le 29, avant le party des retrouvailles organisé chaque année à notre bar préféré, qui rassemble tous ceux qui sont dans la vingtaine et originaires de la ville. Cette fois, le thème est les années quatre-vingt ; ça promet.

Quatre longs bains, le dernier tome de la série *Chick Lit*, la série complète de *Sissi l'impératrice*, deux pots de crème glacée aux cerises noires, une partie de cache-cache avec Pesto qui s'était évadé pendant que je nettoyais sa cage (je l'ai retrouvé dans mon panier à linge, aucune idée de comment il est arrivé là) et un gommage aux algues : voilà comment j'ai occupé ces trois merveilleuses journées, coupée du reste du monde. Le bonheur total ! Mes batteries sont maintenant pleinement rechargées et je suis prête pour la débauche de ce soir !

J'ai deux heures pour me préparer pour le souper chez Maude. Elle fait garder les enfants chez ses parents, donc elle nous a tous invités chez elle. Ça fait notre affaire : sa maison est super belle et c'est assez près du bar pour qu'on puisse y aller à pied. J'ai réussi à trouver du linge fluo chez ma tante pendant le réveillon, et elle m'a même prêté ses vieux colliers et ses longues boucles d'oreilles.

Il me faut une bonne heure et une bouteille complète de laque pour arriver à ressembler à Cyndi Lauper. Mes pantalons moulants, mon chandail évasé et mon petit bandeau me donnent l'air d'une figurante dans *Flashdance* ; deux couches de fard rouge pour les joues et d'ombre à paupières bleu foncé complètent mon *look*. Je ne peux pas croire que ma mère a séduit mon père atriquée comme ça !

En arrivant chez Maude, je constate que tout le monde s'est prêté au jeu et s'est donné autant de mal que moi pour respecter le thème de la soirée. Les pantalons serrés de cuir noir et la coupe Longueuil de Michel, de même que le t-shirt du groupe The Police de José rentré dans son jean troué, me les font voir sous un nouveau jour. Les filles donnent aussi dans le fluo ce soir. Ensemble, on a l'air de sortir d'un sachet de Skittles! On dirait que Tommie s'apprête à tourner un DVD (ou plutôt une cassette) de remise en forme, avec son léotard et ses leggings. Marine s'est déniché une robe en satin rose bonbon dont le collet ressemble à un centre de table et des collants blancs avec un élastique qui passe sous le pied. N'importe quelle fille aurait l'air d'un pichou vêtue ainsi, mais pas Marine. Je suis certaine qu'elle va vite se trouver un mec au bar! Maude a ressorti le vieux fer à gaufrer de sa mère, et sa chevelure doit avoir triplé de volume. Elle porte des pantalons à pattes d'éléphant et un large chandail vert fluo. Nul doute qu'on va faire sensation ce soir!

Après plusieurs bouteilles de vin et une demi-bouteille de téquila rose, on prend finalement le taxi pour se rendre au bar (on vacille déjà beaucoup). On se commande un verre et, en quinze minutes, chacun est parti de son côté. L'ambiance est géniale et tout le monde danse sur la musique de l'époque. Les deux cocktails que je viens d'enfiler m'obligent à me taper l'interminable file qui mène aux toilettes. J'entre enfin dans une cabine et m'apprête à me soulager quand j'entends une voix s'écrier:

— Sébastien m'a demandée en mariage!

— Wow! Déjà? Comment il a fait sa demande? répond une autre fille.

— Ben, ça fait six mois qu'on est ensemble. Il m'a dit qu'il avait jamais aimé une fille autant que moi et qu'il voulait qu'on se marie l'année prochaine! C'est super, hein?

En entendant «Sébastien» et «six mois», je me penche vers l'interstice de la porte pour tenter de savoir qui parle. Ah ben, bâtard de marde! C'est la conne de MON Sébastien! Le salaud! J'attends que la tarte parte pour sortir de la cabine. Mon ex s'est fiancé... Non seulement il m'a complètement oubliée, mais en plus, je n'ai jamais vraiment compté à ses yeux.

En remontant les escaliers pour aller sur la piste de danse, je me cogne justement contre le connard de l'année.

— Sébastien ! que je m'exclame en le fusillant du regard. Ç'aurait l'air que j'ai des félicitations à te faire ! Bravo pour tes fiançailles avec ta nouvelle greluche ! Je m'étais pas rendu compte que ça faisait tant de temps que ça que vous étiez ensemble. Bon là, tu m'excuseras, mais j'ai mon amant qui m'attend. *Ciao !*

Et je le plante là avant qu'il n'ait le temps de répondre quoi que ce soit. Bon, qu'est-ce que je fais, maintenant ? Un verre, j'ai besoin d'un verre ! Je me dirige au comptoir pour commander une vodka-jus de canneberge. Je ne sais pas si j'ai envie de pleurer ou de me mettre à rire. En tout cas, je sais que je suis en furie !

— Eille, Rosalie ! T'as l'air en feu ! Qu'est-ce qui se passe ? demande Tommie, qui vient se ravitailler elle aussi.

— Ne m'en parle pas ! Sébastien s'est fiancé, câlisse !

— Tu me niaises ! Ça fait même pas six mois qu'il est avec elle !

— Je sais. Donc là, je vais me soûler pis me trouver un amant ! Assure-toi seulement que celui que j'aurai choisi sera pas trop laid !

— Bonne idée ! De toute façon, Marine est déjà en train de *frencher*.

Maudits bas jaunes!

Ah ben, si Marine en a un, je n'ai pas le choix d'avoir un mec aussi! Vite, un autre verre. Quand j'ouvre mon porte-monnaie, un bras musclé m'interrompt.

— Est-ce que je peux t'inviter? demande celui qui va me ramener chez lui même s'il ne le sait pas encore.

— Avec plaisir! Moi, c'est Rosalie. Toi?

— Justin. Je suis nouveau dans le coin, précise-t-il pendant que je louche pas du tout discrètement vers son entrejambe.

— Ah oui, le comptable de Lennoxville!

— Euh... oui, c'est ça. Comment tu le sais? Ça fait à peine un mois que je suis ici!

— Ben, t'es mon candidat numéro un. En fait, t'étais numéro deux, mais c'est toi que j'ai pris en premier, que j'explique de façon de moins en moins cohérente.

— Hein? dit Justin, de plus en plus mêlé.

Oups! Est-ce que je viens vraiment de dire ça? OK, j'ai trop bu!

— Laisse faire. Tu viens danser?

Je pense que mon déhanchement et mes mains baladeuses lui font oublier mon explication décousue (ou plutôt ma révélation accidentelle, c'est selon), parce qu'à deux heures du matin, il me propose d'aller chez lui. Wouhou! Un amant! Sauf que je suis loin de marcher droit et que j'ai la tête qui tourne; j'espère que ça va passer.

Pendant qu'on attend le taxi, Justin a la mauvaise idée de me faire tournoyer pour rire. La conséquence ne se fait pas attendre: je me mets à vomir. Tout mon souper et les verres que j'ai bus se retrouvent... sur ses pieds! Ouach! Point positif, grâce à la laque, mes cheveux sont restés figés pendant que j'avais la tête penchée : pas de vomi dedans !

— Ah non, excuse-moi ! dis-je en m'essuyant la bouche.

— C'est… pas grave, Rosalie. J'aurais pas dû te faire tourner comme ça, ajoute-t-il avec un air néanmoins dégoûté devant l'état de ses bottes.

— Écoute, je vais rentrer chez moi, on se reverra une autre fois, si bien sûr tu changes pas de trottoir en me croisant rendu là.

Je ne le laisse pas répondre. Le taxi est arrivé et je me glisse à l'intérieur puis referme la portière. Le chauffeur doit arrêter trois autres fois pendant le trajet pour me laisser vomir. La dernière fois, je n'ai le temps que de me passer la tête par la fenêtre. Une partie du vomi reste malheureusement collée sur la portière. Je ne le dis pas au chauffeur, mais, une fois chez moi, je lui laisse un généreux pourboire. Je me couche avec une débarbouillette d'eau froide et un bol au cas où il me resterait encore quelque chose dans l'estomac. Évidemment, comme chaque fois que je suis soûle, je me mets à pleurer. Ce soir, j'ai deux bonnes raisons de le faire : Sébastien est fiancé, et moi, je rentre seule après avoir vomi sur un gars alors que Marine est sûrement rentrée avec son nouveau mec (comparaison, quand tu nous tiens !). J'en ai vraiment marre d'être seule. Pour l'instant, la seule chose que je trouve à faire pour me consoler est d'aller chercher Pesto et sa cage pour qu'il dorme à côté de mon lit, sur ma table de chevet. Quel réconfort !

Un bruit bizarre me tire du sommeil. J'ouvre un œil avec difficulté. Étrange vision : Pesto tourne drôlement sur lui-même dans sa cage, puis s'arrête, avant de se remettre à tourner. Hein ?

Mon cellulaire ! Je l'ai mis en mode vibration hier soir et l'ai déposé sur la cage sans faire attention ; il a dû glisser entre deux barreaux. Au grand dam de Pesto, qui semblait adorer son nouveau jouet, je prends mon téléphone.

— Allô? dis-je d'une voix tellement rauque que je pourrais passer pour une vieille fumeuse de quatre-vingts ans.

— Rosa? Seigneur, t'as donc ben l'air maganée! répond la voix de Marine, tout aussi horrible que la mienne.

— Tu peux bien parler, tu t'es pas entendue!

— Rosa, hier j'ai rencontré un gars au bar, commence-t-elle en chuchotant.

— Ouin, je sais, Tommie m'a dit ça. T'as fini avec lui, finalement? Pourquoi tu chuchotes?

— On est rentrés chez lui hier pis là il dort encore, poursuit-elle en parvenant à peine à se contenir. En allant à la salle de bain ce matin, je suis tombée sur son portefeuille. Rosa, c'est un des gars que Tommie voulait nous présenter! J'ai pas allumé hier quand il m'a dit son nom.

— OK… Moi aussi, justement, je suis tombée sur mon numéro un. C'est quoi, le problème?

— C'est le gars de dix-huit ans! J'ai couché avec un gars à peine majeur! Son permis de conduire est probatoire! Rosa, je capote!

— Ha! ha! ha! Dis-toi qu'au moins, t'es sûre de pas avoir fait un détournement de mineur! C'était bien, au moins?

— T'as pas idée! Ils sont pas épuisables, ces jeunes-là! Mais là, je veux pas rester ici et je trouve pas mon porte-monnaie. J'ai pas envie qu'il se réveille et me propose de jouer au Xbox entre deux *grilled-cheese*! Viens me chercher, s'il te plaît.

Maudits bas jaunes!

— Je peux pas, je suis encore beaucoup trop soûle. Appelle un taxi et fais-toi conduire ici, je paierai.

Je raccroche et me lève tranquillement. Ça se passe plutôt bien ; j'imagine que le fait d'avoir autant vomi contribue à mon rétablissement rapide. C'est ma mise en plis qui est le plus « lendemain de veille » : on dirait que j'ai dormi avec un doigt dans une prise de courant ! Comme je n'ai pas le temps de prendre une douche avant que Marine n'arrive, je décide de me passer rapidement la tête sous l'eau. À genoux, la tête penchée au-dessus de la baignoire, j'essaie de faire diminuer le volume de mes cheveux à l'aide du pommeau de douche. Malheureusement, même si je croyais avoir déjà vidé mon estomac, le fait d'avoir la tête en bas entraîne à nouveau des spasmes. Ah non, c'est pas vrai ! Finalement, je vomis encore, dans mes cheveux trempés cette fois ! Un rinçage supplémentaire s'impose ! Dégueulasse.

Marine arrive comme je finis d'enlever les derniers mottons.

— J'ai retrouvé mon portefeuille ! commence-t-elle en voyant l'argent que je lui avais laissé à côté de la porte. Je l'avais oublié dans le taxi hier soir et je suis tombée sur le même chauffeur ce matin. Vive les petites villes !

Tant qu'à être dans le vomi, je lui raconte ma fin de soirée indigeste avec Justin et ma découverte au sujet de Sébastien. Elle trouve aussi que c'est beaucoup trop tôt pour des fiançailles ! (Vive la solidarité féminine !) Elle pense également que j'ai encore une chance avec Justin.

— *Come on*, Marine, je lui ai vomi dessus ! Moi-même je rappellerais jamais un gars qui aurait osé me faire ça.

— C'était juste des bottes, ça se lave. S'il avait été en sandales, là t'aurais plus aucune chance !

Maudits bas jaunes!

— Bon, bon, on verra bien. Et toi, t'as l'intention de rappeler ton ado?

— Très drôle! En tout cas, Tommie avait raison: il paraît très mature pour son âge. Dieu merci, il était pas puceau! Mais j'ai pas l'intention de le rappeler, il est beaucoup trop jeune.

— Contente pour toi. C'est quoi son nom déjà?

— Maxime Therrien.

— Non! Je savais que j'avais déjà entendu son nom quelque part: c'est un de mes anciens élèves! Il avait déménagé durant l'année scolaire. T'as couché avec mon ancien élève!

— Tu me niaises?! dit Marine en détachant chacune des syllabes. Bon, raison de plus pour pas le rappeler. De toute façon, je lui ai laissé un faux numéro.

Marine finit par prendre congé, j'avale deux comprimés pour le mal de tête et, n'ayant rien de prévu jusqu'au 31 décembre, retourne me coucher. Comme je n'ai pas encore tout à fait digéré la nouvelle concernant mon ex, je garde Pesto près de moi. Cela semble bien lui plaire aussi. Je dors cinq bonnes heures de plus pour me réveiller vers trois heures de l'après-midi. Mon mal de crâne a disparu et mon estomac s'est calmé (j'ai même faim!), donc j'applique ma recette gagnante: doudou, chocolat chaud, bonbons et films quétaines. Ah, pis encore une bonne poutine!

Mon passage vers la nouvelle année se fait dans une sobriété totale. Toujours très émotive quand je bois trop, j'ai décidé de me tenir tranquille pour être certaine de ne pas fondre en larmes dans les bras de ma grand-mère pendant le décompte. J'ai donc proposé à mes parents, ma sœur et Benoît d'être leur conductrice désignée. C'est ma mère qui a paru la plus enchantée par ma proposition. Je trouve d'ailleurs qu'elle en profite pas mal; il n'est même pas encore onze heures et elle titube déjà. À ce rythme, c'est couchée avec les bottes, dans la baignoire, qu'elle va faire son décompte!

À minuit, je me cache sous la montagne de manteaux sur le lit de mon oncle comme lorsque j'avais cinq ans, pour échapper à la tournée de becs et de vœux. Pas que je ne veuille pas souhaiter la bonne année ni offrir mes meilleurs sentiments à ma famille, mais je n'ai pas envie de me faire dire trente fois: «J'te souhaite un beau p'tit chum, ma Rosalie.» Non, ce soir, pas question de tourner le fer dans la plaie!

Je sens soudain quelqu'un me pousser dans le dos.

— Ah ben, je l'ai trouvée! Qu'est-ce que tu fais là? dit la voix de mon père.

Merde, j'ai été repérée!

— Léa, ramasse le manteau de ta mère pis aide-la à s'habiller, on va y aller.

— Hein, déjà? (Je pense que j'en ai manqué un bout!)

— Il est trois heures et demie, on t'a pas vue depuis minuit, t'étais où? répond Benoît d'une voix qui me fait comprendre que ça fait un bout qu'il est prêt à partir.

— J'ai dû m'endormir... C'est confo, des manteaux, hein?

C'est Benoît qui doit transporter ma mère jusque dans l'auto, car elle est complètement dans les vapes, et mon père a trop mal aux genoux (et a aussi trop bu) pour le faire. L'avantage de ma sieste improvisée, c'est que je suis maintenant complètement éveillée pour conduire.

Maudits bas jaunes!

En arrivant chez moi, je constate que j'ai réussi à survivre à mon temps des fêtes. Les mauvaises blagues de mes oncles ne m'ont pas trop écorchée et j'ai même failli coucher avec un gars! Autre point positif: comme j'en ai déjà pris une, je n'ai pas eu à me trouver une nouvelle résolution (que je n'aurais sûrement pas respectée de toute façon). Il me reste maintenant un peu plus de sept mois pour trouver le cavalier parfait pour le mariage de Léa…

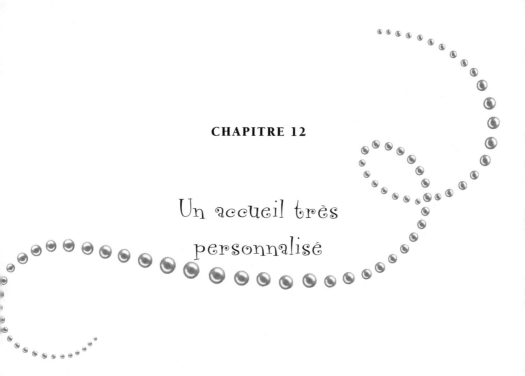

CHAPITRE 12

Un accueil très personnalisé

Je dirais que le mot décrivant le mieux le mois de janvier que je viens de connaître est: blanc. D'abord, nous avons eu droit à quatre tempêtes de neige. D'un côté, j'ai pu bénéficier de deux journées pédagogiques improvisées qui m'ont permis de mettre ma planification à jour. J'ai aussi eu l'occasion d'enfin essayer les raquettes que j'ai reçues à mon anniversaire. Même pas besoin d'aller dans des sentiers, le trajet vers l'école alors que les déneigeuses n'étaient pas encore passées a été parfait. D'un autre côté, j'ai dû sacrifier deux samedis presque complets pour pelleter et sortir ma voiture de son igloo!

C'était blanc aussi dans la tête de mes élèves. Chaque année, c'est la même chose: le congé des fêtes n'a beau durer que deux semaines, nos élèves reviennent et agissent comme s'ils avaient fait un *reset* dans leur tête. C'est à peine s'ils se souviennent du nom de leurs profs!

Maudits bas jaunes!

Finalement, c'est resté blanc, côté résolution. Aucune rencontre, aucune sortie, aucun mec et aucune perspective non plus! Le néant total, quoi! Mais cette disette va prendre fin dès la semaine prochaine, si je me fie au message que Tommie a laissé sur LSGirls:

Tommie

Salut, les filles! La soirée d'accueil est samedi prochain. Marine, je t'ai justement affectée à l'accueil des participants. Rosalie, tu seras à la table des cocktails. Si ça vous convient, je vous attends à dix-huit heures, à la salle municipale!

Ah oui, n'oubliez pas de mettre vos plus belles bobettes!

Maude

Eille, je vais être là, moi aussi! Le bureau m'a déléguée pour présenter les activités à faire en région. On se retrouve là-bas!

Rosalie

J'ai hâte de voir les nouvelles bottes de mon ex-futur candidat. Ça me va pour les cocktails, tant que je peux en prendre!

Marine

C'est bon pour moi aussi. Rosa, essaie d'être plus raisonnable avec l'alcool, cette fois! Et pas question de soûler ton candidat pour qu'il oublie que tu lui as vomi dessus!

Rosalie

Ah tiens, je n'y avais pas pensé! ☺ Et toi, bonne chance avec ton ado!

Marine

Merde! Je l'avais oublié, lui! Je trouverai bien une façon de faire diversion.

Maudits bas jaunes!

Je ne pense qu'à cette soirée pendant toute la semaine, surtout que je viens de me rendre compte que ça fait maintenant ONZE MOIS que je n'ai eu personne dans mon lit! Pas question de passer un an sans sexe; je remédie à ça dès ce soir!

Je choisis un jean bleu foncé et un chandail noir suffisamment décolleté pour donner une idée de la marchandise, sans pour autant annoncer une victoire facile à qui voudra s'essayer. Ma paire de bottines rouges complète ma tenue et met en valeur mes jambes athlétiques. J'ajoute un maquillage discret mettant l'accent sur mes yeux et passe chercher Marine.

Je dois avouer que cette soirée est une occasion en or pour les célibataires. Tous les candidats dont Tommie nous a parlé sont présents, dont mon beau Justin, qui ne semble pas me tenir rancune de l'issue de notre dernière rencontre. Au bout d'une heure, je retrouve les filles dans la salle de bain pour un caucus. Maude est d'avis que Justin paraît toujours intéressé par moi. *Yes!* Les filles sont aussi d'accord pour dire que celui que Marine avait choisi comme candidat numéro un, Xavier Lahaie, est effectivement craquant et qu'elle doit foncer!

Comme je suis affectée au bar, j'ai la chance de discuter avec tous les nouveaux arrivants. Bien que mon intérêt soit surtout soulevé par les hommes célibataires, certaines filles ont l'air très sympathique. Je fais d'ailleurs la connaissance de la nouvelle orthophoniste qui travaillera à la polyvalente. Elle est super gentille et, en plus, elle est mariée! Pas de concurrence! Je suis d'avis que la région devrait interdire l'immigration de femmes célibataires de moins de trente-cinq ans tant que celles qui sont déjà ici ne sont pas toutes casées. Non mais, y a-t-il quelque chose de plus frustrant que de se faire voler un bon parti par une nouvelle arrivante?

Maudits bas jaunes!

Une fois tous les participants accueillis, Maude prend la parole et dresse un bref inventaire des activités intéressantes à faire dans le coin. De toute évidence, c'est elle qui va planifier nos prochaines vacances entre amies! Il y a plein d'endroits que je ne connaissais même pas et j'ai toujours habité ici. Elle devrait faire des publicités à l'échelle de la province, le tourisme augmenterait à coup sûr! À une table, j'aperçois Marine en grande discussion avec Xavier; ça va bien de son côté. Si on se fie à ses habitudes, on devrait les retrouver en train de se bécoter dans un coin avant la fin de la soirée!

De mon côté, je n'ai pas encore eu l'occasion de discuter avec Justin. On échange des regards à plusieurs reprises et je suis maintenant convaincue qu'il n'est pas (ou plus) fâché contre moi. Tout est donc encore possible.

Il vient se chercher un autre verre de punch – sûrement un prétexte pour se rapprocher de moi – et... j'accroche le pichet. Ça m'apprendra à croire que tout peut s'arranger facilement! Nous voilà tous les deux couverts de limonade. Comme mon chandail est noir, ça ne paraît pas trop, mais on dirait que j'ai fait pipi dans mon pantalon. Sur Justin, les dommages sont beaucoup plus apparents!

— Merde! Je suis désolée. J'ai vraiment pas fait exprès.

— C'est pas grave, mais je suis à la veille de croire que tu n'aimes vraiment pas ce que je porte!

— Pourtant, au contraire, je te trouve très beau. (Ouin, Rosa, tu ne perds pas de temps!)

— Ah bien, merci! Bon, je crois que je vais y aller. Tu sais s'il y a une buanderie dans le coin?

— Écoute, j'ai une laveuse et une sécheuse chez moi; si tu veux, je pourrais laver tes vêtements pour me racheter. (Tommie réussira bien à me faire remplacer…) Ça nous donnera l'occasion de jaser en attendant, que j'ajoute en croisant les doigts.

— Euh… Je veux pas que tu te sentes obligée.

— Je suis contente de t'inviter, pis je vais me sentir mieux si je fais quelque chose pour réparer ma gaffe.

— Dans ce cas, j'accepte.

Je dois avertir Marine qu'elle devra se trouver quelqu'un d'autre pour la raccompagner à la fin de la soirée… J'apprends alors par Tommie qu'elle est déjà partie, chez son Xavier à part ça ! Eh bien, faut croire qu'elle a gardé le bécotage pour la maison !

Une fois chez moi, je prête à Justin un vieux survêtement qui appartenait à Sébastien, sans le lui préciser bien sûr. Je frotte les taches de la chemise et du pantalon de mon invité et le rejoins dans le salon. Je dois avouer que, même habillé en mou, il a fière allure. Je nous verse une coupe de vin et lui demande d'où il vient, espérant qu'il ait oublié tout ce que je lui ai raconté au bar, en décembre dernier.

— Je suis né à Lennoxville, mais j'ai fait mon bac en comptabilité à l'Université de Montréal. Je travaillais pour une grosse compagnie en même temps. J'ai passé mes examens pour être comptable agréé, et la compagnie pour laquelle je travaillais m'a officiellement engagé.

— Et comment as-tu atterri ici ?

— J'avais pratiquement aucune possibilité d'avancement avant dix ou quinze ans et je voulais travailler pour une plus petite entreprise. Puis je suis tombé sur l'offre d'emploi d'ici. Rien ne me retenait à Montréal, alors j'ai décidé de faire le saut !

— Bonne idée ! Comment tu trouves ça jusqu'à maintenant ?

— J'aime beaucoup. C'est tranquille et tout le monde est gentil. Il y a pas mal de belles filles aussi. Les gaffeuses sont mes préférées pour l'instant, ajoute-t-il avec un clin d'œil.

— Dans ce cas, je suis chanceuse, que je réplique avec un sourire en coin. Juste pour être certaine, t'es vraiment célibataire ?

— Oui, pourquoi ?

— Pour rien, je voulais seulement que ce soit clair.

— Ah oui ? Est-ce que je pourrais t'intéresser ?

— Tu crois que je vomis sur les pieds de n'importe qui ?

C'est à ce moment que Justin s'approche doucement et m'embrasse. Ses lèvres sont douces, et ses baisers se font de plus en plus langoureux et insistants. Je suis maintenant couchée par-dessus lui sur le divan, et c'est la sonnerie de la laveuse qui m'interrompt alors que j'allais lui retirer son chandail. Le temps de mettre le tout dans la sécheuse et je suis de retour au salon.

Mes onze mois d'abstinence aidant, nous nous débarrassons de nos vêtements en moins de temps qu'il n'en faut pour le dire. Je n'ai pourtant jamais couché avec un gars le premier soir ; quoique là, on pourrait considérer que c'est notre deuxième soir ! De toute façon, la dernière fois que j'ai voulu attendre, ça ne m'a pas très bien réussi…

Entre deux soupirs, Justin me souffle à l'oreille qu'il n'avait pas prévu que la soirée se terminerait ainsi, donc qu'il n'a pas de préservatif sur lui. Dah ! Tu parles d'une malchance ! J'aurais dû en acheter la dernière fois que je suis allée à la pharmacie ! Bon, j'ai les joues en feu et pas question de remettre ça à la prochaine fois. Je suis certaine que Marine en a chez elle. J'enfile le survêtement que j'avais prêté à Justin et une paire de baskets pour courir jusque chez mon amie.

Maudits bas jaunes!

Les lumières étant fermées et la porte verrouillée, je prends la clé cachée et entre. Au pas de course, je descends à sa chambre pour fouiller sa table de chevet. En ouvrant la porte : surprise! J'entends un gros boum et…

— Ahhhhh! Rosa, qu'est-ce que tu fais là? crie Marine en se cachant sous les draps.

— Merde! J'étais sûre que vous étiez chez lui! Excuse-moi, j'étais pressée alors j'ai pris ta clé.

— Est-ce qu'on peut reporter la discussion à demain? demande une voix par terre, de l'autre côté du lit.

— Euh, oui, bien sûr. En fait, j'étais venue te voler des condoms. De toute évidence, tu en as…

— J'en ai deux dans la poche de mon jean, dit Xavier, toujours caché. Prends-les et bonne soirée!

— OK, merci. Désolée encore!

En refermant la porte, j'hésite entre mourir de honte et rigoler. J'arrive à entendre Marine et Xavier rire aux éclats : soulagement! Au pas de course, je reviens à mon appartement. J'espère que Justin est toujours d'humeur.

Il m'attend en boxer, avec sa chemise maintenant propre sur le dos. Pas de pantalon : tout est encore possible. J'attrape ma coupe de vin et montre, avec un air coquin, les deux précieux préservatifs que j'ai rapportés. Justin s'approche, m'enlève ma coupe des mains et, comme si cet intermède n'avait jamais eu lieu, nous nous retrouvons nus sur le divan.

Quelques heures plus tard, je suis comblée… et épuisée. Nous avons fini dans mon lit pour un deuxième round. Mon apollon était inépuisable. J'avais presque oublié à quel point c'était bon, un orgasme! Il dort maintenant. Bien que je tombe de sommeil, je suis incapable de m'endormir. Bon, d'accord, c'est probablement parce qu'il ronfle comme un tracteur et qu'il a ainsi rompu le charme. Je croyais presque avoir affaire à un prince de conte de fées! Je ne veux pas m'emballer, mais je suis tellement heureuse. Maintenant, tout ce que je souhaite, c'est qu'il ne pète pas ma bulle à son réveil... en fait, qu'il ne pète pas tout court!

Lorsque j'ouvre les yeux, Justin est déjà habillé. Non mais, j'espère qu'il ne pensait pas filer en douce après cette nuit! Profitant du fait qu'il est dos à moi, je rapaille mes vêtements et m'habille rapidement. Un mélange de pudeur et de malaise semble s'installer entre nous.

— Je peux te proposer un café? dis-je pour briser le silence.

— Oui, merci, c'est gentil. C'est toujours un peu gênant, le premier matin, hein?

— C'est vrai! On sait pas trop quoi dire et, surtout, on n'a aucune idée de ce que l'autre a en tête, que j'ajoute en espérant qu'il saisisse la balle au bond.

— Drette ça! En tout cas, je peux te dire que j'aime vraiment l'accueil personnalisé que vous offrez aux nouveaux arrivants, dit Justin en me lançant un clin d'œil.

— Oui, on est vraiment très chaleureux, ici! Tu fais quoi aujourd'hui?

Maudits bas jaunes!

— J'ai du travail à rattraper au bureau pis j'ai pas encore terminé de m'installer dans mon appartement.

— C'est plate, ça, devoir travailler le dimanche.

Bon, est-ce que c'est moi qui propose qu'on se revoie ou c'est à lui de le faire? Est-ce qu'il faut que j'attende quelques jours ou, étant donné qu'on a couché ensemble, on peut accélérer les choses un peu? Si seulement on pouvait avoir un guide précis que tout le monde suivrait! Comme ça, personne ne serait jamais déçu ni n'attendrait comme un con, à toujours consulter son cellulaire pour voir s'il a reçu un message. Ah pis d'la marde, Rosalie! Fais une femme de toi et prends les devants!

— Est-ce que t'es libre cette semaine? On pourrait aller prendre un verre ou juste aller marcher.

— J'vais être franc avec toi, Rosalie. (*Oh boy*, ça commence mal!) La semaine, c'est assez difficile pour moi de sortir; je suis très occupé au bureau et j'ai besoin de temps pour m'habituer à mon nouvel environnement.

— Je comprends, dis-je en espérant ne pas avoir l'air trop déçue ni attachée.

— Mais je veux qu'on se revoie, s'empresse d'ajouter Justin. On pourrait se louer un film samedi prochain, ça te dit?

— Bonne idée, mais c'est moi qui choisis!

— Très bien. Bon, maintenant, il faut que j'y aille, dit-il en enfilant son manteau.

Un baiser sur le front et mon prince s'en va déjà. Je ne sais pas si c'est à cause du courant d'air qui est entré dans mon appart quand Justin est parti, mais je suis complètement refroidie. Ne sachant pas

Maudits bas jaunes !

trop comment interpréter ce qui s'est passé cette nuit et ce matin, j'envoie un texto à Marine pour qu'elle m'aide à y voir plus clair.

> Yo, la pusheuse de capotes ! Faut qu'on jase, je t'invite à déjeuner.

Je poireaute une bonne vingtaine de minutes avant d'obtenir une réponse.

> Désolée du délai, j'étais « occupée » ! Mon mec vient de partir. Fais chauffer le café, j'arrive !

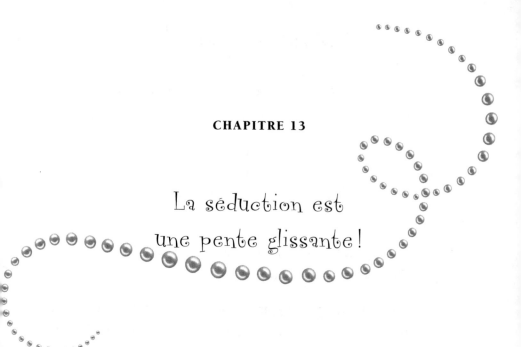

CHAPITRE 13

La séduction est
une pente glissante !

En attendant Marine, je fais un rapide ménage, non sans m'arrêter à quelques reprises près de mon lit pour humer l'oreiller sur lequel Justin a dormi. Elle arrive finalement en coup de vent, emmitouflée dans son anorak.

— Bâtard qu'il fait frette ! J'ai mis mon linge mou et je déclare qu'aujourd'hui est une journée pyjama !

— Dans ce cas, je t'accompagne ! Excuse-moi encore pour hier soir, dis-je en enfilant mon coton ouaté. J'étais sûre que vous étiez chez lui.

— T'aurais dû te voir ! Ta face t'a automatiquement excusée. C'est plutôt ce matin que je t'en voulais.

— Ben là, si mon texto t'a dérangée pendant ta baise matinale, t'étais pas très concentrée !

Maudits bas jaunes!

— Justement, c'est ça, le problème. On n'a pas pu profiter de notre « baise matinale », comme tu dis, parce qu'on n'avait plus de condom.

— Noooooooooon! Tu fais quand même pas trop pitié, vous avez dû baiser une dizaine de fois pendant la nuit, que j'ajoute pour la taquiner.

— Juste quatre… Il était pas tuable! Bon, et toi, comment ça s'est passé? Vous allez vous revoir?

Je lui raconte ma fin de soirée et le départ rapide de Justin ce matin. Je lui fais part de mes inquiétudes quant à la disponibilité de celui-ci. Marine ne semble pas s'en formaliser outre mesure.

— Vous venez seulement de vous rencontrer. C'est normal qu'il chamboule pas sa vie et qu'il se mette pas à t'envoyer des textos toutes les deux minutes.

— Je saiiiiiiiiiiiiiiiiiiiiiiiiiiiiiiiiis, que je soupire. C'est pas ça que je veux non plus. J'aurais seulement aimé qu'il ait l'air plus enthousiaste.

— C'est un gars, Rosalie, me répond Marine en levant les yeux au ciel. Les gars ne sont vraiment contents que lorsque les Canadiens comptent un but!

— Je te fais confiance; je vais être patiente. Et avec Xavier, vous avez prévu vous revoir?

— Il m'a invitée à souper chez lui mercredi, pour inaugurer sa nouvelle cuisinière.

— Ouin, une chance que c'est normal qu'on se voie pas trop au début! que j'ironise.

Maudits bas jaunes!

Marine m'envoie une taloche derrière la tête en guise de réponse. Le reste du déjeuner nous sert à planifier notre prochain souper de filles. Comme Tommie part dans le Sud pour deux semaines et que Maude suivra des formations pendant au moins trois fins de semaine, notre prochaine soirée n'aura lieu qu'en mars. C'est loin, mais en même temps j'ai une montagne de correction (encore!) qui m'attend sur mon bureau.

Malgré ma résolution de jouer à la fille qui s'en fout, je consulte mes messages au moins une vingtaine de fois au cours de la journée, en plus de vérifier sans arrêt si Justin a enfin accepté ma demande d'amitié sur Facebook. Très loin d'être productif, ce dimanche de correction! Je passe à travers deux sacs de carottes miniatures, question d'avoir les mains pleines pour m'empêcher de lui téléphoner.

Le lundi, je remercie en silence mes élèves d'être des monstres et de m'occuper ainsi l'esprit sans relâche. Justin n'a toujours pas accepté ma demande d'amitié ni ne m'a envoyé de message texte. Je profite de ma soirée pour regarder mes émissions hebdomadaires. Il faut que je me distraie. Je pousse même la note en écoutant un feuilleton américain! Dans le dernier épisode que j'ai vu (quand Sébastien m'a quittée), une femme était enceinte du mari de sa fille, l'autre se mariait avec l'ex-mari de sa sœur et la chicane était prise entre deux frères pour le contrôle d'une compagnie. Aujourd'hui, la femme enceinte a donné son bébé à sa fille parce qu'elle se sentait coupable, la compagnie familiale est en train de faire faillite à cause de la guerre des deux frères et la femme qui a épousé l'ex-mari est en train de se remarier avec lui parce qu'au cours de l'année ils ont eu le temps de divorcer et que, là, ils se sont réconciliés! Ouf! Ma vie n'est pas si compliquée finalement.

Malheur à moi, je n'ai qu'un seul cours à donner durant ma journée de mardi. J'écris environ huit messages à Justin (d'accord, onze) pour ensuite tous les effacer. Il faut que j'attende que ce soit lui qui me fasse signe.

Non mais! Il n'a pas repensé à moi une seule fois depuis dimanche matin? Est-ce que c'est occupé à ce point, un comptable? Il doit toujours bien manger et dormir comme tout le monde. Ce serait quoi de prendre trente secondes pour m'écrire un petit mot? Eh merde, je suis vraiment un cas désespéré! J'attends demain et, si rendue là je n'ai aucune nouvelle, je me lancerai.

On est donc maintenant mercredi et je n'en peux plus. Ça fait soixante-quatorze heures et quarante-deux minutes que je suis dans le doute. Je n'ai tellement plus de concentration que j'ai versé du jus dans mes céréales ce matin et que je viens de mettre ma salade de macaronis au micro-ondes! Pour préserver ma santé mentale, je vais lui envoyer un texto immédiatement; comme ça, je devrais avoir reçu sa réponse à la fin de la journée et je pourrai enfin arrêter de me ronger les ongles.

> 📱 Salut! Comment se passe ta semaine? On fait toujours quelque chose samedi? J'ai hâte de te voir 😃 Bonne journée!

Voilà, c'est envoyé! Bon, moi qui pensais que je me sentirais enfin soulagée... c'est un échec. Je passe toute ma pause de l'après-midi à fixer mon cellulaire. Je termine ma journée avec mon groupe de deuxième secondaire. Les élèves travaillent bien... trop bien, même. Alors que j'ai le dos tourné pour expliquer un problème à une équipe, deux élèves se lèvent et décident de simuler un combat à l'épée en bois. Mais où ont-ils pris ça? Je regarde vers mon tableau : mes deux règles d'un mètre sont toujours là. Ils ont décollé des lattes du plancher! Non mais, ils ont vraiment trouvé le moyen de me changer les idées, ces deux-là!

Maudits bas jaunes!

Le temps de faire un saut au bureau de la directrice avec mes deux moineaux et d'appeler leurs parents, je suis de retour à mon cellulaire : pas de nouveau message. Bâtard de marde !

Peut-être que Justin n'apporte pas son téléphone au bureau. Ben non, Rosalie, tout le monde traîne son cellulaire au travail ! Peut-être qu'il l'a fermé parce qu'il était en réunion. OK, ça, c'est plus plausible. Je décrète qu'il a droit au bénéfice du doute jusqu'à dix-neuf heures. D'ici là, je me lance dans la confection d'un feuilleté aux crevettes et épinards et d'une tarte aux pommes pour dessert – maintenant que je sais comment faire… Ah, qu'est-ce qui m'a pris !

Complètement absorbée par mon entreprise culinaire, je ne pense même pas à regarder ma boîte de réception. Il est finalement vingt et une heures quand je sors ma tarte du four, après avoir mangé mon excellent feuilleté et fait au moins une bonne heure de vaisselle. Le visage de Justin me revient alors en tête et je cours chercher mon cellulaire. Pas là. Bien voyons ! Je vide les poches du manteau que je portais aujourd'hui : toujours rien. Pas de trace non plus de mes clés de voiture ! Depuis ma mésaventure de jogging, j'ai décidé de séparer ma clé de voiture de celle de mon appartement, question d'être au moins capable d'entrer quelque part en cas de perte.

Ne me dites pas que j'ai laissé mes clés dans l'auto ! Je sors en courant et j'aperçois mon téléphone et mes clés qui gisent sur le siège, côté passager. Noooooooooooon ! Je vois que la lumière clignote pour me signaler que j'ai reçu un texto. Noooooooooooooon !! Je dois appeler Régis le serrurier. Ah non, je ne peux pas l'appeler, je n'ai pas de téléphone ! Je sprinte jusque chez Marine pour lui emprunter le sien. Elle n'est pas là (elle ne doit pas être rentrée de son souper avec Xavier), mais je prends sa clé cachée et utilise son téléphone fixe. Faudra que je me fasse installer une ligne moi aussi !

Maudits bas jaunes !

C'est le répondeur :

Bonjour, vous avez bien joint La Clé du Bonheur. Nos heures d'ouverture sont du samedi au mercredi, de six heures à dix-huit heures, et de six heures à vingt-deux heures les jeudis et vendredis. En cas d'urgence, veuillez contacter la compagnie On n'est pas barrés, au…

Je raccroche et appelle l'autre compagnie. Évidemment, j'ai déjà le numéro dans mes contacts ! Merde… Le serrurier ne sera pas disponible avant au moins deux bonnes heures, et ils me demandent un supplément de deux cent cinquante dollars. Bon, qu'est-ce que je fais ? Il faut que je sache ce que Justin m'a répondu. Comme il m'a fait attendre tellement longtemps, il peut bien sécher un peu lui aussi ! Et s'il m'avait invitée à passer chez lui dans la soirée et qu'il pense que je suis en train de bouder parce que je ne lui réponds pas ?

Je laisse tomber. De toute façon, le temps que le serrurier arrive, il sera trop tard pour faire quoi que ce soit ce soir.

Mon serrurier préféré est dans ma cour à six heures trente le lendemain matin. Il m'a même apporté un café ! Bien que j'aie à peine dormi cette nuit parce que je me suis inventé au moins mille scénarios sur ce que m'a écrit Justin, par politesse, j'attends que Régis soit parti avant de me garrocher sur mon cellulaire. Cinq nouveaux messages. Wouhouuuuuu !

Ah ben, bâtard de marde ! Ils sont tous de Marine !

📱 Je suis chez Xavier, il nous a préparé une fondue ☺ On s'appelle demain pour les détails ? (Envoyé à 18 h 24.)

📱 Ouah ! Il a même fait une fondue au chocolat ! Je sens que je vais me concentrer sur les bananes 😋 lol (Envoyé à 19 h 45.)

Maudits bas jaunes!

Coudonc! Pourquoi tu ne me réponds pas? T'es avec Justin? (Envoyé à 20 h 54.)

Je suis de retour chez moi. Ton auto est là, donc je suppose que tu n'es pas avec Justin. Je peux passer chez toi pour te raconter ma soirée? Je ne resterai pas tard, promis. (Envoyé à 22 h 05.)

Bon là, Rosa, si t'es jalouse parce que j'ai vu mon mec et pas toi, c'est pas juste! Je suis un peu frue, là. On se reparle. Bye. (Envoyé à 22 h 36.)

Méga déception au cube! J'envoie un message à Marine, lui résumant la situation pour la rassurer: non je ne boude pas, oui je suis vraiment heureuse pour elle et oui j'ai hâte de connaître les détails de sa soirée. Je n'en reviens pas que Justin n'ait même pas pris trente secondes pour me répondre. Il va voir que je vais le flusher, ça ne sera pas trop long!

Mon jeudi est donc lui aussi consacré à l'attente, mais, cette fois, c'est parce que j'ai hâte de déverser ma colère sur lui. Dommage que je ne sache pas où il habite... À la fin de la journée, des collègues décident d'aller au cinq à sept du bar sportif du coin; on y propose toujours des spéciaux avant les matchs de hockey, et plusieurs ont pris l'habitude de s'y réunir. Tant qu'à ruminer dans mon coin, je les accompagne; ça va peut-être me changer les idées.

Je rentre chez moi vers dix-huit heures, de meilleure humeur. Surprise: Justin est assis dans sa voiture... avec des fleurs! Il pense que je vais passer l'éponge parce qu'il tente de m'amadouer avec... un splendide bouquet de marguerites et de tulipes?! Bon, d'accord, il a visé dans le mille, mais pas question de lui sauter dans les bras.

Maudits bas jaunes!

— Salut, Rosalie, ça va? ose-t-il me demander. Tiens, je t'ai apporté des fleurs. Je pensais que tu finissais à seize heures, elles commencent à geler.

— Je suis allée prendre un verre avec des collègues, que je me contente de répondre en tentant de masquer ma joie de le voir presque congelé.

— Écoute, je suis vraiment désolé de pas t'avoir appelée cette semaine. Il m'est arrivé un paquet d'affaires…

— Eh ben! C'est pas drôle, ça. Bon, rentre, il fait froid.

Je suis déterminée à ne pas le laisser s'en tirer trop aisément. Évidemment, il ne me rend pas la tâche facile. Ses joues rougies par le froid et son petit air de chien battu m'empêchent de rester bête.

En soupirant, je l'invite à commencer son énumération d'excuses. Il ne m'a pas appelée lundi, car il ne voulait pas que je le trouve trop collant (ouin… ça pourrait passer). Mardi, il a eu une journée de fou au bureau et il a dû faire deux heures de route en soirée pour aller chercher son patron à l'aéroport (j'avoue qu'il devait avoir l'esprit pas mal occupé…). Hier, il a perdu son cellulaire dans la neige et il ne se souvenait pas de mon numéro par cœur, alors il n'a pas pu m'appeler.

— Donc, si je crois tout ce que tu me dis, j'ai pas trop le choix de te pardonner.

— T'es pas obligée, mais je veux que tu saches que je suis vraiment désolé. Je comprends que tu sois fâchée.

— Disons que je trouvais ça assez ordinaire de n'avoir aucune nouvelle alors qu'on venait de coucher ensemble. D'ailleurs, j'espère que tu cherches pas seulement une fille avec qui t'envoyer en l'air, parce que si c'est le cas, tu peux repartir avec tes fleurs. Je suis pas en train de te dire que je suis amoureuse de toi, mais je cherche pas un « ami moderne », si tu vois ce que je veux dire.

— Rosalie, tu m'intéresses pour de vrai et je tiens à faire amende honorable. Qu'est-ce que tu penses d'une journée de plein air suivie d'un bon souper chez moi samedi ? T'as des raquettes ?

J'avoue que j'ai le goût de lui accorder une seconde chance. En plus, ça me donnerait l'occasion d'essayer dans de vrais sentiers les raquettes que j'ai reçues à mon anniversaire. J'accepte donc la proposition de Justin et le mets à la porte. Je ne veux surtout pas qu'il croie qu'il est tout à fait excusé ; des plans pour qu'il perde son cellulaire chaque semaine !

Une fois Justin parti, je saute partout dans l'appartement en criant « il s'intéresse à moi ! ». Mon cochon d'Inde semble indécis. Ah, Pesto, tu ne peux pas comprendre ! Les seules fleurs que j'ai reçues dans ma vie, c'étaient des pissenlits que Sébastien m'avait cueillis ; une fois chez moi, je m'étais rendu compte qu'il y avait plein de bibittes dedans !

Je suis tellement soulagée ! J'envoie un message à Marine et l'invite à souper demain soir pour qu'elle me raconte sa soirée avec Xavier. Après avoir mangé, je corrige l'introduction du projet scientifique de mes élèves et je trouve tout très bon ! Coïncidence ?

Samedi n'arrivera jamais assez vite !

En ce vendredi soir, Marine et moi préparons des sushis avec un bon verre de mousseux pour célébrer ce qui pourrait être le début d'une histoire d'amour avec nos mecs respectifs. Marine me dit toujours que je suis trop vite en affaires, mais, cette fois, elle est vraiment pire que moi. Xavier ne s'appelle d'ailleurs plus Xavier, mais plutôt « mon futur ». Quant à moi, Justin va rester « Justin » pour un moment, je crois.

— Il s'est littéralement jeté sur moi quand je suis arrivée, commence mon amie. Bref, comme il avait préparé énormément de bouffe et que la fondue pouvait attendre un peu, on a décidé de « sauter » l'apéro, si tu vois ce que je veux dire.

— Merci, j'ai saisi, pas besoin de détails supplémentaires.

— On a discuté pendant tout le souper, mais nos jambes arrêtaient pas de se frotter sous la table, c'était…

— OK, Marine, vous l'avez refait, c'est super! On pourrait laisser tomber la partie dix-huit ans et plus?

— D'accord, j'arrête. J'avais oublié que toi, t'es restée sur ta faim cette semaine, me répond-elle alors que je lui lance le « regard qui tue ». Alors, c'est ça.

— C'est tout?

— Tu viens de me dire que tu voulais que ça convienne à un public de tous âges. Alors oui, c'est tout! La fondue au chocolat a dégénéré elle aussi. Que veux-tu, je suis tombée sur un dieu du sexe!

Je lui lance alors le sushi que je viens de rater. Une chance que je n'avais pas mis de wasabi, car elle le reçoit directement dans l'œil. Bien fait pour elle!

Pendant qu'on déguste notre œuvre culinaire, j'expose à Marine la série d'excuses que Justin m'a données hier. À mon grand soulagement, elle aussi semble d'accord pour que je lui accorde une seconde chance. Ça paraît un peu tiré par les cheveux que tout ça lui soit arrivé dans la même semaine, mais on lui accorde le bénéfice du doute. Il devra cependant faire un sans faute demain. Parlant de notre activité plein air, je dois me trouver un ensemble de neige. J'ai l'habitude d'emprunter celui de ma sœur, mais elle en a besoin en fin de semaine, car elle va glisser avec les enfants des sœurs de Benoît. Celui que je possède est indigne d'une sortie avec un gars. C'est un très vieil ensemble que je mets quand je vais couper du bois avec mon père. En fait, il appartenait à une de mes cousines qui l'avait acheté dans les années quatre-vingt. C'est donc un magnifique habit de neige une pièce aux couleurs fluo : de toute beauté. Impossible de me perdre de vue avec ça, c'est certain. Marine propose de me prêter le sien. Elle est un peu plus petite et plus mince que moi, mais ça devrait m'aller.

Samedi, à midi, Justin vient me chercher. Il fait soleil et la température avoisine le zéro. Étonnamment, on n'emprunte pas le trajet que j'avais prévu. Justin m'explique qu'il s'agit d'une des suggestions que Maude a émises lors de la soirée d'accueil des nouveaux arrivants. C'est elle qui va être contente quand je vais lui avouer qu'elle a contribué au succès de mon rendez-vous! Le sentier est plus abrupt que ce à quoi je m'attendais, mais il semblerait que la vue en vaille la peine. Euh, peut-être aurais-je dû lui préciser que j'ai des raquettes, mais qu'elles sont neuves et que ce sera ma première fois en montagne! Je panique un peu, et encore plus après avoir enfilé le pantalon de neige de Marine. Il y a dix bons centimètres d'écart entre lui et mes bottes! Mon amie a seulement quelques livres de moins que moi, mais là, elle a dû choisir un habit très moulant, car j'arrive à peine à bouger. J'ai une amplitude de mouvement d'environ soixante degrés et, dès que je me penche, je sens que j'ai la craque de fesses à l'air. Génial!

Justin me remet un sac à dos que je pourrai ouvrir seulement au sommet. Il attache mes raquettes et j'insiste pour qu'il parte devant, question qu'il fasse les traces pour moi. En fait, c'est surtout pour qu'il ne s'aperçoive pas trop que j'ai de l'eau dans la cave et que ma raie prend l'air à tout bout de champ.

Plus on monte et plus la vue se dégage. Effectivement, le paysage est magnifique. À chaque étape plus difficile, Justin m'attend et m'aide à grimper. Il me raconte les balades qu'il faisait souvent à Lennoxville et affirme que je m'en sors pas mal. C'est sûrement pour être gentil, parce qu'alors que j'ai le visage rouge et que je suis à bout de souffle, il n'a même pas une goutte de sueur sur le front. Je trouve donc son compliment encore plus adorable.

Au bout de deux heures, nous arrivons enfin au sommet. La pause ne me fera pas de tort! Justin sort de son sac une toile qu'il étend sur la neige et une grosse couverture. Je peux maintenant ouvrir le mien. Il y a une bouteille de champagne (OK, il frappe vraiment très fort quand vient le temps de se faire pardonner) et un léger pique-nique de fruits et de chocolat. Mon cher comptable m'indique qu'il a aussi apporté du chocolat chaud au cas où on aurait besoin de se réchauffer. Il se met alors à m'embrasser. Entre deux baisers, je lui souffle que j'adore ma journée et qu'il est très mignon avec sa tuque.

— Faut que je t'avoue que c'est ma première fois en raquettes, dis-je en l'embrassant à nouveau.

— Euh, Rosalie, j'ai pas apporté de condoms, je pensais pas que t'aurais envie de ça ici, répond Justin, un peu gêné.

— Hein? Non! Je veux dire que c'est la première fois que je fais de la raquette! reprends-je en riant, après avoir mis quelques secondes à comprendre le malentendu.

— Ouf! Pas que j'en aie pas envie, loin de là. T'es très sexy dans tes pantalons trop courts, dit-il en souriant. Mais, ç'a beau être peu fréquenté, je te trouvais pas mal *game*!

Maudits bas jaunes !

— En tout cas, merci pour la collation, c'est très bon.

J'aurais pensé que descendre serait plus facile que monter, mais ce n'est pas toujours le cas. À plusieurs endroits, je décide de descendre « de côté » ou « sur les fesses » (parfois même littéralement « sur » les fesses, à cause du pantalon). En tout cas, au nombre de fois où je crie parce que j'ai peur de tomber la tête la première, je déclencherais certainement une avalanche si nous étions sur une plus grande montagne !

Justin me dépose ensuite chez moi pour que je puisse me doucher et me changer avant de le rejoindre pour le souper. J'ai bien envie de l'inviter à se doucher avec moi, mais ce serait improductif ! En plus, avec mes muscles tout endoloris, j'aurais de la misère à me tenir à la tringle ! Puisque « mon futur » (ouais, j'ai décidé de lui pardonner complètement et de suivre les traces de Marine) ne m'attend que dans deux heures, je me fais couler un bon bain aux huiles essentielles.

Une superbe odeur flotte dans l'air quand j'arrive chez Justin. Je laisse les effluves me guider jusqu'à la cuisine, où il m'attend avec un verre de vin. Au menu : filet mignon, gratin d'asperges et risotto aux champignons sauvages et fromage bleu.

— Mon but est de t'attraper par le ventre, puis de te faire boire jusqu'à ce que tu ne puisses plus repartir avec ta voiture.

— Tu veux me faire marcher après toute cette journée d'exercice ? que je lui demande d'un air faussement indigné.

— Oui, je veux que tu marches… jusqu'à mon lit. Ça te va ?

— Ne va pas croire que ce sera aussi facile, que je laisse entendre en sachant très bien qu'il n'a qu'à claquer des doigts pour que je le déshabille.

Maudits bas jaunes !

Après le souper, j'insiste pour l'aider à faire la vaisselle. Ça nous donne l'occasion de continuer à discuter. Je constate que Justin a été un étudiant très sage au cégep et à l'université. Il était toujours très concentré sur ses études et sortait rarement pour faire la fête. Il a un petit côté intello que je ne déteste pas.

Comme nous avons tous deux notre journée dans le corps, je propose qu'on regarde un film. C'est donc bien collés et enroulés dans une grosse doudou que nous démarrons le dernier Denis Villeneuve.

Soudain, je sursaute ; Justin ronfle et fait trembler mon corps vu que je suis adossée contre lui. Je me suis endormie ? Le film a l'air d'être terminé depuis belle lurette. Je m'étire pour voir l'heure sur la cuisinière. Deux heures quarante-six. Ankylosée, je tente de me relever sans le réveiller. C'est un échec.

— Il est quelle heure ?

— Trois heures moins quart. Ç'a l'air qu'on s'est endormis ! dis-je en m'étirant.

— Tu veux te coucher dans mon lit ou tu préfères rentrer finir ta nuit chez toi ?

Pardon ? Je ne dois pas encore être bien réveillée. Il ne m'a pas vraiment proposé de retourner chez moi ? Du calme, Rosa, il a d'abord commencé par t'inviter dans sa chambre. Il voulait sûrement être certain que tu ne te sentes pas obligée.

— Est-ce que tu préférerais que je m'en aille ? Sois honnête, s'il te plaît.

— Non, ça va me faire plaisir que tu restes. C'est sûr que, demain, je dois travailler toute la journée, mais on va quand même pouvoir déjeuner ensemble.

Maudits bas jaunes!

Comment un gars peut-il être super romantique un instant, apporter du champagne et des couvertures dans une excursion de raquettes, et l'instant d'après m'inviter à coucher en précisant que je vais devoir ficher le camp après avoir avalé un bol de céréales ? C'est n'importe quoi ! Néanmoins, je suis tellement fatiguée que je n'ai pas du tout envie de reprendre la route. Je décide donc de rester en me promettant de partir avant qu'il ne me mette gentiment à la porte. Je ferai tellement mon indépendante (ouais, j'en suis capable !) qu'il va regretter de ne pas me garder avec lui pour la journée !

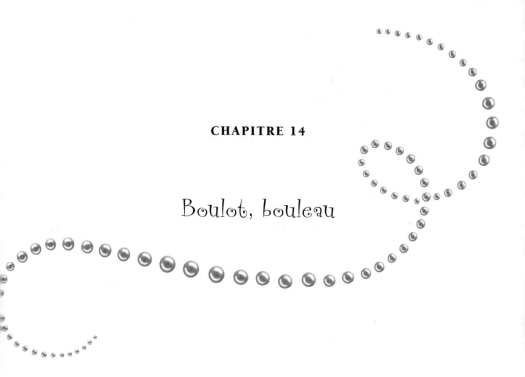

CHAPITRE 14

Boulot, bouleau

Cette fois, Justin m'a prévenue qu'il ne me contacterait pas de la semaine, car il doit aller faire de la vérification de comptabilité dans différentes entreprises de la région. Je me suis retenue pour ne pas lui dire qu'il pourrait quand même prendre le temps de me donner des nouvelles de temps en temps, mais j'ai eu peur qu'il me trouve trop collante alors je me suis tue. Au moins, je ne passe pas la semaine à attendre et c'est beaucoup moins stressant.

De toute façon, j'en ai eu pour au moins trois jours à me remettre de ma balade en raquettes. J'avais tellement mal aux jambes que ça pouvait me prendre cinq minutes pour monter les deux étages menant à mon appartement. Les descendre était encore pire.

Comme Justin travaille aussi aujourd'hui, je prends mon samedi pour accompagner Léa à sa rencontre avec la décoratrice du mariage. Celle-ci est censée avoir des thèmes à lui proposer, d'après un questionnaire que ma sœur a rempli lorsqu'elle l'a engagée.

Maudits bas jaunes!

— J'ai hâte de voir ce que Carmen a préparé! Je lui ai donné plein de détails sur Benoît et moi; elle doit avoir un paquet d'idées à me soumettre. Je veux que tu sois honnête et que tu me donnes ton avis.

— Mais, Léa, on n'a vraiment pas les mêmes goûts...

— Je sais très bien que tu me trouves quétaine, commence ma sœur.

— Mais non, pas tant que ça. (OK, Rosalie, pas très convaincant.)

— C'est justement pour ça que je voulais que tu viennes : pour que tu t'assures que ça me ressemble sans que le reste des invités trouve ça trop cucul.

— D'accord, je serai franche, promis.

C'est un mélange entre Francine Grimaldi et Lady Gaga qui nous ouvre la porte. Pas de doute, Carmen est bien une artiste dans l'âme! Nous la suivons au sous-sol; on se croirait dans un entrepôt de décors de cinéma! Il y a des arbres, des arches, des exemples de table d'honneur, des chandeliers, des centres de table. Il y a même un immense coussin rouge en forme de cœur; j'imagine que c'est pour prendre des photos et non pour... J'espère en tout cas que Carmen n'a pas prévu ça pour ma sœur.

— Alors, commence celle-ci, je me suis d'abord inspirée de la demande en mariage de Benoît. Léa, tu m'as dit que c'était au musée de Shania Twain. J'ai donc pensé à un thème country.

Oh boy, le country! Ça part fort...

— En quoi ça consiste? demande ma sœur.

— J'ai déjà décoré deux mariages avec ce thème-là. Les centres de table sont faits à partir de chapeaux de cow-boy, et on met des bottes de foin et des lassos un peu partout. On peut même installer un taureau mécanique !

Oh, seigneur ! Je ne me vois tellement pas faire du taureau mécanique à moitié soûle en robe ! Ça peut être très drôle, mais plus pour un enterrement de vie de jeune fille (idée à retenir !). Il faut absolument qu'on élimine ça.

— Qu'est-ce que t'en penses, Rosa ? me demande ma sœur.

— C'est super original, mais, Léa, Shania Twain, c'est la seule « artiste country » que vous aimez. Je t'ai jamais vue avec des bottes de cow-boy, et j'ai bien de la misère à imaginer Benoît faire du cheval !

— T'as raison… En fait, il a peur des chevaux. On a découvert ça quand on est allés camper au Festival du cheval de Villebois.

— Alors, on oublie celui-là, tranche Carmen. C'est pas grave, j'ai plein d'autres idées.

Ouf ! J'avais un peu peur qu'elle nous pète une coche ; on ne sait jamais, avec les « artistes ». Pas besoin de craindre d'émettre mon opinion, génial !

Projet numéro deux : l'amour, le rouge et les petits cœurs. Il y aurait des ballons rouges en forme de cœur qui formeraient à leur tour une arche en cœur. Je pensais avoir vu le summum du quétaine au *shower* de Maude, mais on vient d'atteindre un niveau supérieur. Si ma sœur aime ça, je démissionne de mon poste de demoiselle d'honneur sur-le-champ. Pas question de devoir porter une robe qui s'agence avec ce décor-là !

Par chance, Léa n'aime pas ça non plus. Je me retiens de suggérer à Carmen de détruire ce décor et de ne plus jamais le proposer à qui que ce soit.

Maudits bas jaunes!

Projet numéro trois : chic nature. Le violet, le noir et le blanc en sont les principales couleurs. Carmen a monté un exemple de table décorée, et ça donne une ambiance plutôt élégante. Les centres de table seraient composés de branches et il y aurait une délicate arche en bouleau à l'entrée. J'adore ça, Léa aussi. Super ! Nous pouvons quitter l'antre du professeur Trelawney. Ma sœur confirme le choix du thème chic nature et règle le premier versement. Ouin, ce n'est vraiment pas donné de se marier !

De retour chez moi, je fais un peu de ménage et de correction. Je sais que Justin travaille aujourd'hui, mais je pourrais lui envoyer un message et l'inviter demain. Est-ce qu'il va me trouver trop collante ? Est-ce que je ferais mieux d'attendre qu'il me fasse une proposition ? Ah, si le temps pouvait bien passer, qu'on soit officiellement ensemble ! J'arrêterais de me poser des questions épaisses de même !

📱 Bon samedi soir ! J'espère que ton travail a avancé. On se voit demain ?

Je lui donne maximum deux heures pour me répondre. Il m'a tellement fait attendre la dernière fois que, maintenant, ma patience est à zéro.

Soit il craint ma foudre, soit il était à côté de son téléphone, car il me répond déjà.

📱 J'aurais bien aimé, mais j'ai des trucs à faire chez moi et au bureau. On peut aller marcher en soirée si ça te tente.

Bâtard ! Est-ce que ça va toujours être comme ça ou c'est juste parce que c'est encore un novice et qu'il est lent ? Nous nous fixons rendez-vous chez lui, demain… après le souper. Monsieur veut manger seul pour relaxer après sa fin de semaine chargée ! J'ai hâte de le voir, il me manque, mais, en même temps, il me fait vraiment suer ! Il est super gentil et romantique quand on se voit, mais semble aussi prêt à vivre une relation de couple sérieuse que l'est un collégien de dix-sept ans ! Il s'intéresse à moi, me rend presque accro à lui, puis me fait poireauter en attendant qu'il ait le temps de me voir. Un mois, Rosalie, un mois. Après, tu passeras à un autre appel s'il ne sait toujours pas ce qu'il veut. Il faut bien atteindre un niveau supérieur à un moment donné !

Facile à dire… J'ai l'impression que mon petit côté dépendant ne me facilitera pas la tâche. Je suis prise entre mon attirance pour Justin-le-trop-occupé et ma résolution de me trouver un chum stable. Ah là là !

Sur LSGirls, Tommie a lancé l'invitation pour notre prochain souper de gang. Comme nous avons toutes quelqu'un dans nos vies et que ça fait un méchant bout que ce n'est pas arrivé, Maude propose d'inviter les gars aussi. Pourquoi pas, c'est une bonne idée ! Ce sera déjà un bon début si les quatre gars s'entendent bien. En plus, les filles verront comment Justin se comporte avec moi et pourront me donner leur avis sur notre éventuel futur.

Je lui en parle pendant notre promenade du dimanche soir. Il accepte d'emblée et semble très enthousiaste à l'idée de rencontrer mes amies et leurs chums vendredi prochain. Il en profite pour m'annoncer qu'il va travailler plus tard cette semaine afin d'être libre pour tout le week-end. On annonce du temps doux et il aimerait qu'on aille faire du ski de fond. Il sait lire dans mes pensées ou quoi ? J'accepte sa proposition avec plaisir, mais sans lui laisser voir que je n'attendais que ça.

Maudits bas jaunes!

Le vendredi arrive enfin et, avec lui, la semaine de relâche. Dès que les corridors sont silencieux et les autobus partis, les autres profs et moi nous récompensons avec les bières que nous cachons dans le fond du frigo de la salle des enseignants. Techniquement, on n'a pas le droit d'avoir de l'alcool à l'école, mais on les ouvre seulement quand il n'y a plus d'élèves... Tant qu'on reste discrets!

Après notre petit cinq à sept improvisé, je me dépêche d'aller chercher du vin pour le souper. Justin doit passer me prendre après son travail. Il arrive enfin avec une bonne demi-heure de retard. Il s'excuse en m'expliquant qu'il a dû finaliser un dossier pour être totalement libre pour la fin de semaine. Je lui pardonne aisément. Je suis vraiment excitée et nerveuse à l'idée de le présenter officiellement aux gars. Ils s'entendaient super bien avec Sébastien, alors j'espère que la chimie sera aussi bonne. Je sais que ça préoccupe Marine également.

Malgré le retard de Justin, nous ne sommes pas les derniers sur place. Maude et Michel arrivent une quinzaine de minutes après nous.

— Je te l'avais dit, qu'on serait en retard, se plaint Maude en entrant.

— Il fallait bien que je lui explique les instructions et lui montre où sont les choses dans la maison, se justifie Michel.

— Ben là, c'est la quatrième fois qu'elle vient garder les enfants! Elle sait très bien quoi faire et ils l'adorent.

— J'en reviens pas! s'exclame Marine. Maude a transmis sa maladie à Michel!

— Eh oui! Depuis que je suis un peu moins présente à cause de ma job, c'est maintenant Michel, le papa poule.

Maudits bas jaunes!

La situation est vraiment comique. Je pense que Maude commence à comprendre ce qu'on voulait dire quand on se moquait d'elle. José nous sert à toutes un petit cocktail et offre une bière aux gars. Justin et Xavier ont l'air de bien s'entendre avec les autres; je peux respirer.

Tout le monde passe ensuite à table pour l'entrée. Chacun donne des nouvelles de son travail et de sa famille, puis les conversations s'éparpillent au gré des derniers potins et coulent au rythme du vin. Le copain de Marine nous raconte un tas d'anecdotes sur son dernier voyage en Amérique du Sud.

— Le dernier pays que j'ai fait, c'est le Paraguay. Je sais pas ce que j'ai mangé, mais j'ai attrapé la pire tourista du monde. J'ai chié ma vie comme jamais! C'est pas mêlant, j'ai passé au travers d'une boîte complète d'Immodium pis c'est à peine si j'ai vu une différence. Après une semaine, j'avais perdu douze livres.

— Ayoye, ça te gâche un voyage, ça! dit Tommie, qui doit adorer l'anecdote, car c'est elle d'habitude qui raconte des histoires de pipi-caca.

— C'est pas ça le pire. Je devais rejoindre des amis dans une ville située à six heures de route d'où j'étais. Le seul moyen de transport disponible était l'autobus de nuit. Il n'y avait aucun arrêt et pas de toilettes à bord. Je capotais un peu. Je m'étais apporté un sac au cas. Je vois pas trop comment je m'en serais servi, mais c'est la seule chose que j'ai trouvée. Finalement, j'ai eu vraiment mal au ventre tout le trajet, mais j'ai réussi à me retenir.

— Ouf, une chance pour toi! dit Maude, soulagée.

— Ouin. Mais, quand je suis entré dans le terminal, j'étais plus capable. Je suais à grosses gouttes. J'ai finalement trouvé les toilettes, mais il y avait une madame à l'intérieur qui demandait de l'argent contre des feuilles de papier hygiénique. Et ça, ç'a été la seconde de trop. J'ai chié dans mes culottes, devant la madame en plus! J'en avais partout, c'était dégueulasse!

Plus personne ne parle pendant dix bonnes minutes tellement on rit. On peut dire que Xavier a réussi son intégration haut la main. Quant à Justin, il écoute plus qu'il ne discute, mais tout le monde a l'air de bien l'aimer. Il est le premier à se proposer pour la vaisselle et à aider Tommie à débarrasser la table. Il n'est pas aussi démonstratif avec moi que Xavier peut l'être avec Marine, mais il s'assure que mon verre est toujours plein et me caresse le bras quand il passe près de moi.

La soirée se termine aux alentours de minuit et Justin me propose de venir dormir chez lui ; quelle belle façon de terminer cette magnifique journée !

— T'étais vraiment belle ce soir, me lance-t-il tout naturellement un peu plus tard, en rangeant ses vêtements.

Wow, c'est donc bien agréable, un compliment aussi gentil qui sort de nulle part ! Ça y est, je suis amoureuse. Il est beau, il fait bien l'amour, il est capable d'être romantique et il s'entend avec mes amis. Tant pis s'il n'est pas toujours disponible, ce gars est parfait pour moi. Wouhou ! J'ai mon mec ! Il me trouve belle et je l'aime.

Tais-toi, Rosalie ! Surtout, tu fermes ta gueule avec ça. Ce n'est pas le temps de l'effrayer avec des grands mots. Tu lui feras part de tes sentiments quand tu le sentiras prêt… ou lorsqu'il sera assez soûl pour oublier.

— T'es donc bien fin, merciiiiiii, que je lui réponds, le sourire aux lèvres. (Je te veux, je t'aime, t'es merveilleux, épouse-moi !)

Maudits bas jaunes!

— C'est vrai. Je te regardais souvent ce soir, et ta façon de parler, ta manière de rire, t'étais vraiment belle, renchérit-il.

Non mais, fais-moi un enfant maintenant! (À combien d'enfants je serais rendue, moi là?) Depuis quand les compliments peuvent-ils faire office de préliminaires? En tout cas, je ne sais pas ce qu'il lui reste à faire avant de se mettre au lit, mais tant pis, ça attendra à demain! Je le rejoins, puis le pousse sur le lit avant de me jeter littéralement sur lui.

Une heure plus tard, je confirme: il est parfait. Je n'aurais pas pensé dire ça un jour, mais une chance qu'il dort dur et qu'il ronfle! C'est tellement évident dans ma tête que je suis amoureuse que j'ai peur de lui dire «je t'aime» dans mon sommeil!

CHAPITRE 15

La tête dans les nuages

La place à côté de moi est vide quand je me réveille. Une délicieuse odeur de café me chatouille les narines, et pour cause : il semblerait que l'homme de ma vie ait déposé mon café encore fumant sur la table de nuit. Mmmmmmmmmm. Je vais le rejoindre alors qu'il s'affaire dans la cuisine.

— Bonjour, me murmure-t-il à l'oreille avant de m'embrasser.

— Merci pour le café. Qu'est-ce que tu prépares ?

— Un pain aux bananes, tu aimes ça ?

— Wow ! Je suis vraiment gâtée. Ça sent super bon ; c'est prêt bientôt ?

— Dans deux minutes. Comment veux-tu tes œufs ?

Et voilà. J'ai déniché un homme qui me trouve belle et qui sait faire du pain aux bananes ; ne reste plus qu'à le garder maintenant. Mon grand-père me dit toujours qu'on séduit un homme par le ventre. Je suis bien d'accord, mais il faut en faire bien plus aujourd'hui. Dans son temps, les gens accusés d'adultère étaient pratiquement reniés par la communauté, les femmes s'habillaient de la tête aux pieds et portaient de grosses bobettes beiges laides. La concurrence est nettement mieux outillée de nos jours. Et ce n'est pas le pire : j'ai l'impression que je vais aussi avoir à me démarquer pour voler la place présentement occupée par l'emploi de mon mec. En gros, va falloir que j'assure !

Le reste de la fin de semaine est une succession de petits moments agréables. Nous allons marcher main dans la main (sauf quand on croise des gens que je connais), faisons notre épicerie ensemble, allons au cinéma, jouons aux cartes dans le lit entre deux parties de… Nous sommes tellement occupés à nous minoucher que nous en oublions même notre randonnée de ski de fond ! Bref, jamais les premiers jours d'une semaine de relâche n'auront été aussi agréables… ni n'auront passé aussi vite. On est maintenant dimanche soir et Justin m'explique qu'il préfère dormir seul chez lui, étant donné qu'il travaille demain et qu'il veut être frais et dispos pour le boulot. Il a sa petite routine le matin quand il travaille et, comme il est encore nouveau, il veut que tout se passe bien.

Sois compréhensive, Rosalie, il t'a consacré son week-end au complet. Ne fais pas de chichi s'il veut être seul ce soir. Ma résolution de tout faire pour que ça marche réussit à prendre le dessus et je lui réponds que c'est parfait pour moi. Je lui souhaite un bon début de semaine et l'invite à souper mardi.

— Je peux rien te garantir, Rosalie. J'ai des clients à rencontrer en dehors de la ville cette semaine. Est-ce qu'on pourrait plutôt se voir jeudi ?

Jeudi ? Tu veux que je passe quatre jours complets sans te voir après la fin de semaine qu'on vient de vivre ensemble, alors que je n'aurai même pas le travail pour m'aider à penser à autre chose ?!

Maudits bas jaunes!

Voyons donc, Rosa, t'es plus indépendante que ça d'habitude! Qu'est-ce qui me prend? Je dois rester optimiste. Je vais pouvoir profiter de ces quatre jours pour lire, prendre des bains moussants, me taper les séries que j'ai enregistrées sans avoir eu le temps de les regarder, faire un tour de motoneige avec mon père et, surtout, relaxer. Je lui réponds donc en souriant:

— Bien sûr, c'est parfait.

Quelques derniers bisous et je laisse mon homme accomplir son petit rituel du dodo en paix. Son patron doit être vraiment sévère s'il est aussi stressé par son travail. De mon côté, pas question de penser au mien avant dimanche soir prochain. D'ici là, ce sera la belle vie!

Quatre longs bains chauds (j'étais plus ratatinée que la mamie qui m'a prêté son cellulaire quand je me suis embarrée dehors!), deux romans et les trois premières saisons de *Radio Enfer* plus tard, mes batteries sont rechargées. J'étais tellement bien dans ma bulle que j'ai même oublié de répondre à Justin quand il m'a envoyé un texto mardi soir; il a dû attendre au lendemain pour que je lui souhaite une bonne nuit à mon tour. Finalement, c'est une bonne chose qu'il ait été aussi occupé. Ça m'a permis de me rappeler que j'avais une vie avant de le rencontrer et que je peux encore très bien passer du bon temps sans lui.

Jeudi, je termine la préparation d'une pâte à pizza quand mon mec arrive du boulot. Tandis qu'il me serre dans ses bras, une partie très intéressante de son corps m'indique qu'il s'est ennuyé de moi lui aussi! Bon, on jouera à touche-pipi plus tard, là ma pâte va sécher si on ne met pas la sauce immédiatement. Chacun ajoute les garnitures de son choix. Mine de rien, cela me donne l'occasion de découvrir que Justin est allergique aux piments, mais que c'est un grand amateur de champignons et d'anchois. Mon plan de séduction par le ventre fonctionne à merveille : le souper est un délice. Comme nous sommes passés au travers de la bouteille de vin qu'il a apportée, je l'invite à passer la nuit avec moi. Il semble hésiter.

C'est quoi, il se prend pour un joueur de hockey ? S'il couche avec une fille, ça va nuire à sa performance au boulot, peut-être ? Il accepte finalement ; ça me fait plaisir, mais j'ai quand même un petit pincement au cœur. En tout cas, j'imagine que l'alcool l'a aidé à oublier sa petite routine du dodo en solo avant une journée de travail !

Alors que je suis en train de me brosser les dents, Justin s'approche par-derrière et se met à me chatouiller. Je lui donne un premier coup de coude.

— Arrête, je suis super chatouilleuse ! Je vais te faire mal, que je lui explique en essayant de ne pas lui cracher dessus à cause de ma brosse à dents.

Faisant fi de mon avertissement, il continue et, évidemment, je sursaute encore et le repousse assez fortement d'un coup de postérieur. BANG ! BING ! BANG ! BANG ! BONG ! Merde ! Ce n'est pas ma faute, je lui avais dit d'arrêter !

Je me retourne et ne vois plus Justin. Mon rideau de douche s'est décroché et recouvre ce que je suppose être le corps de mon homme. Ah merde, je l'ai tué ! Je n'ose pas soulever le rideau de peur de le découvrir mort dans une mare de sang. (Avais-je mis le bouchon ?)

— Justin ? Ça va ? Réponds-moi, dis quelque chose !

— Ahhhhh. T'es donc ben forte ! J'ai jamais revolé comme ça. Une chance que je me suis accroché au rideau de douche, sinon tu m'aurais tué !

Maudits bas jaunes !

— Excuse-moi, je voulais pas te faire mal ; mais je t'avais averti !

— Je sais, je t'en veux pas. Disons qu'à l'avenir (ouah, il parle d'avenir !), je vais te croire si tu me mets en garde.

— Tu t'es pas trop fait mal, j'espère ? que je demande, penaude.

— Bah, je vais survivre. Je risque d'avoir une bonne prune sur la tête et un gros bleu dans le dos. Je suis tombé sur le robinet, c'est ça qui a fait le plus mal.

— Viens ici, je vais bécquer bobo, que je tente de me reprendre en l'entraînant dans la chambre avec un air coquin.

Ce sont des bruits de vaisselle qui me réveillent. J'ouvre un œil : sept heures quinze. Je rejoins Justin dans la cuisine. Il est en train de sacrer après ma cafetière. Je m'approche derrière lui et l'enlace ; il se raidit.

— Ça fait quinze minutes que j'essaie de faire fonctionner ta cafetière. C'est donc bien compliqué !

— Du calme ! Va prendre ta douche, je vais préparer ton café. En fait, t'as juste pas mis l'eau à la bonne place, que j'explique en remarquant ce qui cloche.

— D'accord, merci. Désolé, je suis un peu sur les nerfs. Je suis habitué d'être dans mes affaires et d'avoir ma petite routine le matin. J'aurais peut-être dû retourner dormir chez moi.

Maudits bas jaunes!

— Wow, c'est vraiment agréable comme conversation, ne puis-je m'empêcher de lui dire en lui tendant son café, que je regrette maintenant d'avoir préparé.

— Ah, Rosalie, dis pas ça. Tu sais bien que ç'a aucun rapport avec toi. J'aime mieux pouvoir prendre ça relax. Là, il faut que je me dépêche pour aller travailler et, en plus, je dois passer chez moi me changer.

Il picore un muffin, prend trois gorgées de café, m'embrasse rapidement et part travailler. Ah! là, je reconnais mon homme! Chaque brin de romantisme est toujours suivi d'un brusque retour à la réalité. Pas question que cela vienne gâcher ma journée de congé, cependant. Il fait beau, et mon père doit passer me prendre pour une escapade en motoneige.

La faible neige tombée au cours de la semaine rend le paysage magique. Les sapins sont tout blancs et les sentiers, parfaits pour glisser. Après deux heures de randonnée, on s'arrête dans un club de motoneiges pour dîner.

— Pis, ma Rosalie, quoi de neuf dans ta vie? me questionne mon père.

Je considère que c'est encore trop tôt pour lui parler de Justin. Notre relation n'est pas encore tout à fait officielle. En fait, j'ignore comment on fait pour savoir quand ça le devient! Je préfère me taire pour le moment. Si finalement ça ne fonctionne pas, je n'aurai pas besoin de l'annoncer à tout le monde et je ne passerai pas pour une dinde.

— Pas grand-chose. Ça va très bien à l'école avec mes élèves. Je me débrouille mieux que je le pensais avec le laboratoire de technologie.

Maudits bas jaunes!

— C'est bien, ça, se contente comme toujours de répondre mon père. Sinon, as-tu rencontré quelqu'un ?

Je lui lance un regard étonné. Ce n'est pas son style de me poser des questions sur ma vie sentimentale. Il n'a jamais été bien à l'aise avec ça. Il est plus du genre à lancer deux ou trois blagues pour changer de sujet.

— OK, j'avoue, se rend-il finalement. C'est ta mère qui n'a pas arrêté de m'achaler pour que je te le demande. Elle a peur que tu te fâches si elle t'en parle elle-même. T'es pas obligée de me répondre, mais si je pouvais juste avoir quelque chose à lui raconter, ce serait pas pire.

— C'est bon, j'ai pas envie qu'elle t'affame parce que t'as échoué dans ta mission. La réponse est assez simple : j'ai personne dans ma vie. Je vous le ferai savoir quand il y aura quelque chose de sérieux, promis.

— En tout cas, ma fille, j'ai confiance. C'est certain qu'il y a un bon gars quelque part qui va avoir la chance de te rencontrer.

— Merci, papa. Allez, on y retourne ?

Ah, mon papa, il ne parle pas beaucoup et encore moins de ces choses-là, mais il a un don. Au cours de l'après-midi, on voit cinq lièvres, deux perdrix et des traces d'orignaux. De retour chez moi, je me prépare un chocolat chaud et me fais couler un bon bain. J'ai beau avoir passé la journée assise, je suis exténuée. C'est donc avec une coupe de vin à la main et les yeux à demi clos que je prends connaissance du texto que Justin vient de m'envoyer.

Salut, ma beauté, que fais-tu ce soir ? Tu viens chez moi ?

Maudits bas jaunes!

Je ne sais pas trop quoi répondre. En fait, je ne sais pas si ça me tente de le voir, et ça m'étonne. Depuis que je suis en chasse, je saute sur toutes les occasions d'être avec un gars et je vire folle si je passe plus de trois heures sans avoir de nouvelles, et là, un vendredi soir, j'ai le goût de rester seule?

Wouhouuuuuuuuuuuuuuu! Je suis redevenue normale et saine d'esprit! J'ai retrouvé mon côté un brin indépendant. Je suis bien dans mon bain. J'ai encore envie de relaxer et j'ai prévu terminer la soirée en beauté, dans une doudou, devant un film. Désolée, mon beau Justin, tu feras un tête-à-tête avec tes rapports d'impôts!

📱 Désolée, autre chose déjà planifié. On se reprend?

📱 Tu es libre demain? On pourrait retourner faire de la raquette.

📱 Excellente idée! Bonne soirée xxx

📱 Oui, et bonne nuit ☺ xxxx

Wow, mon indépendance m'aura valu un bec supplémentaire! Je sors du bain et vais m'écraser sur le divan. Quelle belle soirée!

Je me félicite d'être allée m'acheter un nouveau pantalon de neige qui cache à la fois mes chevilles et mes fesses. Je me sens beaucoup plus à l'aise aujourd'hui et les pentes ne m'inquiètent plus. Signe que notre jeu du chat et de la souris (que j'appelle aussi séduction/rejet alternés) est enfin terminé et que notre relation est passée au niveau supérieur, Justin a cette fois apporté deux emballages de quatre craquelins accompagnés de super fromage orange chimique qu'on étend avec un bâtonnet. On est loin du champagne et du chocolat chaud ! N'empêche, si ça prend des sandwichs aux cretons pour qu'on forme un couple solide, c'est bon, je vais m'y faire !

Une fois que nous sommes de retour à l'auto, Justin range les raquettes dans le coffre arrière pendant que je finis de secouer la neige sur ma tuque et mon foulard. Disons que la balade s'est terminée par une quétaine mais traditionnelle bataille dans la neige. En entendant la voiture démarrer, je renfonce ma tuque et me dépêche de refermer le coffre… sans prêter attention à ce que je suis en train de faire.

— Ouch ! hurle Justin. Qu'est-ce que tu fais là ? Tu veux me tuer ?

— Scuse ! J'étais sûre que t'étais dans l'auto et que tu m'attendais. Je t'ai pas vu. Je savais pas que t'avais un démarreur à distance. Excuuuuuuuuuuuuuuuuuuuse-moi ! Est-ce que ça va ? Tu vois combien de doigts ?

— C'est bon, je vais pas mourir. Je vais juste… perdre connaissance, ajoute Justin en tournant de l'œil.

Bâtard de marde ! J'ai transformé le père de mes futurs enfants en traumatisé crânien ! J'essaie de réveiller Justin en lui mettant un peu de neige dans le cou. Dis-moi pas que je vais devoir appeler une ambulance ! Est-ce que je peux être accusée de voies de fait ? Allez, Justin, réveille-toi !

À peine trente secondes plus tard (des heures, oui !), Justin revient à lui. Même s'il dit que tout va bien, j'insiste pour l'emmener à l'hôpital. Cinq heures plus tard, nous en ressortons enfin. Pas de traumatisme crânien, mais c'est à la limite de la commotion cérébrale.

Maudits bas jaunes!

Point positif : je vais aller dormir chez lui encore une fois, car je dois vérifier son état toutes les deux heures. Point négatif : il ne pourra pas se remettre au travail avant jeudi prochain et on est en plein blitz des impôts, ce qui rend monsieur plutôt de mauvaise humeur. En plus, comme l'école recommence lundi, je ne pourrai pas m'occuper de lui pour faire oublier ma gaffe.

Justin se met immédiatement au lit. Je n'ose pas lui faire d'avances, alors je me contente de lui donner un rapide baiser avant d'éteindre la lumière. Comme il est trop tôt pour que j'aille me coucher, j'en profite pour faire le grand ménage de son appartement. Il sera peut-être plus enclin à passer l'éponge demain matin. Je commence par un époussetage complet des meubles, des stores (faudrait d'ailleurs que je les fasse chez moi aussi !) et du ventilateur de plafond. Avant de m'attaquer au frigo, je vais vérifier l'état de mon grand blessé : vivant.

Puis je retourne à la cuisine. Je vide entièrement le réfrigérateur de son contenu, jette ce qui est sur le point de se mettre à marcher et frotte les tablettes. Je retourne voir Justin, qui est de plus en plus grognon à force de se faire réveiller à tout bout de champ. Je me sens tellement coupable que je m'oblige à laver le plancher. Je me sentirai peut-être mieux après.

Ayoye, comment elles faisaient, les femmes, à l'époque, pour toujours laver le plancher à quatre pattes, à la brosse ? Je n'ai fait que la cuisine et le salon et j'ai déjà les genoux en compote ! C'est officiel, si lui ne me pardonne pas, moi, je m'absous de tous mes péchés ! Je décide finalement de dormir sur le sofa et je règle le minuteur sur le micro-ondes pour aller voir Justin toutes les deux heures.

Dimanche, je m'inflige le rôle garde-malade/bonne à tout faire en voyant mon homme se lever et marcher en zigzaguant comme s'il essayait de fuir un crocodile. Je cours à l'épicerie faire des

Maudits bas jaunes!

provisions pour la semaine. Justin passe sa journée au lit à cause de ses étourdissements. J'ai donc le temps de préparer un bouilli, un pâté chinois et un riz frit. Je pense que je ne peux rien faire de plus pour me racheter.

— Tiens, je t'ai mis ça dans des petits plats, tu devrais pouvoir tenir facilement jusqu'à jeudi, sans avoir à cuisiner.

— Merci, Rosalie, t'es vraiment fine. Excuse-moi d'avoir été marabout, je sais que tu l'as pas fait exprès. Je suis pas fâché du tout. Tu as vraiment été un ange de veiller sur moi, ajoute-t-il en souriant.

— Fiou, je suis soulagée. Je m'en voulais tellement.

— Je vois ça, mon appartement brille comme un sou neuf! Tu t'es donné beaucoup de mal. Merci beaucoup. Viens là que je t'embrasse.

Ah, je me sens maintenant toute légère! Je laisse mon commotionné et rentre chez moi pour préparer mon retour au travail.

Même si je passerais volontiers ma vie en congé tellement je sais comment combler mes temps libres, les semaines suivant la relâche sont toujours très agréables. Les élèves se sont changé les idées et sont prêts à apprendre de la nouvelle matière, ils sont plus calmes et, comme les profs ont pu recharger leurs batteries, le système scolaire fonctionne à plein régime. Ces temps-ci, je me sens donc particulièrement enjouée. Justin y est certainement pour beaucoup, mais il ne faut pas oublier que je reviens au boulot avec seulement deux mois restants à mon contrat. *Yes!*

Mon amoureux (j'ai décidé qu'après la tentative de meurtre pour laquelle j'ai obtenu l'absolution, je pouvais l'appeler «mon amoureux») m'envoie quelques textos tous les jours de la semaine pour me rassurer sur son état. Ce n'est pas son genre de m'écrire aussi souvent, mais je crois qu'il a peur que je débarque à tout bout de champ chez lui, alors il prend les devants. Vendredi, il reprend le boulot, et j'apprends sans surprise que nous ne pourrons pas nous voir durant la fin de semaine, car il a trop de travail à rattraper.

Tant pis! Maude et Michel m'ont invitée à aller skier avec eux. En réalité, je vais skier avec Michel et leur plus vieux, tandis que Maude restera à jouer, au chalet, avec la plus jeune. À part quand je descends du remonte-pente, moment où je suis carrément dangereuse, je suis plutôt bonne skieuse. Étonnamment, malgré la malchance et la maladresse qui me suivent généralement partout où je vais, je termine la journée sans avoir blessé personne (j'ai déjà cassé la jambe de quelqu'un en lui tombant dessus à la descente du remonte-pente), sans avoir brisé d'équipement (j'ai déjà cassé ma botte de ski en descendant du remonte-pente) et sans avoir été avertie par aucun patrouilleur (à mes débuts de skieuse, j'ignorais qu'il fallait descendre en S et non en ligne droite…). En tout cas, je crois que le fils de Maude sera notre prochain Éric Guay; il est malade! Il n'a peur de rien et il s'aventure sur les pistes de niveau avancé. Je l'ai même vu aller dans les bosses! Bon, OK, moi aussi, j'ai déjà essayé cette piste, mais c'était par erreur. Une fois engagée dessus, je ne pouvais plus reculer. J'ai crié tout le long et en ai fait la moitié sur le derrière. Depuis, je vérifie au moins deux fois le nom des pistes avant de m'y lancer.

Si mars est généralement le mois des tempêtes, je me sens calme et sereine pour la première fois depuis belle lurette. J'ai enfin trouvé la perle rare. Puisque deux tentatives d'assassinat ne l'ont pas fait fuir, je ne vois pas ce qui pourrait venir gâcher mon bonheur de femme amoureuse! Apportez-m'en, des bas jaunes, j'vais vous en faire une danse, moi!

Décompte avant **DTAIR** (pour Danse traditionnelle amusante et importante à respecter):

150 jours.

CHAPITRE 16

Comme neige au soleil

En plein *rush* des impôts, Justin, enfin complètement rétabli, m'emmène dîner au restaurant. C'est notre première sortie « officielle ». Bon, nous ne nous considérons pas encore comme chum et blonde, mais, en région, les risques qu'on croise quelqu'un de notre entourage au resto sont si élevés qu'on ferait aussi bien de publier nos bans tout de suite (j'exagère à peine). Ayant passé une bonne partie de sa vie à Montréal, Justin ne comprend pas très bien cet enjeu. J'espère donc ne croiser personne afin de n'avoir à répondre à aucune question gênante (et je ne suis d'ailleurs pas certaine de ce que Justin envisagerait comme réponse). Les rumeurs vont tellement vite dans les petites villes…

Nous allons souper un mercredi vers vingt heures (les risques sont ainsi réduits à environ dix pour cent). En parfait gentleman, il règle l'addition, m'aide à mettre mon manteau et… s'invite chez moi pour terminer la soirée.

— Est-ce que tu veux rester pour la nuit ? que je lui propose, uniquement pour la forme.

Maudits bas jaunes!

— J'avoue que ça me tente pas mal. C'était vraiment agréable, cette soirée, on pourrait la terminer bien collés.

— Chouette! T'es sûr? dis-je, étonnée.

— Euh… oui. Mais là, est-ce que toi, tu es certaine que ça te tente?

— Bien sûr que j'ai envie que tu restes! C'est juste que j'étais sûre que tu dirais non, étant donné que tu travailles demain et que tu es pas mal dans le jus.

— C'est vrai qu'en temps normal j'aurais probablement refusé, mais ça fait pratiquement trois semaines qu'on n'a pas passé une soirée et une nuit complètes ensemble à cause de ma commotion et de mon travail trop accaparant… et tu es vraiment trop belle pour que je refuse cette charmante invitation.

Et voilà! Je crois qu'on vient de franchir un nouveau cap. Nouvel objectif: qu'il m'appelle sa «blonde». De mon côté, je n'ai plus aucun doute, je suis amoureuse. Avant de m'endormir dans ses bras, je repense à mon idée de chasse au mec. Et si j'avais vraiment trouvé la perle rare? Ce serait trop génial.

Ce petit scénario se reproduit à deux reprises au cours des semaines qui suivent. Justin m'emmène au restaurant et soit je passe la nuit chez lui, soit c'est lui qui dort chez moi. C'est vraiment un miracle que nous n'ayons croisé aucun de mes collègues, ni mes parents, ni leurs amis. Il faudra par contre que je discute avec mon amant pour définir plus clairement notre relation. Ça fait quand même deux mois et demi qu'on se voit, et il a déjà rencontré mes amis. En plus, Marine dit que Xavier est son chum, et lui ne se gêne pas pour l'appeler «mon amour». Je sais qu'aucune relation ne peut se comparer avec une autre, mais ça me fatigue quand même qu'on ait rencontré nos mecs en même temps et qu'eux soient rendus bien plus loin que nous. Marine lui a même déjà présenté ses parents!

Le premier samedi d'avril, pendant qu'on marche au centre-ville, Justin m'annonce qu'il aura bientôt beaucoup plus de temps à me consacrer, car ça se calme à son bureau. Super!

— C'est cool, en plus je termine mon contrat dans moins d'un mois, ce sera encore mieux, que j'ajoute en souriant. Mais est-ce que je peux te demander un truc?

— Bien sûr.

— On est rendus où, toi et moi, dans notre relation?

— Euh, qu'est-ce que tu veux dire?

— Ben, ça va faire trois mois qu'on se fréquente, est-ce qu'on peut dire qu'on sort ensemble? Sans que j'organise un souper de famille ce soir, est-ce que tu aimerais rencontrer mes parents à un moment donné?

— Si je te prends par la main, là, devant tout le monde, pendant qu'on marche, est-ce que ça te donne un indice?

— Ouais, ça pourrait être un bon début...

— Un début, hein? Donc, j'imagine que, si je fais ça, ça va être plus clair? réplique-t-il en m'embrassant *live*, sur le trottoir, à un feu de circulation.

Ayoye, Rosalie! Si tu avais peur de sa réaction, je pense que tu peux maintenant être un peu plus rassurée. Je ne pensais pas qu'il irait jusque-là. Je sais que je l'aime, que je veux être avec lui, et il pourrait me faire un enfant demain matin, mais je ne m'étais pas encore demandé si j'étais prête à *frencher* en public. Mais bon, voilà, je n'irai quand même pas m'en plaindre.

Maudits bas jaunes!

— Mmmm, c'est bon, je crois que j'ai ma réponse, dis-je en reprenant mon souffle. Ne te surprends pas par contre si tu en entends parler à ton bureau! Suffit qu'une mémé nous ait vus, le dise à sa coiffeuse, qui elle le dira à sa prochaine cliente qui se trouvera à être ta secrétaire, et voilà.

— Ha! ha! ha! Tant que ça?

— Oui, monsieur!

— C'est bon, je peux vivre avec ça. De toute façon, ça les regarde pas, ce qui se passe dans ma vie privée.

Oh boy! Toi, t'as pas encore intégré ce que ça voulait dire, une vie privée, en région… Bah, peut-être que les gens vont se garder une petite gêne étant donné qu'il est nouveau. Nah… ils vont parler de lui, ça, c'est sûr, mais peut-être pas dans sa face!

— Pour tes parents, c'est certain que j'aimerais les rencontrer, mais plus vers la fin du mois, qu'en penses-tu? J'ai une semaine de formation à Montréal dans quelques jours et, comme ça va être Pâques, je vais en profiter pour aller passer quelques jours chez mes parents après.

— Ça me fait tellement plaisir que tu veuilles les rencontrer que je suis bien prête à attendre ton retour.

Eh bien, Marine et Xavier: 1, Rosalie et Justin: 1. Wouhou! Je sais, je sais, je suis vraiment immature.

Dimanche soir, alors que Justin vient à peine de partir de chez moi, ma mère débarque. Il ne peut y avoir que trois raisons pour qu'elle vienne à mon appartement sans prévenir: elle a fait une virée de magasinage et vient me montrer ses achats, parce qu'elle sait que mon père va lui répondre que c'est super beau avant même qu'elle ne les lui montre; mon père a commis un acte impardonnable (la dernière fois, il avait lavé les draps en même temps que les serviettes et là il y avait plein de « moumous » sur les draps) ; ou…

— Rosalie ! Ça va ? Je passais dans ton coin, alors j'ai pensé m'arrêter prendre un café.

Ça y est. Elle vient pour s'enquérir de mon roulage de pelle. Comme elle fait l'innocente, je décide d'embarquer dans son jeu. On verra bien combien de temps elle va tenir avant de dévoiler ses intentions !

— Bien sûr ! Un bon colombien, ça te convient ? J'allais justement m'en faire un. Pis, quoi de neuf ? Est-ce qu'il y a des plans pour Pâques ?

— Bah, pas grand-chose, je suis allée chez la coiffeuse tout à l'heure.

— J'allais justement te dire que ta nouvelle coupe te va très bien.

— Merci. Pour Pâques, y a rien de certain pour l'instant, mais ça va sûrement être chez Mamie, le dimanche. Tu penses être libre ?

— J'ai rien planifié, je devrais être là.

Bon, je sais, je lui ai ouvert très grand la porte en parlant de Pâques, mais j'avoue que j'ai quand même hâte de lui dire que je ne suis plus une vieille fille finie ! Ce n'est plus qu'une question de secondes…

— Viendras-tu accompagnée ? Je te demande ça de même, là, tente de se justifier ma mère alors que je feins un regard étonné.

— Qu'est-ce que tu essaies d'insinuer ?

Maudits bas jaunes!

— Absolument rien. En fait, c'est que chez la coiffeuse, tantôt, Suzie, la cliente d'à côté, m'a dit que sa mère croit t'avoir vue bécoter quelqu'un au coin de la rue hier.

— Ah ouin? C'est pour ça que les oreilles me bourdonnaient autant! Eh bien, ça doit être la première fois que les ragots de la coiffeuse sont fiables!

— Donc, c'est vrai? T'as rencontré quelqu'un, ma grande? Comment est-ce qu'il s'appelle? Est-ce que je le connais? Il travaille où?

OK, c'est sûr que ma mère est déjà en train d'imaginer ses petits-enfants. Si moi, je peux parfois être un peu trop rapide sur la détente, ma mère est cent fois pire. Je pensais que le mariage de ma sœur l'avait calmée un peu, mais je constate que c'est loin d'être le cas. Je la soupçonne d'ailleurs d'acheter des petits pyjamas et des jouets en cachette pour nos futurs rejetons, à ma sœur et moi. Nous avons aussi déjà reçu les coffrets DVD de *Passe-Partout*. En tout cas, aucun doute, nos enfants seront gâtés pourris!

— Il s'appelle Justin, il est nouveau en région, donc non, tu le connais pas. C'est un comptable et il est très gentil. On se fréquente depuis quelque temps et ça va vraiment bien. Il pourra pas venir chez Mamie par contre. Il a une formation à Montréal et il va profiter du congé de Pâques pour aller chez ses parents. D'autres questions, Oprah?

— J'ai hâte de le rencontrer! S'il est gentil et attentionné avec toi, c'est tout ce qui compte.

— Pour être un prince, c'en est un. N'en parle pas tout de suite aux autres, je vous inviterai à souper et je vous le présenterai. Ça leur fera une surprise.

Maudits bas jaunes !

— Ah, euh… Oui, bien sûr, je vais attendre, répond ma mère en détournant le regard.

— Maman ! À qui tu l'as dit ?

— Pas grand monde, je te jure ! Mais j'étais tellement contente quand Suzie m'a dit ça que j'ai appelé ta sœur… et peut-être ta grand-mère.

— Super ! Je suppose que les matantes sont au courant, elles aussi ?

— Ben non, essaie de se rattraper ma mère. Francine n'a pas répondu et Clémence est partie dans le Sud, alors t'inquiète pas, ton secret est bien gardé.

— C'est vrai que vous êtes tellement fiables, Léa et toi, sans parler de Mamie ! De toute façon, c'est pas un secret.

Après avoir terminé son café, ma commère de mère s'empresse de rentrer chez elle. Je suppose qu'elle va retéléphoner à ma sœur et à ma grand-mère pour leur demander de ne rien dire. Selon moi, c'est peine perdue !

Je pensais passer plus de temps avec Justin cette semaine, étant donné qu'il part samedi matin pour Montréal, mais il m'explique qu'il devra justement prendre de l'avance au bureau pour pallier son absence. Il me promet cependant de me consacrer son vendredi soir. En tout cas, on doit être le nouveau couple qui a passé le moins de temps ensemble de toute l'histoire des jeunes tourtereaux !

Jeudi soir, je reçois un coup de fil de ma grand-mère. En fait, je suis plutôt étonnée que personne ne m'ait appelée plus tôt. Ma mère doit vraiment avoir insisté auprès d'eux pour qu'ils ne fassent aucun commentaire.

Maudits bas jaunes!

— Rosalie, c'est grand-papa! (Hein, depuis quand c'est mon grand-père qui appelle?)

— Salut! Ça va? Que me vaut cet honneur?

— On va faire un brunch à Pâques finalement. On voulait savoir si t'étais disponible.

— Bien sûr! Vous voulez que j'apporte quelque chose?

— Ton truc pour faire des gaufres.

— On appelle ça un gaufrier, grand-papa. C'est bon, je l'apporte.

— Parfait, merci, ma belle fille. Ç'aurait l'air que tu t'es trouvé un petit *buck*? ajoute-t-il, et j'entends aussitôt ma grand-mère lui dire de se taire. Ayoye donc! Désolé, ma grande, mais je vais raccrocher, ta grand-mère est en train de virer folle!

La semaine est plutôt longue sans mon Roméo, mais vendredi finit par se pointer le bout du nez. J'ai au moins pu profiter de mon statut de veuve-des-vérifications-comptables pour venir à bout de ma correction. Il ne me reste plus que deux semaines avant de terminer mon contrat, et certains élèves ont l'air tristes de me voir partir: mission accomplie!

Justin m'invite à souper chez lui. Je prépare mon baise-en-ville (depuis que Marine m'a appris que ça s'appelait comme ça, j'adore encore plus l'utiliser!) dans l'espoir qu'il me demande de rester pour la nuit. Quand j'entre, je sens… rien du tout. Je range mon manteau et cours embrasser mon homme.

— Bonsoir, chéri! Comment s'est passée ta journée?

— Ouf, c'était la folie, répond-il, visiblement fatigué. J'avais plein de dossiers à régler avant de partir, alors j'ai dû finir tard, et donc j'ai pas eu le temps de passer à l'épicerie et de concocter le super plat que j'avais prévu. Désolé. Ça fait que j'ai commandé de la pizza. J'espère que tu m'en veux pas.

— Ben non, c'est pas grave, que je le rassure en voyant partir en fumée ma soirée romantique aux chandelles. On aura plus de temps pour préparer ta valise et peut-être plus, qui sait ?

— Mmmm, écoute, je dois partir tôt demain matin, mais si ça te dérange pas de te lever en même temps que moi, j'aimerais que tu restes à coucher. Ça te dit ?

Disons que la pizza ne fait pas long feu. Je veux aider Justin à faire sa valise, mais tout semble déjà prêt. Il a repassé ses chemises et même choisi ses sous-vêtements. Finalement, il ne reste qu'à placer le tout dans son sac de voyage. Je ne sais trop quoi penser quand je découvre qu'il apporte des bas beiges (c'est donc bien laid !) et qu'il a même repassé ses bobettes ! Ça lui enlève pas mal de virilité, ça ! Va falloir que je m'enlève cette image-là de la tête !

— Comment tu trouves la vie en région jusqu'à maintenant ?

— Je m'y sens très bien. C'est complètement différent, mais j'aime ça. Pourquoi ?

— Je sais pas. Je pense que ça m'inquiète un peu que tu passes la semaine complète à Montréal. D'un coup que tu te rends compte que ça te manque trop, la vie en ville, que j'explique. Tu vas revoir tes amis et ta famille, et peut-être que tu ne voudras plus repartir !

— Je crois pas que ça arrivera, Rosalie. Oui, j'aimais bien ma vie à Montréal, mais là, je suis passé à autre chose.

— Est-ce que tu vas me donner des nouvelles ? que je demande, regrettant immédiatement ma question.

Maudits bas jaunes !

— Je vais être très occupé avec ma formation et mes amis, mais je vais essayer de t'envoyer quelques textos.

Une fois le sac de voyage fermé, je tâche de montrer à mon homme ce qu'il va manquer au cours de la prochaine semaine. Comme nous devons nous lever tôt et qu'il a plusieurs heures de voiture à faire demain, la conversation post-orgasme est assez courte. Malgré tout, je me sens merveilleusement bien. Un brin de stupidité s'empare de moi et, alors que je suis collée en cuillère contre son dos, je lui murmure un « je t'aime » à l'oreille.

Bruit de criquets.

Il embrasse la main que j'ai posée sur son torse.

Encore des criquets.

Rosalie, tu viens de faire toute une gaffe ! Je remercie le ciel d'être derrière lui et de ne pas voir son visage. Un gars qui ne répond rien à ça, c'est vraiment mauvais signe, hein ? Mais qu'est-ce qui m'est passé par la tête ? Oui, je le pense, mais j'aurais dû attendre qu'il me le dise en premier !

Comme les criquets se font de plus en plus insistants, je décide de m'enfoncer davantage.

— Euh, désolée. J'aurais peut-être pas dû dire ça.

Colonie de criquets.

Bâtard de marde ! Il ne va quand même pas faire semblant de dormir ! Eille, le grand, tu viens d'embrasser ma main et je viens de te faire « la » déclaration, c'est évident que tu ne dors pas ! S'il faut que je te pince une gosse pour que tu dises quelque chose, je vais le faire ! Je lui ouvre une dernière porte avant de mettre mon plan à exécution.

Maudits bas jaunes!

— T'es rendu où, toi, dans tout ça ? que je demande en espérant que cette fois il se décidera à ouvrir la bouche.

— Ben, merci de me confier tes sentiments, commence-t-il.

Merci ? Il vient vraiment de me dire « merci » ? C'est quoi, cette réponse de marde ? Ramenez-moi mes criquets !

— Je suis pas rendu tout à fait à la même place que toi, poursuit-il. Mais je suis bien avec toi, ça, je le sais.

« OK » est la seule chose que j'arrive à répondre. Justin s'endort quelques minutes plus tard. Pour ma part, je sais déjà que ce sont plutôt quelques heures qui me seront nécessaires pour m'assoupir. Je pense que la catastrophe a été évitée de justesse. Après tout, il n'a pas dit : « Je ne t'aime pas et ne t'aimerai jamais. »

Le lendemain matin, Justin agit comme si nous avions rêvé cette conversation. Il n'y fait pas allusion, et se contente de m'embrasser longuement et de me serrer très fort avant que nous partions tous les deux : lui pour Montréal et moi pour mon lit, car il est vraiment trop tôt pour un samedi matin.

N'ayant pas très bien dormi la veille, je finis par émerger passé quatorze heures. Je découvre que Tommie a laissé un message sur LSGirls.

Tommie

Hé, les filles ! Ça commence à faire un peu trop longtemps qu'on ne s'est pas vues. Je propose un après-midi de *cocooning* chez moi, samedi prochain. Au menu : revues à potins, vernis à ongles, masques au concombre et pourquoi pas un peu de *vino*. Il me semble que ça fait un bout qu'on n'a pas été soûles en après-midi. Pis, même si Pâques est juste dimanche, tout le monde doit apporter du chocolat pour qu'on se bourre la face !

Maudits bas jaunes!

Maude

Parfait pour moi! J'ai déjà averti Michel qu'il va devoir s'occuper des enfants! Je m'en viens pas mal bonne, vous n'avez plus le droit de m'appeler «maman poule»!

Marine

Minute, la mère! Ça ne fait pas assez longtemps pour qu'on arrête. On va voir combien de temps ça va durer. Je suis disponible aussi; ça va me faire du bien, un premier après-midi sans faire l'amour!

Maude

Bon bon bon, très bien, madame feu-au-cul! Ha! ha!

Rosalie

Très bonne idée! Mon homme est à Montréal alors je suis libre comme l'air.

Ça va m'empêcher de me demander à chaque minute ce que fait Justin et s'il pense à moi. C'est vrai que ça commençait à faire longtemps que je n'avais pas vu toutes les filles en même temps. J'imagine que, maintenant que Marine et moi avons un chum, on est toutes plus occupées.

Samedi soir, Justin m'envoie un texto pour m'avertir qu'il est arrivé et que la route s'est bien passée. Il en profite pour me souhaiter un bon dimanche et un bon début de semaine. Traduction: je t'écris là, mais n'attends pas de mes nouvelles avant mardi ou mercredi! Au moins, il m'a écrit et a terminé en ajoutant plusieurs baisers.

Avec la fin de mon contrat qui approche, ma semaine est bien remplie et passe à la vitesse de l'éclair. Vendredi, comme c'est moi qui suis déléguée par la troupe pour aller acheter les trucs de *cocooning*, je passe à l'épicerie et à la pharmacie. J'exagère peut-être un peu: j'ai assez de masques pour qu'on se couvre chacune le corps au complet, et mon chocolat de Pâques est presque aussi grand que le

Maudits bas jaunes !

fils de Maude ! Comme je n'ai reçu qu'un seul court texto de Justin, mercredi, pour me dire que tout allait bien et que sa formation était intéressante, je décide de l'appeler pour lui souhaiter une belle fin de semaine avec sa famille et ses amis.

— Salut, Rosalie, ça va ? me répond-il.

— Super, je suis en train de préparer un après-midi de filles pour demain. Et toi, es-tu arrivé chez tes parents ?

— Oui, ça fait une heure. D'ailleurs, ma mère te salue et te souhaite de joyeuses Pâques.

— T'as parlé de moi à ta mère ? que je tente de demander sans qu'il se rende compte que je suis en train de sauter partout.

— Ben, quand je lui ai parlé au téléphone au début de la semaine, je lui ai dit que j'avais rencontré une fille, qu'elle s'appelait Rosalie et qu'elle était enseignante. Mais là, il faut que j'y aille, ils ont besoin d'aide pour préparer le souper.

— OK, je te retiens pas plus longtemps. Appelle-moi s'il te plaît quand tu seras revenu chez toi, pour que je sache que tu es bien arrivé.

— D'accord. Bon, j'y vais. Bonne soirée et joyeuses Pâques.

Ah ben, maudite marde ! Il a raccroché avant que je lui dise au revoir ! N'y fais pas attention, Rosalie ; l'important, c'est qu'il ait parlé de toi à sa mère. Bon, il n'avait pas l'air des plus enthousiastes, mais quel pas on vient de franchir là !

Samedi, Marine et moi nous rendons ensemble chez Tommie, où Maude nous attend déjà. Ces dernières sont responsables de l'approvisionnement en alcool et elles assument déjà leur rôle en mélangeant je-ne-sais-quoi pour nous faire un premier cocktail.

Maudits bas jaunes!

Marine et moi installons les préparations de gommage, les vernis à ongles et les crèmes exfoliantes dans le salon. On se croirait dans une démonstration de cosmétiques. Difficile de concevoir que nous ne sommes que quatre!

— Ah, les filles, ça faisait tellement longtemps que j'avais envie qu'on se fasse un après-midi comme ça! soupire Maude. Avec les enfants, disons que je prends pas souvent soin de moi.

— Pour moi, ça tombe à pic; j'arrête pas d'avoir des boutons depuis quelque temps, renchérit Tommie.

Après le premier cocktail, on applique un masque. Un côté du visage, un verre. L'autre côté, un autre verre. À ce rythme, on est mieux de se dépêcher de mettre le vernis à ongles, sinon ça risque de dépasser pas mal sur les bords! Je dois remplir ma coupe de vin par deux fois avant de pouvoir la boire, car, la première fois, mon morceau de concombre et une partie de mon masque sont tombés dedans. Je veux bien croire que c'est à base d'avocats, mais je doute que ce soit comestible pour autant.

Le cellulaire de Marine nous fait sursauter au milieu de l'après-midi. Je reçois un coup de coude de Tommie au visage et j'ai maintenant de la crème «extrait de pêche» dans les yeux.

— Réponds, Rosa, moi je peux pas, mon vernis est pas sec pis j'ai du masque partout.

— Je vois pas grand-chose, mais je vais essayer, que je rétorque en tentant de faire glisser mon doigt sur l'écran pour accepter l'appel. C'est bon, ça marche.

— Allô? C'est qui? Parlez fort, parce que je peux pas prendre le téléphone, crie Marine pendant que j'approche le portable de mon mieux.

Maudits bas jaunes!

— Salut, mon amour! Pas besoin de crier, on est en FaceTime, je te vois, explique Xavier.

— Tu me vois?

— Ouais, madame, pis ça va sûrement être la seule fois de ma vie que je vais te dire ça, mais t'es pas super sexy en ce moment, répond Xavier en riant.

— Ahhhhhh! Rosa, pourquoi tu m'as pas dit que c'était un appel sur FaceTime?

— J'ai plein de crème dans les yeux! Pis j'ai pas ça, moi, FaceTime, dis-je pour tenter de me justifier.

— Merde! Chéri, si tu veux me quitter, je vais comprendre, sinon je te rappelle ce soir quand je serai toute belle!

— Bien sûr, je t'aime! Bon après-midi de filles, les femmes!

Puis il raccroche... ou « dé-Face »? Est-ce qu'on peut dire raccrocher aussi dans ce cas-là? Bref, le plus important, c'est qu'il lui a dit « je t'aime », tout en sachant très bien qu'on l'entendait toutes. On est loin de mes criquets! Maudite jalousie: est-ce normal d'être plus jalouse de mes amies que des filles qui pourraient éventuellement essayer de séduire mon chum? Ressaisis-toi, Rosalie, et sois donc heureuse pour ta meilleure amie. Marine mérite d'avoir un homme merveilleux qu'elle aime et qui l'aime. Ce n'est pas parce que ton mec ne t'a pas encore dit les mots magiques qu'il n'éprouve rien pour autant.

Ma minidéprime disparaît en même temps que ma crème exfoliante. Tant qu'à être déjà soûles à dix-sept heures, on décide de se commander de la pizza pour souper (comme s'il nous restait de la place, avec tout le chocolat qu'on a avalé!), question de tenter de dégriser un peu avant de rentrer chacune chez soi. La façon dont Maude a expliqué à Michel qu'il devait venir la chercher et toutes nous raccompagner après le souper m'a semblé très confuse, mais il est là, pile à l'heure, après le repas. Il a eu la présence d'esprit de laisser les enfants chez sa mère ; il a dû se dire que Maude ne serait vraiment pas contente que ses enfants la voient ainsi (surtout qu'elle a du vernis à ongles partout sur les bras !) et que ça pourrait les traumatiser de voir une bande de matantes qui font des *jokes* de cul et de bébés morts (ça, c'est Marine ; elle a même trouvé un site Internet regroupant les meilleures).

Dimanche, mon réveil me rappelle que je dois me dépêcher et apporter le gaufrier chez mes grands-parents. Je ne sais pas comment j'ai fait pour régler l'alarme, car j'ai peu de souvenirs de mon retour à l'appartement. Au moins, j'ai été assez brillante pour prévoir une heure afin de me préparer. En me voyant dans le miroir par contre, je me dis que j'aurais mieux fait de m'en donner deux ! Avant la douche, j'en ai pour quinze minutes de décapage au dissolvant à vernis à ongles, car il n'y a pas que Maude qui en avait partout, ç'a l'air ! Finalement, la brosse à dents dans une main et le séchoir à cheveux dans l'autre, je réussis à être prête à l'heure.

Même si tout le monde est censé faire semblant qu'il n'est pas au courant de mon nouveau statut, j'ai droit à seulement cinq minutes de paix avant de me faire assaillir par une multitude de questions. Bon, ça ne me laisse pas vraiment de temps pour manger, mais j'avoue que c'est pas mal plus agréable que d'expliquer pourquoi je suis encore célibataire. Et c'est encore meilleur de constater qu'on ne dit plus « pauvre Rosalie » quand on me compare avec ma jeune sœur qui se marie !

Cette dernière profite d'ailleurs de la réunion de famille pour nous remettre nos faire-part officiels. Tout heureuse, je coche immédiatement que je viendrai accompagnée et redonne immédiatement mon coupon-réponse à ma sœur. Mission accomplie ! *Oh yeah !*

Maudits bas jaunes!

Je ne reçois de nouvelles de mon amoureux que lundi soir. Il me texte pour me confirmer qu'il est bien revenu sain et sauf de Montréal. Trop contente, je l'appelle.

— Bonsoir, chéri! Alors, la route s'est bien passée?

— Oui, comme je te l'ai dit dans mon texto, répond Justin, un peu trop froidement à mon goût.

— Je sais, j'avais juste envie de te parler un peu. Il se pourrait que je me sois ennuyée un brin, dis-je en essayant de l'amadouer. As-tu soupé?

— Non, pas encore.

— J'ai un restant de pâtes que je pourrais venir te porter si tu veux, ça va te donner plus de temps pour défaire tes bagages.

— Merci, Rosalie, mais ça va être correct. Je vais me faire une toast et me coucher tôt, je suis brûlé. Je t'appelle cette semaine, OK?

— Euh… OK, bonne nuit.

Et, cette fois, c'est moi qui raccroche sans lui laisser le temps de répondre. Ça, Rosalie, ça n'augure absolument rien de bon! Ça fait plus d'une semaine qu'il ne t'a pas vue, il n'a pas l'air de s'être ennuyé une seule seconde, est prêt à cracher sur un souper déjà prêt pour ne pas te voir et t'avise que c'est LUI qui va t'avertir quand ça LUI tentera de te parler!

Bâtard de marde de bâtard de marde! Ah pis, bâtard de marde de bâtard de marde! Il va me quitter, c'est sûr. Quoique… est-ce qu'on peut dire «quitter» quand ça ne fait même pas deux semaines qu'un couple sort officiellement ensemble et que, là-dessus, il y en a une complète où l'un des deux était absent? À bout de nerfs, j'appelle Maude.

Maudits bas jaunes!

— Hé! Salut, Rosa! Ça va?

— Non, ça va pas du tout, réussis-je à marmonner en éclatant en sanglots.

— Voyons donc, ma belle Rosa, qu'est-ce qui se passe?

— Justin... il... il... il va me... me... me quitter!

— Ben non, pourquoi tu dis ça?

Il me faut cinq bonnes minutes pour résumer la situation. En temps normal, trente secondes auraient suffi, mais, à travers les larmes et les reniflements, je suis beaucoup moins concise.

— Ah, mais Rosa, ça veut pas dire qu'il veut te quitter! Il y en a, des gars, qui sont pas du genre à s'ennuyer et qui téléphonent pas souvent à leur blonde. Il est sûrement habitué de faire ses petites affaires. Pis peut-être qu'il a jamais eu de vraie blonde, alors il sait pas trop comment ça marche.

— Tu le penses vraiment ou tu dis juste ça pour me calmer?

— Je dis ça pour te calmer... et parce que j'ai raison! Sois pas pessimiste comme ça. Il va sûrement te faire la surprise de venir te voir cette semaine et tu vas te trouver ben nounoune d'avoir pensé qu'il allait te quitter! Là, ne lui cours pas après. Laisse-le te faire signe en premier et n'aie pas l'air d'attendre après lui.

— C'est bon, je vais essayer d'être optimiste, que je déclare, peu convaincue.

— Va te coucher, maintenant, et redonne-m'en des nouvelles. Je t'aime, Rosa.

— Moi aussi, je t'aime, Maude. Merci!

Maudits bas jaunes!

Je passe une bonne boîte de mouchoirs une fois couchée. Les paroles de Maude m'ont un peu apaisée, mais, malgré ma volonté de voir les choses du bon côté, des doutes persistent. Même si tout finissait par s'arranger, il me semble que ça part mal une relation. Si ce n'est pas complètement rose au début, qu'est-ce que ça va être quand ça va faire un an?

Mardi, le seul appel que je reçois, c'est celui de ma mère, qui me demande de confirmer le souper chez moi, vendredi, que j'organise pour fêter la fin de mon contrat, mais surtout pour présenter officiellement Justin à ma famille. Comme je suis toujours sans nouvelles de lui, je réponds à ma mère que je les attends bien pour dix-huit heures, mais qu'il est possible que Justin doive travailler. Je sens la déception dans sa voix, mais je n'y fais pas attention. Optimiste, Rosalie, reste optimiste!

Mercredi, je commence à faire mes premières boîtes à l'école. Caroline, l'enseignante que j'ai remplacée, vient faire son tour pour se mettre à jour et envoyer quelques documents au centre de photocopies. La secrétaire me demande si je suis disponible la semaine prochaine pour faire de la suppléance. Hum, des élèves qui changent de place, te lancent des gommes à effacer ou essaient de te faire croire n'importe quoi? Euh… non! Je vais toujours bien profiter d'une petite semaine de congé avant de retomber en bas de l'échelle.

Sourire et être de bonne humeur toute la journée m'a demandé tout mon petit change. En arrivant chez moi, je reprends ma routine des deux derniers jours : je lance mon manteau, vais chercher Pesto, ouvre la télé pour faire un bruit de fond et me roule en boule par terre pour brailler un bon coup. Plutôt confortable dans son rôle de soutien poilu et muet, Pesto compatit depuis lundi à ma tristesse en venant se nicher dans mon cou.

Maudits bas jaunes !

Je ne suis pas experte en anatomie des cochons d'Inde, mais ils doivent être sourds ou posséder des tympans super épais, parce que je crie « pourquoi est-ce qu'il ne m'appelle pas ? » et « il va me quitter ! » à répétition et ça ne semble pas le perturber une miette. Il doit vraiment me trouver folle. Mais comme il ne connaît pas d'autres humains, il se dit peut-être que nous sommes tous comme ça !

Après une bonne demi-heure de crise, j'ai faim. Je me fais livrer du chinois. Pas le genre de plats chinois qu'on voit dans les films et qui viennent dans de belles petites boîtes ; non, le mélange *junk* de rondelles d'oignons, riz frit, *chicken balls*, ailes de poulet avec, pour couronner le tout, un dessert de Jell-O ! Bref, de la bouffe qui va avec mon humeur : ça fait chier !

Tant qu'à être sans nouvelles de Justin, je me douche rapidement et enfile mon pyjama le plus confortable, c'est-à-dire le plus laid. J'ai l'air de Tinky Winky, mais, au moins, je suis bien. C'est évidemment à ce moment que mon tata de futur-ex-pas-ex-m'aime-m'aime-pas de comptable se décide à se pointer chez moi. Une chance qu'il n'est pas venu pendant ma crise ! Je me compose un visage avant de lui ouvrir. J'ai l'air de bonne humeur, contente de le voir, mais pas plus que ça. Objectif : faire la fille qui a l'impression qu'on s'est vus hier à peine.

— Justiiiiiiiiiiiiiiiiiiiiiiiin ! Euh… Justin, reprends-je plus sobrement. Entre.

— Bonsoir, Rosa, me répond mon je-ne-sais-plus-comment-l'appeler en souriant.

Quoi dire maintenant ? « Tu as passé une belle semaine ? Ton retour au travail s'est bien déroulé ? C'est quoi, ton osti de problème, de ne pas m'appeler ???? » Heureusement (pour lui ou pour moi, je ne sais plus), il se met à m'embrasser avant que j'aie le temps de me tirer dans le pied. Un baiser intense, à défaut d'être passionné. En moins de deux, nous nous retrouvons dans mon lit à faire l'amour. Je suis de toute évidence pourrie pour maintenir une ligne de conduite!

— Ouf, ça fait du bien, soupire Justin avant de se relever pour remettre ses vêtements.

« Ça fait du bien?? » Ark, tu parles d'une réplique!

— Euh, tu vas pas vraiment te rhabiller tout de suite? Tu me niaises?

— Non, non, je peux rester un peu.

— J'espère bien. Ça fait une semaine et demie qu'on s'est vus et tu reparais seulement pour coucher avec moi! C'est assez ordinaire.

Justin reste finalement une quarantaine de minutes avant de partir pour de bon, surplus de travail oblige. Il m'a demandé ce que je comptais faire la semaine prochaine, étant donné que j'aurai fini mon contrat. Il s'intéresse à ce qui m'arrive, c'est au moins ça...

Je ne sais plus quoi penser. Je suis amoureuse de lui, ça, c'est un fait. Il commence à me pomper l'air avec son indépendance qui ressemble de plus en plus à de l'indifférence; ça aussi, c'est un fait! Il va vraiment falloir mettre les choses au clair. En plus, il n'avait pas vraiment l'air enchanté de ma proposition de souper avec mes parents vendredi...

La semaine se termine en un clin d'œil. Mes élèves m'ont écrit une super belle carte de départ, j'ai remis mes clés au secrétariat et ai pris une dernière bière avec les collègues. Sans nouvelles de Justin, je décide qu'il n'aura qu'à s'apporter un sandwich s'il se pointe finalement à mon souper! Qu'il aille au diable, j'en ai assez!

À une heure de l'arrivée de mes parents, de ma sœur et de son futur mari, mes quatre ronds de poêle sont occupés, mon four préchauffe et une quantité incroyable de vaisselle déborde déjà de l'évier. De sa cage posée sur un banc à côté du comptoir, Pesto veille à ce que je respecte bien la recette. On cogne à la porte : merde, pas déjà ! Ma mère va trouver le moyen de s'ingérer dans ma cuisine, de rajouter du sel un peu partout, de monter la température du four parce qu'elle a donc bien peur que la viande ne soit pas assez cuite et d'attraper je ne sais quelle maladie que ma grand-mère a inventée. J'ai beau lui répéter que du porc, ça se mange rosé, rien n'y fait.

— Justin ? Qu'est-ce que tu fais là ? Comme on s'est pas reparlé, je t'ai pas compté pour le souper de ce soir.

— Euh, est-ce que je peux entrer ?

— Oui, excuse-moi, c'est juste que je t'attendais plus. Range ton manteau et prends-toi une bière, je dois continuer à cuisiner.

— Je resterai pas, Rosalie. Est-ce que tu peux t'arrêter quelques minutes ? J'aimerais ça qu'on jase, dit Justin, visiblement mal à l'aise.

Mauvais signe.

— Non, désolée. Si je lâche tout, ça va brûler. Va falloir que tu me dises ce que tu as sur le cœur là, maintenant, réponds-je en sachant très bien ce qui s'en vient tout en essayant de garder un semblant de fierté.

— En fait, c'est que... pendant ma semaine de formation à Montréal, je me suis pas vraiment ennuyé de toi.

— Et tu penses que moi, je me suis morfondue nuit et jour en t'attendant ? dis-je en fouettant ma sauce avec plus de vigueur que nécessaire.

— Pis, quand on s'est vus cette semaine, je me suis rendu compte que je ressentais plus rien pour toi.

Maudits bas jaunes!

— Comme ça, du jour au lendemain ? C'était avant ou après m'avoir baisée ?

— Rosalie, je suis désolé…

— Merci, c'est vraiment gentil ! En tout cas, toi, côté franchise et clarté, on peut rien te reprocher, hein ? Je demandais pas autant de détails.

— Rosalie, j'étais vraiment bien au début, avec toi. Je sais pas quoi te dire.

— Ouais, ben t'en as assez dit ! T'aimerais que je te réponde quoi, maintenant ? que je siffle en essayant de ne pas lui brailler dans la face.

— Écoute, Rosa, on peut quand même rester des amis.

Des amis ??? Non mais, il n'y a vraiment que les gars pour proposer des niaiseries de même ! Des amis… Méchante amitié de marde, oui ! *Come on*, ducon ! On a couché ensemble, tu m'as fait croire un paquet d'affaires, tu m'as laissée tomber amoureuse de toi pour ensuite me jeter comme une vieille paire de bas sales ! Ah pis, va donc chier !

— On verra ça pour l'amitié, OK ? que je me contente de répondre. Là, pour l'instant, je vais essayer de finir de préparer mon souper, de trouver une façon de dire à mes parents que finalement j'ai pas de chum et de demander à ma sœur de me rendre mon faire-part pour que j'y apporte une sympathique correction !

— Bon, je pense que je vais y aller.

— Fais donc ça ! Bonne soirée.

Aussitôt la porte refermée, je me retourne et aperçois Pesto qui semble prêt à me consoler en me faisant ses petits yeux de Chat Potté (oui, les cochons d'Inde en sont capables!). Mes jambes se dérobent et, en moins de temps qu'il ne faut pour dire « Pesto », je me retrouve couchée en boule à côté de la poubelle (on ne choisit pas toujours son *spot*). La minuterie du four vient interrompre ma crise. Hein, déjà?

Dix-sept heures quarante-cinq. Quoi? Ça fait déjà quarante-cinq minutes que je suis redevenue une vieille fille finie? Ark! Eh bien, Pesto, on remet ça à la fin de la soirée, OK? Pas question que ma famille me voie avec la face bouffie et les yeux rouges; ça va déjà être assez humiliant d'annoncer mon retour au célibat! En fait, je pense que, pour le moment, je suis plus en tabarnac qu'autre chose. Je me suis vraiment fait avoir comme une belle conne! C'est de la dinde que j'aurais dû faire pour souper, comme ça j'aurais pu m'auto-crisser dans le four!

Je termine la préparation du plat principal et du dessert avec une énergie… décuplée. Il faut dire que d'imaginer ce que je ferais à Justin avec chaque ustensile est drôlement inspirant.

J'accueille finalement mes parents et les futurs mariés après m'être mis de côté quelques oignons en cas de reflux émotionnel. Constatant qu'il n'y a que cinq couverts sur la table, mon père déduit rapidement que celui-dont-on-ne-doit-plus-prononcer-le-nom ne sera pas là.

— Ton copain a dû rester travailler, finalement? C'est dommage.

— Oui, c'est fou comment ça peut être occupé, un comptable, que je me contente de répondre.

Comme je n'ai pas envie d'un souper rempli de malaises parce que personne ne sait quoi dire à une fille qui vient de se faire domper, je choisis plutôt de faire ma grande annonce de marde à la fin du dessert.

Maudits bas jaunes!

En tout cas, faut croire que ma sœur est très contente que j'aie un chum, parce qu'elle ne cesse de me dire à quel point elle est heureuse de pouvoir me placer à la table des couples, et elle ajoute même que c'est génial que finalement j'aie le même statut que les sœurs de Benoît pour la danse des bas jaunes. Ah oui, c'est vrai, l'osti de danse des bas jaunes! Comme ai-je fait pour oublier ça? Au diable la fin du repas, créons le malaise... maintenant!

— Bon, euh... Je voulais vous dire... Quelqu'un va reprendre de la croustade?

— Oui, moi, réclame Benoît. Elle est tellement bonne, il y a de l'amour là-dedans, c'est sûr! (Si tu savais...)

— Justement, parlant d'amour... J'ai pas de chum! (Bravo, super direct!) Je vous ai bien eus, hein?

— Heeeeeiiiiiiiiiiiin? Voyons donc! Je comprends plus rien, moi! C'est qui, Justin, alors? dit ma mère, toute mélangée.

— T'es en train de me dire que j'ai refait tout mon plan de tables pour une blague? s'offusque ma sœur.

Vraiment pas crédible, ton histoire, Rosalie! Comment as-tu pu penser qu'ils avaleraient ça? Le mieux reste encore de leur dire la vérité, aussi humiliant que ça puisse être...

— OK. Pour tout vous dire, j'avais rencontré quelqu'un, mais finalement ç'a pas marché. Je préférerais ne pas en parler davantage, si ça vous dérange pas.

— Je prendrais bien un café, s'il te plaît, ma grande, dit mon père pour rompre le silence gênant qui menaçait de s'installer. (Merci, papa!)

Maudits bas jaunes !

— Moi aussi, répondent en chœur le reste de mes invités pour me montrer qu'ils se satisferont de mes explications.

Il est passé vingt-deux heures quand ma famille se décide enfin à partir. La fonte des neiges n'aura jamais été abordée de manière aussi sérieuse, ni la pertinence des tirs de barrage au hockey autant débattue lors d'un repas. Benoît et mon père ont vraiment mis beaucoup de cœur à tenter d'empêcher le malaise de s'installer, et je leur en serai éternellement reconnaissante.

Ma mère et ma sœur, quant à elles, m'ont jeté des regards compatissants toute la soirée. Une attention de plus et je fondais en larmes, me rendant ainsi encore plus ridicule. Sur ce, tant pis pour la vaisselle, je sors Pesto de sa cage, reprends ma nouvelle position préférée et braille comme une vache.

Est-ce qu'on peut dresser un cochon d'Inde pour qu'il apporte des mouchoirs ? Ça commencerait à être drôlement pratique ! Je pourrais même devenir concurrente à une émission de découverte de talents où je montrerais tout ce que j'ai réussi à enseigner à Pesto. Là, Charles Lafortune (pas le choix, c'est sûr que c'est lui qui animerait l'émission) me demanderait d'où m'est venue l'idée d'apprendre des tours à mon cochon d'Inde et je serais prise pour lui raconter la fois où un imbécile de comptable s'est arrangé pour que je m'attache à lui avant de me domper là ! Mauvaise idée. Laisse tomber, Pesto, je vais aller chercher mes mouchoirs moi-même !

Comme ça risque de virer en crise de larmes intense et incompréhensible et que je préfère d'abord vivre mon humiliation en solo, je décide d'attendre avant d'annoncer aux filles mon retour au célibat. Nous avons un souper prévu demain, alors je pourrai régler ça d'un coup. Là, je vais plutôt me faire couler un bain. En me sortant une paire de bobettes propres, je tombe sur la boîte de condoms que je viens juste d'acheter. Pour être certaine de ne pas tomber sur un de mes élèves à la pharmacie, j'ai roulé une cinquantaine de kilomètres, jusqu'à la ville voisine. Constater que mon achat ne me servira finalement à rien est la goutte d'eau qui fait déborder le vase. J'abandonne l'idée du bain, m'offre une bonne rasade de vodka et enfile deux Advil avant d'aller pleurer directement dans mon lit, question d'être plus confortable au cas où je réussirais à m'endormir.

Il est passé quatorze heures quand j'ouvre enfin un œil. La bouteille de vodka que j'avais rangée, remplie alors à moitié, est maintenant posée à côté de ma table de chevet, complètement vide. Conclusion : ç'a bien l'air que je me suis relevée pendant la nuit ! Ça doit être ça, le petit martèlement que je sens dans mon crâne… Je n'ai pas hâte de me voir la face ! Heureusement, Marine nous attend seulement pour dix-neuf heures. J'ai amplement le temps de dégriser, de prendre une douche et… de faire une sieste.

En arrivant, je me rappelle que ce devait être un souper avec les « conjoints », terme que Marine adore désormais utiliser. Bâtard de marde ! Je ne suis quand même pas pour tout raconter aux filles et me mettre à brailler devant les gars : méga malaise !

— Rosa ! Juju n'est pas avec toi ? demande Xavier en m'accueillant.

— Je vais bien, merci. Et toi ?

— Oh, désolé.

— Non, ça va. En fait, Juju, comme tu dis, a pas pu se libérer. Il avait un lac-à-l'épaule toute la fin de semaine et il l'avait oublié.

— Ah, c'est dommage, mais c'est pas grave. L'important c'est que tu sois là et qu'on fête la fin de ton contrat ! dit Marine en essayant de sauver son chum.

Maudits bas jaunes !

Une espèce de tension règne et je ne pense pas en être nécessairement à l'origine. Je crains d'abord que mon état ne paraisse trop dans mon visage, mais je n'ai pas l'impression d'être observée plus qu'il ne faut. Au contraire, les couples ont l'air de ne se regarder qu'entre eux ; je me sens même un peu exclue, finalement. Après qu'on a fait le tour de la météo de la semaine et l'analyse des trois derniers matchs des Canadiens, je décide que c'est assez, le niaisage !

— Coudonc, est-ce qu'on va vraiment jaser de sujets aussi poches toute la soirée ?

— On pourrait faire un petit tour de table, dans ce cas, propose Marine avec un enthousiasme qui cache quelque chose. OK, c'est bon, je commence !

— Seigneur, Marine, as-tu quelque chose à nous annoncer, énervée comme ça ? demande Michel.

— Oui ! crie mon amie en prolongeant beaucoup trop longtemps son *i*. Xavier va emménager ici !

Pardon ? Ça ne fait même pas quatre mois qu'ils sont ensemble ! C'est quoi, cette niaiserie-là ? Non seulement je redeviens célibataire, mais en plus je vais être la seule tarte à habiter en ermite comme une vieille fille finie !

— Je sais que c'est pas mal rapide, explique Xavier en voyant nos visages surpris. En fait, quand je suis arrivé en région, mon bureau m'a trouvé un appartement temporaire et je savais que je devrais m'en chercher un nouveau pour le mois de mai. Marine est venue en visiter quelques-uns avec moi, mais, après deux taudis et ce qui ressemblait davantage à un cabanon, elle m'a proposé de venir habiter avec elle ! On s'est dit qu'on allait voir comment ça irait.

Maudits bas jaunes !

— De toute façon, à cause des réparations dans l'appartement d'en face, Xavier a pratiquement passé tout le mois d'avril ici et ç'a super bien été !

— Je suis donc ben contente pour vous deux ! J'ai aucun doute sur votre futur, la rassure Tommie.

— C'est vrai, vous allez très bien ensemble, renchérit José.

— Je porte un toast à votre nouvelle cohabitation, dans ce cas, dis-je en levant mon verre pour dissimuler mon manque d'excitation.

Tout le monde se lève pour le toast. C'est sûr que, quand sept personnes doivent absolument se regarder dans les yeux et éviter de croiser leurs coupes, ça commence à être long. Mais personne ne veut être pris avec sept ans de mauvais sexe !

— Eille ! T'as juste fait semblant de prendre une gorgée ! C'est pas juste, tu vas nous porter malheur, se plaint Marine à Maude.

— Ben là, Tommie non plus n'en a pas pris ! se défend celle-ci.

Mes deux amies nouvellement abstinentes se regardent alors en même temps avant de se sauter dans les bras. Je dois avoir encore quelques vapeurs d'alcool dans le sang parce que je ne fais pas le lien tout de suite. Il faut dire que Maude ne boit jamais quand c'est elle qui conduit.

— Toi aussiiiiiiiiiii ? couine Maude en insistant elle aussi beaucoup trop longtemps sur le *i*.

— Ouiiiiiiiiiiiiiiiiiiiiiiiii ! (Vraiment, c'est le festival du *i*.)

Ah non, *come on* ! Les deux sont enceintes ! Bâtard de marde !

Bon, là, Rosalie, tu fais dur ! Ce n'est pas parce que toi, ta vie, c'est de la marde (Lisa LeBlanc joue d'ailleurs en boucle dans ma tête ces jours-ci) que tu dois te venger sur tes meilleures amies. Elles vivent un immense bonheur et, pour l'instant, tu te dois de le partager.

Je félicite les deux futures mamans pendant que les gars se congratulent entre eux; la preuve incontestable de leur virilité est clairement établie. Tommie peut enfin sortir le moût de pommes qu'elle a acheté. Marine propose qu'on en boive aussi par solidarité…

Attends un peu, tabarnac! Ça va me prendre plus qu'une arnaque pétillante aux fausses pommes pour digérer toutes ces merveilleuses nouvelles. Non mais, ce n'est pas vrai que, pendant neuf mois, on va se priver parce qu'ELLES, elles ont un polichinelle dans le four! (C'est quoi l'expression, déjà?)

Pendant une heure, la conversation se déroule exclusivement entre Tommie et Maude, qui se racontent depuis combien de temps elles essayaient de tomber enceinte, comment elles l'ont annoncé à leurs parents, leur fatigue et leurs nausées. Je regarde ma montre discrètement à une dizaine de reprises. Comme je n'ai rien à partager sur les aléas de la grossesse, j'en profite pour mettre un peu les choses en perspective.

D'abord, je n'ai pas de chum, je suis célibataire (quelle analyse!). Ensuite, mon ancienne partenaire de célibat emménage avec son copain et elle est super heureuse. Deux nouveaux bébés, qui semblent ardemment désirés, vont se joindre à notre groupe. Je suis sans emploi… Ça suffit, Rosalie, prends sur toi un peu. En ce moment, tu es la pire des égoïstes.

Je passe pratiquement tout le reste de la soirée en chicane avec moi-même. Lorsqu'on décide *finalement* de terminer le tour de table, j'ai encore moins le goût de parler. Annoncer ma rupture viendrait gâcher complètement l'ambiance de fête qui règne présentement, et ça ne me dit rien de faire pitié. J'affiche donc un sourire et déclare seulement que je suis contente d'avoir terminé mon contrat avec succès. Je n'aurai qu'à convoquer une conférence téléphonique avec les filles demain soir pour tout leur raconter.

Lorsque je rentre enfin chez moi, je suis vidée. Ça m'a demandé plus d'énergie que je ne le pensais d'avoir à gérer toutes ces émotions en même temps. Je me mets au lit et m'endors immédiatement... sans pleurer!

Une crise d'angoisse me réveille vers quatre heures et me garde éveillée jusqu'à au moins sept heures. Bâtard de marde que ça va mal! En plus, je n'ai même plus le travail pour m'aider à penser à autre chose. Je ne manquerai pas de temps pour vivre ma peine d'amour à fond.

En après-midi, je me résous à aller faire quelques courses. À l'épicerie, alors que je suis sur le point de craquer devant une malheureuse boîte de céréales (c'était la sorte de Justin), quelqu'un m'accoste.

— Bonjour, Rosalie, comment ça va?

— Conrad! (C'est le père de Marine!) Vous, comment ça va? que je demande dans le but d'éluder la question.

— Très bien, sauf que Ginette m'a envoyé ici avec sa liste d'épicerie, et je trouve pas la moitié des ingrédients de sa maudite recette de Ricardo! C'est quoi, ça, des échalotes françaises?

Ah non, je ne suis pas pour me mettre à penser à Guillaume en plus! Ayant pitié de Conrad, je lui propose de faire nos courses ensemble, et il accepte avec soulagement. Une fois à la caisse, il me dit à quel point il est content de voir que Marine a trouvé un homme bien. Puis, il enchaîne:

Maudits bas jaunes !

— J'ai su que ta jeune sœur allait se marier ! Ça doit te faire bizarre un peu qu'elle se marie avant toi. (Quel tact, les hommes !)

— En fait, je suis très contente pour Benoît et elle. Ça promet d'être un beau mariage.

— Tu dois pas avoir hâte de faire la danse des bas jaunes, en tout cas ! ajoute-t-il en riant, avant de quitter l'épicerie.

Bon, là, trop c'est trop ! J'en ai plein le CUL ! Je n'ai aucune obligation, aucune attache et un petit coussin financier : de la marde, mon épicerie va aller au congélateur, je sacre mon camp ! Ce n'est pas vrai que je vais me morfondre ici à attendre que mes bas jaunes finissent d'être tricotés. Je fais ma valise pis je pars !

CHAPITRE 17

Let's spin the globe !

En arrivant chez moi, je m'arrange pour congeler tout ce qui peut l'être et prépare mon dîner pour la route de demain. Je vire mon appartement à l'envers pour mettre la main sur mon passeport (que je range pourtant chaque fois dans un endroit où je me dis que c'est certain que je vais le retrouver). Je lance ensuite mon sac de voyage sur mon lit avant de faire la sélection de ce que je vais emporter. J'ai l'habitude de faire une liste des effets nécessaires, mais là, il y a urgence !

Il faudrait peut-être que je commence par décider où je m'en vais ! Installée derrière mon ordinateur, je parcours rapidement mes sites de voyage habituels. Au bout de quelques minutes, je constate que le plus simple serait l'Europe. J'aurais vraiment aimé aller me perdre en Amérique du Sud, dans un safari en Afrique ou dans la jungle thaïlandaise, mais je n'ai pas envie d'attendre pour les vaccins ou les visas. Si tous les chemins mènent à Rome, les billets les moins chers et promettant des départs vers partout suggèrent beaucoup plus clairement Paris. C'est décidé : direction Paris !

Maudits bas jaunes!

Je termine ma recherche en me réservant une chambre dans une auberge de jeunesse non loin du cimetière du Père-Lachaise. Ça semble petit, mais juste assez propre, et ils offrent le petit-déjeuner. Le plus important : c'est près d'une bouche de métro, donc je pourrai aller partout. Je paie pour quatre nuits. C'est amplement suffisant pour moi. Ce sera mon deuxième passage à Paris et, contrairement à bien des gens, je ne suis pas du tout tombée sous son charme.

Comme je ne sais pas combien de temps durera mon escapade ni où j'irai après Paris, je dois mettre un peu de tout dans mes bagages. J'opte finalement pour deux jeans, un coton ouaté, quatre t-shirts, un pantalon trois quarts, deux shorts, un bikini et ma minijupe chanceuse (ce n'est pas parce que je suis en peine d'amour que je vais m'empêcher de draguer outre-mer !). Je complète mon sac à dos avec mon kit de pharmacie habituel et, tant qu'à y être, j'ajoute la boîte de condoms que j'avais achetée spécialement pour Justin. J'imprime ma confirmation de vol, essaie d'avaler tout ce qui est périssable pour souper et prépare mes instructions pour que le fils de Maude puisse s'occuper de Pesto pendant mon absence. Une fois, je l'ai laissé à ma mère et, à mon retour, il était rendu avec sa propre garde-robe ! Elle avait soudainement découvert qu'elle avait une passion pour le tricot et avait failli rendre mon père fou à force de vouloir que ses vêtements s'agencent avec ceux de mon cochon d'Inde ! Quand j'ai raconté ça à Maude, elle m'a tout de suite dit qu'elle était certaine que ça ferait grand plaisir à Jordan de s'en occuper. Depuis, il s'acquitte super bien de sa tâche toutes les fois où je dois m'absenter plus de deux jours.

Je programme mon réveil pour six heures le lendemain matin, question de me donner un petit coussin au cas où la route serait plus longue que prévu. Je vide les poubelles et effectue un dernier tour rapide de mon appartement. Oh mon Dieu, je n'arrive pas à croire que je vais vraiment faire ça : partir à la dernière minute, sans avertir qui que ce soit, pour fuir une peine d'amour dont mes amies ne sont même pas au courant. Tu parles d'une idée folle ! À mon retour, je pourrai écrire un livre : *Voyager pour mieux guérir, l'histoire d'une vieille fille finie*. Un succès assuré !

Après une nuit de sommeil au cours de laquelle j'ai été arrêtée aux douanes, kidnappée en Albanie et suis tombée en bas de la tour Eiffel, je jette mon sac de voyage dans le coffre de ma voiture et quitte pour Montréal. J'ai devant moi quelques heures de conduite à être emballée par mon projet « c'est qui déjà, Justin ? » et mortifiée à l'idée de faire fausse route. Je songe d'ailleurs plusieurs fois à faire demi-tour lorsque je traverse le parc de la Vérendrye, mais le fait que mon billet ouvert est non remboursable m'en empêche.

Une fois les contrôles de Pierre-Elliott-Trudeau passés, je ne peux vraiment plus faire marche arrière. C'est maintenant que je décide d'informer tout le monde de mon projet, juste au cas où mon avion s'écraserait. J'ai beau me sentir inutile et comme une merde, je n'ai pas le goût de mourir dans l'anonymat !

Pour m'éviter une kyrielle de questions auxquelles je n'ai pas envie de répondre, je décide de faire tout ça par courriel. J'en envoie d'abord un à mon père et à ma sœur. Comme ma mère n'a aucune connaissance informatique (je ne comprends toujours pas qu'elle sache pourtant se servir d'un téléphone intelligent), mon père devra l'informer de mon périple.

Salut, tout le monde !

J'ai décidé faire une folie ! Je suis présentement à l'aéroport de Montréal et je vais m'envoler pour Paris dans quelques minutes. Comme j'ai fini mon contrat et que ça ne me tentait pas trop de faire de la suppléance jusqu'à la fin de l'année, j'ai opté pour une petite tournée européenne. Pour l'instant, je vais commencer par quelques jours dans la capitale française, ensuite... on verra ! Léa, ne t'inquiète pas, je serai de retour avant ton mariage pour t'aider avec les derniers préparatifs. Papa, désolée de te laisser tout expliquer à maman, j'ai acheté mon billet seulement hier !

Je vous redonnerai des nouvelles de temps en temps. Je vous embrasse.

Rosalie xxx

Je copie-colle plusieurs des mêmes phrases dans mon message pour les filles. Je leur dois toutefois un peu plus d'explications :

Je dois vous avouer que, si Justin n'était pas au souper de samedi, ce n'est pas parce qu'il devait travailler. Enfin, probablement qu'il est allé travailler... mais c'est plutôt parce qu'il m'a flushée vendredi soir, avant le souper avec mes parents. Je n'ai pas voulu vous en parler samedi parce que vos chums étaient là et que je ne me voyais pas vous brailler dans la face. En plus, il y avait trop de bonnes nouvelles à fêter pour que je vienne assombrir tout ça avec ma pathétique histoire d'amour. Alors voilà, je vais aller faire le point ailleurs tout en essayant de penser à autre chose qu'à mon célibat de marde ! Je n'ai aucun plan, mais je vais vous donner des nouvelles le plus souvent possible et j'espère en recevoir de vous également. Je compte bien profiter de mon voyage pour oublier le comptable maudit de toutes les façons qui soient, si vous voyez ce que je veux dire. ☺ Je vous laisse, on appelle l'embarquement ! Je vous aime !

Rosa xxx

P.-S. Maude, peux-tu demander à Jordan de s'occuper de Pesto pendant mon absence, s'il te plaît ? J'ai mis sa nourriture et les instructions juste à côté de sa cage. Tu peux même l'emmener vivre chez toi si tu veux. Merciiiiiiiiii !

Maudits bas jaunes !

P.-S. 2 Tommie, désolée de ne pas être là pour tes premiers mois de grossesse, mais je te promets d'être la meilleure matante fatigante du monde à mon retour !

P.-S. 3 Marine, désolée de ne pouvoir t'aider avec l'emménagement de Xavier, mais je te rapporterai une bonne bouteille pour fêter ça !

J'appuie sur envoyer, ferme mon iPad et donne mon billet à l'agente de bord.

La sérénité et l'excitation qui avaient réussi à prendre le dessus sur la peine et le sentiment d'humiliation disparaissent au fur et à mesure que nous montons dans le ciel. Mais qu'est-ce que je suis en train de faire là ? Je suis déjà partie en voyage après avoir réservé à la dernière minute, mais c'est la première fois que « dernière minute » signifie moins de vingt-quatre heures ! En plus, je n'ai aucun plan. Et là, j'ai envoyé un courriel à tout le monde pour leur dire que je partais pour un bout, donc je ne peux pas revenir dans une semaine parce que j'en ai assez d'être seule avec moi-même ; ce serait encore plus humiliant !

Des souvenirs de Sébastien, de Guillaume et de Justin viennent se mêler à mon état de panique et, devant mon plateau-repas fade, je me mets à pleurer. Dans la catégorie des endroits les moins intimes pour brailler, un siège entre un Chinois et émissaire du Mali (c'est la conclusion à laquelle je suis arrivée après l'analyse de ses vêtements) se classe certes en tête !

Malgré la philosophie africaine proposée par mon voisin de droite et la tentative de réconfort de mon voisin de gauche unilingue, je suis inconsolable. L'agente de bord vient à son tour me demander si elle peut faire quelque chose. Avant d'entendre « y a-t-il un psychologue dans l'avion ? » à l'interphone, je réussis à me ressaisir. Ming Chow (du moins, c'est le nom que j'ai cru comprendre quand il s'est

249

présenté) semble soulagé de constater que je recommence à regarder le film proposé par la compagnie aérienne.

À Orly, la vie me donne enfin un répit. Étonnamment, il n'y a aucune file aux douanes et mon sac est le premier à sortir sur le carrousel. Dieu doit se sentir mal d'avoir mis autant de « laid » dans ma vie ! (En effet, Dieu a refait une petite apparition dans ma vie ces derniers jours : il faut bien que je puisse blâmer quelqu'un pour tout ce qui m'arrive !) Je range donc mon passeport et passe au guichet pour prendre des euros, chose que je n'avais évidemment pas eu le temps de faire avec mon départ précipité.

Je prends le métro et me perds dans une suite de petites rues qui doivent me conduire à mon auberge. Mon pittoresque logis apparaît enfin : pas mal. Le propriétaire m'accueille et me demande en anglais de lui montrer mon passeport. Je lui signifie alors que je viens du Québec, donc de la partie francophone du Canada. Il poursuit en anglais. Ben voyons, calvâsse ! Je peux concevoir que j'ai un accent, mais il y a des maudites limites ! Je me rends compte que je parle de plus en plus fort et de plus en plus lentement, comme si je m'adressais à un attardé (en fait, il ne doit pas être loin d'en être un). Une fois les formulaires remplis, j'ai droit à un « *this is your key* » prononcé avec un accent horrible. Sérieusement, je ne sais pas qui donne les cours d'anglais en France, mais il serait temps que quelqu'un leur apprenne qu'une langue étrangère, ça ne s'apprend pas avec son propre accent !

Je dois gosser cinq bonnes minutes dans la serrure avant de pouvoir découvrir ma « piaule » des prochains jours. Ouf, c'est limite. Qu'à cela ne tienne, le décalage horaire me rattrape d'un coup et, même s'il n'est que dix-sept heures, je m'écroule tout habillée sur mon lit.

Mauvaise idée que de « s'écrouler » sur un lit-trampoline qui n'est manifestement pas au niveau. En moins de deux, je me retrouve la face dans le tapis. Un tapis sur lequel je n'aurais même pas marché sans mes bottes : ark ! Je réussis à me repositionner et je m'endors avant même d'avoir fermé les yeux.

Quand je me réveille, vers dix heures le lendemain, il me faut un bon moment avant de me rappeler où je suis. Je vais prendre ma douche et, par le fait même, inonde littéralement le plancher de ma chambre (coudonc, arrêtez de sortir un nouveau téléphone intelligent tous les six mois pis inventez un rideau de douche révolutionnaire qui accomplit vraiment son rôle de rideau de douche !).

Mes parents, ma sœur et les filles ont tous répondu à mon courriel de départ. Léa semble avoir pigé que je ne vais pas très bien et que j'ai besoin de temps pour moi. Elle me dit de ne pas m'inquiéter avec la préparation de son mariage, en autant que je lui envoie des nouvelles de temps à autre. Elle me souhaite aussi de bien profiter de mon voyage. Mes parents m'écrivent toutes leurs recommandations habituelles (du genre ne pas faire de stop). Quant aux filles, je les soupçonne d'avoir organisé un souper d'urgence pour discuter de la situation, car leurs réponses reviennent pas mal toutes au même : amuse-toi, on s'excuse de ne pas avoir remarqué, ne pense qu'à toi, reviens-nous en forme… Maude me confirme que Jordan est super content de pouvoir s'occuper de Pesto et qu'effectivement ils ont décidé de l'emmener chez eux. Tant mieux, ça va lui faire de la compagnie et il m'en voudra peut-être moins à mon retour.

Lorsque je descends enfin, le super bilingue de proprio m'indique que le « breakfAst » est « oveur ». Pas de problème, j'vais dîner alors. Oups, je veux dire déjeuner ! Je pars explorer mon nouveau quartier et tombe sur ma bouffe française préférée : du kebab ! Je sais très bien que ce n'est pas français, mais c'est ici que j'ai mangé ça pour la première fois, puisqu'on n'a pas de resto du genre dans ma région.

Maudits bas jaunes !

Je prends donc mon kebab pour emporter et ramasse plein de dépliants à l'auberge pour pouvoir manger dans ma chambre en les consultant. Je m'installe sur mes draps, puisque je n'accorde aucune confiance au couvre-lit. J'identifie les attraits touristiques que je n'ai pas encore visités et qui me paraissent intéressants. J'échappe la moitié de mon kebab sur le tapis. Bâtard de marde !

Je me sens soudainement lasse. J'angoisse. Ma chambre est à chier, mes amies doivent me prendre pour une folle, je n'ai envie de rien visiter pis mon kebab est *scrap* ! Mais qu'est-ce que je fous ici ?

Les trois jours suivants sont plutôt mornes. Je ne sors que pour aller chercher du kebab ou acheter de nouveaux mouchoirs. Vendredi, mon repas est même déjà prêt lorsque j'arrive. Mohammed, le serveur, m'attend à une table.

— Assieds-toi, Rosalie (ah oui, c'est vrai, je lui ai dit mon nom hier). Tu dois bien avoir le temps de causer un peu ?

— J'allais au Louvre, en fait, mens-je.

— Allez, seulement quelques minutes, insiste-t-il.

— D'accord, alors.

Mohammed m'apprivoise d'abord en me demandant d'où je viens. La conversation dévie alors sur le Québec, l'indépendance, l'hiver et les cabanes à sucre. Comme ça fait plusieurs jours que je n'ai pas discuté avec un être humain autre que moi-même, je ne suis pas arrêtable. Plusieurs clients défilent sans que mon interlocuteur s'en préoccupe. Son frère se débrouille très bien seul, et j'avoue que ça me soulage vraiment de parler.

— Rosalie, je ne crois pas que tu allais vraiment au Louvre. Ça fait quatre jours que tu manges la même chose, que tu viens à la même heure, et tu n'affiches pas la petite mine joyeuse et naïve des filles qui débarquent à Paris pour voir la tour Eiffel. J'ai encore deux bonnes heures avant le *rush* du midi ; tu veux en parler ?

Il faut croire que je n'attendais que ça. Pendant une heure, je raconte les événements de la dernière année. Je lui expose comment tout a commencé avec la maudite danse des bas jaunes que ma sœur veut me voir exécuter (sans omettre d'expliquer en quoi consiste cette tradition qui n'a rien de français). Je lui relate ensuite les péripéties de ma quête de l'homme parfait et tous mes échecs, en terminant par Justin. Mohammed me laisse parler sans jamais m'interrompre. Je me rends compte que je m'ouvre plus à lui que je ne l'ai fait avec les filles depuis bien longtemps. Je m'arrête enfin.

— Écoute, Rosalie, la situation me semble beaucoup moins catastrophique qu'à toi. Le problème, c'est seulement que tu n'as pas rencontré TON mec. Les gars avec qui tu as été sont des connards, voilà !

Je ne peux m'empêcher de rire ; « connard » sera désormais mon mot préféré.

— Combien de temps restes-tu à Paris ?

— Encore deux jours. Je devais partir ce matin, mais, comme je n'avais aucune idée d'où aller, j'ai prolongé mon séjour. Je pense que le propriétaire commence à me trouver sympa (ouais, je viens de me découvrir un accent français) : il a déplacé une autre réservation pour que je puisse garder ma chambre et, ce matin, il m'a même mis un croissant de côté parce que je descends toujours trop tard.

— Super ! Alors, c'est décidé : aujourd'hui, c'est la dernière journée que tu vas passer à chialer parce que, demain, je t'emmène découvrir Paris et on va décider de ta prochaine destination !

— C'est gentil, mais je l'ai déjà vue, la tour Eiffel.

Maudits bas jaunes!

— Mais c'est de la merde pour les touristes, la tour Eiffel! Non, c'est autre chose que je veux te montrer et te faire goûter, parce que j'ai beau apprécier ta fidélité, il faut que tu manges autre chose que du kebab! Alors je t'attends ici, demain, à dix heures. Il faut que tu te secoues un peu; tu vas voir, ça va être sensass, me convainc-t-il avant de retourner travailler.

Ça, Rosalie, c'est un signe qu'il faut que tu te bottes le cul! Jusqu'à présent, ça t'a coûté mille cent dollars de billets d'avion et cent quarante dollars d'hôtel pour brailler et manger du kebab. T'aurais pu faire ça pour rien du tout dans ton appartement. Tu voulais partir en voyage, alors commence-le, ton voyage!

À dix heures le lendemain, mon nouvel ami m'attend comme prévu devant son commerce. Je me suis levée de bonne humeur et j'ai enfin mangé avec appétit; ma réadaptation débute.

Mohammed nous achète une baguette à partager pendant notre promenade.

— Plutôt que de faire le tour des attractions de base, je propose de te faire découvrir les petits quartiers pittoresques où j'aime déambuler.

— Ça me va très bien, je te suis!

— À une seule condition, par contre, dit-il en levant un doigt en l'air.

— Laquelle?

— Ça m'a fait plaisir de t'écouter hier et je pense que c'était important que tu te vides le cœur. Mais, si tu veux vraiment profiter de ton voyage, faire des découvertes, t'amuser, et pourquoi pas rencontrer un mec, il faut que tu mettes ça de côté. Sinon, chaque fois que tu vas en parler, tu vas redevenir triste et finir par faire une vraie dépression, c'est moi qui te le dis !

— C'est bon, je te promets et je ME promets de rester optimiste et de ne plus parler de ça de tout mon voyage.

Nous errons donc dans de charmantes petites rues avant de nous arrêter «déjeuner» dans une crêperie. J'avoue que ça fait changement du kebab. C'est même délicieux ! Depuis un épisode de ma série jeunesse préférée, *Radio Enfer*, j'avais toujours rêvé de goûter à de vraies crêpes Suzette !

Au tournant de chaque rue, Mohammed me raconte une nouvelle histoire mettant en vedette les gens du quartier. Je le soupçonne d'en inventer plus de la moitié, mais je dois avouer qu'il est très divertissant. Ça fait un méchant bout que je n'ai pas ri de bon cœur comme ça ! Au fil de la journée, je découvre qu'en fait mon guide possède une maîtrise en histoire française et qu'il adapte les faits réels aux décors et aux personnes que nous rencontrons.

— Sérieusement, tes kebabs sont excellents, mais je ne comprends pas pourquoi tu ne travailles pas en tourisme. Tu es génial !

— J'y ai déjà songé, mais je dois aider ma famille avec le restaurant, et les horaires qu'on me proposait ne me permettaient pas de le faire.

— Pourquoi alors ne pas jouer au guide à ton compte ? Tu pourrais annoncer tes services au restaurant et donner des rendez-vous aux gens en fonction du temps que tu peux leur accorder. Tu connais tellement de choses et la visite que tu offres est des plus divertissantes, je suis certaine que ça fonctionnerait !

Maudits bas jaunes!

— C'est pas bête, ton truc! Je vais en parler à mes parents. Ça va sûrement leur plaire; ils se sentaient hyper mal que je sois obligé d'abandonner mon rêve. Bon, je crève la dalle, et toi?

— De kessé?

— Hein?

Et une nouvelle expression à mon vocabulaire! Mohammed m'emmène «dîner» dans un magnifique petit restaurant fréquenté uniquement par les Français, signe que ça va être vraiment bon. C'est sûr que je ne me serais jamais retrouvée ici toute seule; un petit trésor caché, quoi!

— Mohammed, tu es la révélation de mon voyage!

— Arrête, Rosalie, tu dis des bêtises. C'est déprimant, ton truc: tu viens à peine de le commencer, ton voyage, j'espère que tu vas avoir plus d'une révélation! Mais c'est quand même vachement sympa que tu me dises ça.

— En tout cas, je suis très chanceuse d'être tombée sur quelqu'un comme toi. Je n'ai pas pensé à ma peine d'amour de toute la journée!

— Hep! Hep! Hep! me prévient mon ami.

— C'est bon, j'ai compris, je n'en parle plus. Quelle peine d'amour? que je plaisante en faisant mine de chercher.

— Alors, as-tu une idée de l'endroit où tu aimerais aller? C'est ta dernière nuit ce soir, je crois, non?

— Ouais, eh bien, l'aubergiste, qui s'est enfin décidé à me parler en français, m'a dit qu'il pouvait me garder ma chambre si je le voulais. Mais je pense que je ferais mieux de partir si je veux profiter de l'élan que tu m'as insufflé aujourd'hui. Le hic, c'est que je n'ai toujours pas trouvé où j'irai. L'Espagne, l'Italie, ailleurs en France… je ne sais pas.

— J'ai peut-être une idée. Tu vas croire que je te fais du cinéma, mais l'oncle de mon ami m'a téléphoné hier pour me demander si je voulais venir travailler dans son vignoble cet été. Je l'ai fait les trois dernières années pendant que j'étudiais, mais là, avec le resto, je ne peux pas me permettre de partir pendant un mois. Alors j'ai pensé à toi!

— C'est bien gentil, Mohammed, mais je n'ai pas de permis de travail et je ne suis pas certaine d'avoir les meilleurs pieds pour écraser des raisins!

— Non mais, tu rigoles? Ce n'est plus avec les pieds qu'on fait ça! En plus, les vendanges, c'est en juillet. On est seulement en mai. Il y a peu de travailleurs et, comme le vignoble est membre de l'association touristique, Didier cherche quelqu'un pour guider les visiteurs et accomplir quelques besognes au besoin. Ce n'est rien de bien compliqué. C'est un petit boulot au noir. Le salaire est médiocre, mais il offre le gîte et le couvert. Il possède un campement pour ses employés. C'est plutôt sympa!

— J'avoue que c'est tentant. Il est où, ce vignoble?

— Près de Bordeaux. Si ça t'intéresse, je te file son numéro et il pourra te donner des infos supplémentaires. Selon moi, c'est l'occasion idéale: tu pourras te créer une petite routine et décrocher facilement de ta vie québécoise, rencontrer plein de nouvelles personnes, découvrir le monde viticole et visiter la région.

Je prends en note le numéro de mon futur employeur. Ça ne me servirait à rien de faire une liste des pour et des contre, je sais déjà que je vais me lancer. Tant qu'à faire un voyage imprévu, autant prendre tout ce qui passe!

Maudits bas jaunes!

Même si c'est de la merde pour les touristes, Mohammed termine la soirée en m'emmenant voir la tour Eiffel illuminée. C'est quétaine à l'os, mais ça vaut tellement le déplacement! À la sortie du métro, je promets à mon ami de lui écrire après avoir appelé Didier, pour lui faire part de ma décision. Je le remercie une dernière fois, puis rentre à l'auberge.

Je fais rapidement quelques recherches sur le vignoble et constate que c'est un endroit parfait pour une nouvelle expérience. Il y a une foule de commentaires élogieux autant de la part des anciens employés que des visiteurs. Les heures de visite sont très intéressantes et me laisseraient beaucoup de temps pour découvrir les alentours. En plus, je ne suis jamais allée à Bordeaux. J'appelle ensuite Didier; Mohammed lui a déjà parlé de moi et il doit m'avoir beaucoup vantée, car Didier me propose d'arriver dès demain si je le souhaite. Est-ce que j'ai le cran d'accepter? Oh que oui!

Je prends quand même quelques jours avant d'arriver et de me mettre au travail. Je garde ma chambre encore un peu pour faire le tour de certains attraits que je n'ai pas encore vus. Je passe une journée au Louvre, une autre à me perdre dans le cimetière du Père-Lachaise et à flâner sur les Champs-Élysées, et la dernière à Montmartre. Parfois, mon pourvoyeur de kebab m'accompagne, d'autres fois, j'apprécie une nouvelle forme de solitude, celle où on prend de grandes respirations en souriant et où chaque pas semble plus léger que le précédent.

CHAPITRE 18

De la coupe aux lèvres

Jeudi matin, Mohammed m'accompagne à la Gare du Nord. On se promet de se donner des nouvelles le plus souvent possible et de se revoir un jour. Un dernier au revoir et je monte dans le train pour Bordeaux, où Didier doit venir me chercher. C'est le début d'une nouvelle aventure !

Hier, j'ai écrit à mes parents et aux filles pour les informer de mon projet. Sachant très bien que ma mère paniquerait, j'ai collé le lien du site des Trois Colombes (mon vignoble !) pour qu'elle puisse aller voir par elle-même qu'il ne s'agit pas d'une couverture pour du trafic sexuel. Seule Marine a eu le temps de me répondre. Elle est très excitée pour moi et je sens même une pointe de jalousie dans son message. C'est signe que j'ai pris la bonne décision.

Alors que le train m'éloigne toujours un peu plus de Paris, je regarde défiler les paysages par la fenêtre. Ne manque plus qu'une musique d'ambiance pour que je voie ma vie en *flash-back* comme dans les films. Plus Bordeaux approche, plus j'ai confiance en ma décision. Nul doute que, dans un endroit dénué de tout souvenir, je vais réussir à décrocher totalement de mes drames. En plus, j'apprendrai un tas de choses. Je ne suis pas prête à retomber amoureuse, mais, si l'occasion d'avoir des « rapprochements » avec un mec se présente, je ne me priverai pas !

À la gare, je repère dans les airs un grand carton avec mon nom dessus. Le problème (quoique ce n'en soit pas vraiment un), c'est que l'homme qui tient la pancarte est loin d'avoir l'air d'un Didier. C'est plutôt le sosie de Jackson Avery (le Noir beaucoup trop sexy dans *Grey's Anatomy*) qui m'attend avec un large sourire.

— Toi, Rosalie ? me demande-t-il avec un terrible accent anglais.

— Oui, c'est moi. Didier n'est pas là ?

Le français de Tyler (il ne s'appelle pas Jackson, ç'a l'air !) est très rudimentaire. La conversation change rapidement de langue. Il faut vraiment que j'arrête de penser au mot « langue », parce qu'en ce moment, je ne fais qu'imaginer la sienne partout sur mon corps !

J'ai beau être très bonne en anglais, les termes vinicoles ne font pas partie de mon vocabulaire. Tyler réussit néanmoins à m'expliquer en quoi consiste son travail aux Trois Colombes. Il s'occupe de l'entretien des vignes et de tout le travail manuel qu'il y a à faire. Bref, il est certain de conserver son corps de rêve. Ils sont trois autres comme lui à jouer aux hommes à tout faire. J'en déduis que je serai la seule fille du vignoble, à part la femme de Didier. Pas si désagréable…

Notre destination se trouve à une vingtaine de minutes de Bordeaux. Je devrais pouvoir y aller en une heure si je réussis à me trouver un vélo : génial ! Tyler me fait faire une tournée des lieux. C'est magnifique. Il m'explique que Didier me donnera ma formation demain et que je pourrai commencer à travailler tout de suite après. On termine par le bâtiment des employés: mon dortoir pour le prochain mois. Super, il y a un côté pour les hommes et un autre pour les femmes. Une chambre pour moi toute seule, wouhou!

Dieu merci, les trois autres employés, un Italien et deux Suisses allemands, sont loin de posséder le charme de Tyler; je n'aurais jamais su avec lequel coucher, sinon! Calme tes hormones, Rosalie, tu es là pour faire des visites guidées d'abord!

Je prends le temps de m'installer dans ma chambre avant le dîner (j'ai décidé d'adopter les termes français en ce qui concerne les repas, car ça devenait beaucoup trop mêlant). Je ne sais pas combien de femmes travaillent ici pendant les vendanges, mais j'ai vraiment beaucoup d'espace à ma disposition. J'ai le loisir de choisir le lit le plus confortable, d'utiliser deux commodes pour ranger le peu de vêtements que j'ai apportés et d'investir la salle de bain. Wow, elle est plus grande que ma chambre à Paris! Tout ça pour moi, et rien à payer! Ça commence drôlement bien.

Leonardo, Wolfgang, Markus et Tyler m'ont préparé tout un dîner d'accueil. Nous faisons connaissance. Les parents de Leonardo possèdent un vignoble en Italie, et il souhaite reprendre les rênes de l'entreprise à leur retraite. Il parfait donc son apprentissage auprès de différents vignerons réputés. Wolfgang et Markus sont des amis d'enfance qui ont décidé de prendre une année sabbatique pour faire le tour de l'Europe. Après avoir en parcouru le nord et l'est, ils ont décidé de terminer par la France et de perfectionner leur français. Ça fait maintenant un mois qu'ils sont là. Les échanges se font surtout en anglais, puisque Leonardo et Tyler sont incapables de prononcer une phrase de plus de trois mots en français. Je me tourne vers la langue de Molière lorsque je me retrouve seule avec les deux autres. Bilan de ma première soirée: ça promet!

Maudits bas jaunes !

Vendredi, Didier est de retour et m'apprend tout ce que je dois savoir sur le processus de fabrication du vin, le fonctionnement de chaque appareil et les différents cépages. J'ai l'impression d'avoir quatre ans, car je demande « pourquoi » après chacune de ses explications. Mon patron ne s'en formalise pas et semble même apprécier ma curiosité. Il sera à mes côtés lundi, pour la première visite programmée. J'ai tellement d'informations en tête que j'ai peur de tout oublier. J'ai pris au moins cinq pages de notes et je compte bien interroger Internet pour les compléter.

Je passe donc le week-end à me documenter et à apprendre les termes particuliers en anglais. Je demande à Tyler de me susurrer – euh, de m'enseigner – leur bonne prononciation. Je kidnappe aussi Markus et l'oblige à subir une visite guidée. Il m'aide à compléter mes explications boiteuses et corrige mes erreurs.

Dimanche soir, mes trois compagnons n'en peuvent plus.

— Rosalie, je connais ta présentation par cœur. Si tu me forces à l'écouter encore une fois, je vais être obligé de dire à Didier que je suis apte à guider les visiteurs à ta place ! blague Wolfgang.

— *Yeah, and I'm sure I could repeat your French speech*, renchérit Tyler, qui pige rapidement le sujet de la conversation.

— Si tu veux la refaire une dernière fois, demande à Leo, me propose Markus.

En effet, celui-ci ne se l'est pas encore tapée, parce qu'il était en vacances dans sa famille pour le week-end. Et voilà, je repars donc faire une ultime répétition en anglais avec mon cobaye de service ! Tout est parfait selon lui… et selon moi aussi. Didier n'aura certainement jamais eu d'employée aussi dévouée ! Je vais probablement me retrouver dans la section « meilleures visites guidées » du prochain *Lonely Planet* ou du guide *Voir*.

Maudits bas jaunes !

Lundi, tout est en place pour recevoir le premier groupe. Comme promis, Didier est là pour me superviser et m'aider au cas où il y aurait des questions auxquelles je ne saurais répondre. Comme il était trop occupé ce week-end, il n'a pas été témoin de ma préparation. Objectif du jour : l'impressionner !

Débarque donc un groupe de touristes français de Nice. Une dizaine de personnes âgées, trois couples dans la quarantaine et une « charmante » famille avec deux enfants qui affichent un air terriblement déçu de ne voir que des arbres rabougris à perte de vue et aucun terrain de jeu. Va falloir que je les rallie à ma cause, ces deux-là, sinon l'après-midi risque d'être interminable.

— Bonjour, bienvenue au vignoble des Trois Colombes. Je m'appelle Rosalie, je serai votre guide pour l'après-midi. Laissez-moi vous présenter le propriétaire des lieux, monsieur Didier Bouquet.

Mettant à profit mes nombreuses années d'expérience en gardiennage, j'essaie de m'arranger pour amadouer les enfants dès le départ.

— Comme nous sommes plusieurs, j'aurais besoin de deux assistants. Un pour compter les gens et s'assurer qu'on ne laisse personne derrière, et un autre pour m'aider dans les démonstrations.

Comprenant mon stratagème, les autres membres du groupe n'opposent aucune résistance lorsque les enfants se proposent d'emblée. Clémentine et Laurent sont donc déclarés « employés du jour » par Didier, qui s'empresse d'embarquer dans mon jeu.

La visite se déroule tellement bien que, aux trois quarts, mon patron me laisse seule pour aller régler un problème, et ce, sans aucune crainte. J'ai droit à une kyrielle de questions, mais, puisque mes collègues m'ont déjà bombardée pendant mes exercices, je parviens sans peine à répondre à chacune.

Maudits bas jaunes !

Ma journée se termine donc par une foule de « mercis » et deux immenses sourires sur les visages de mes assistants. J'ai même droit à quelques pourboires-surprises !

Le soir venu, c'est le party dans la maison des employés. L'avantage, lorsqu'on travaille dans un vignoble, c'est qu'il y a « malheureusement » des bouteilles qui ont un petit défaut et qu'on ne peut pas vendre… et qu'on nous refile pour pratiquement rien. Moi qui me croyais plutôt solide en termes de résistance à l'alcool, je me rends vite compte que je n'ai pas une goutte de sang européen dans le corps ! Je suis pratiquement sur le point de tomber dans le coma, alors que les gars ont l'air d'avoir bu du « *virgin vino* » toute la soirée. Néanmoins, ma condition de fille un peu chaudasse me permet de tenter quelques « rapprochements » innocents avec Dr Avery : regards en coin, frôlements prolongés en lui servant du vin, murmures à l'oreille lorsqu'il y a trop de bruit… Il ne semble pas insensible à mon manège. Super ! Comme une visite est prévue dès neuf heures demain matin, je me contente de jouer au Petit Poucet qui sème des cailloux pour mieux revenir la prochaine fois… Seigneur qu'il doit être bon au lit !… Euh, pas le Petit Poucet, là…

Je dirige deux visites par jour tout le reste de la semaine. Puisqu'il fait un temps gris et plutôt froid lors de mon premier dimanche de congé, je décide de m'accorder une grasse matinée. Les gars sont partis faire des livraisons un peu partout dans la région alors, avec la bénédiction de Didier, j'en profite pour mettre à jour les informations sur le site Web du vignoble. Puis, tant qu'à faire, je crée un dépliant que je pourrai remettre aux visiteurs qui déplorent de ne pas pouvoir retenir toute l'information que je leur donne pendant la visite.

Appréciant le résultat, Didier en fait imprimer plus de deux cents exemplaires. Puisqu'il ne peut m'offrir une prime, étant donné que je n'ai pas de visa de travail, donc pas de salaire, mon patron me propose de payer mon billet d'avion pour ma prochaine destination lorsque mon séjour ici sera terminé. Eh bien, monsieur Didier, cette offre est acceptée!

La routine de la semaine reprend rapidement ses aises. Lorsque je n'ai aucune visite à l'horaire, j'aide au ménage et à l'entretien de l'espace d'embouteillage. C'est donc bien agréable de travailler quand tu n'as pas l'impression que tu es en train de travailler, justement!

Mon deuxième dimanche de congé se présentant sous un temps beaucoup plus clément, je propose aux gars d'aller à Arcachon (village dont le nom sonne comme le titre d'une chanson de reggae lorsque prononcé par Tyler, comme celui d'un camp de concentration, par mes deux Suisses et comme un titre de film porno, par Leo) pour voir la fameuse grande dune du Pilat. Ce sont des clients qui m'ont parlé de l'endroit cette semaine et, après une brève recherche sur la Toile, j'ai été convaincue qu'il me fallait y aller.

L'endroit est assez surréel. Nous sommes en pleine forêt, il y a des arbres partout et soudain... bang! Une dune de sable haute d'une centaine de mètres et longue de presque trois kilomètres nous saute au visage; très impressionnant. Markus suggère que nous achetions des burgers et des frites et que nous montions les manger au sommet. Cela m'apparaît comme une excellente idée. De loin, la dune semble facile à escalader.

Quelle méprise! La pente est beaucoup plus raide que je ne le pensais, et les pseudo-marches sont assez distancées les unes des autres. Qu'à cela ne tienne, la vue que je découvre au sommet est davantage responsable de mon souffle coupé que la montée elle-même. Je n'avais pas du tout compris où nous nous trouvions. Je suis pourtant bonne en géographie... Ce sont peut-être les innombrables détours que nous avons pris pour nous rendre ici (la faute à ces mâles qui refusaient de s'arrêter pour demander des indications!) qui m'ont empêchée de comprendre que nous nous trouvions tout juste à côté de l'océan Atlantique! Quelle vue magnifique: la dune de sable, la forêt derrière et l'océan à perte de vue devant... sans compter le postérieur de Tyler, qui s'est penché pour attacher son lacet. Je grave l'instant dans ma mémoire.

La brise océanique nous refroidit rapidement. Vent, sable et hamburgers ne font pas bon ménage. Nous redescendons donc pour satisfaire notre appétit. En après-midi, je réussis à me retrouver seule avec Tyler pour explorer les alentours. Pour cela, il a d'abord fallu que fasse croire aux autres qu'un concours d'ascension de la dune était organisé à l'autre extrémité et que j'avais vu trois belles Suédoises (aussi bien y aller à fond!) s'y diriger. Ils n'ont pas mis de temps à détaler! Une fois que nous sommes loin des regards, je commence à le pousser (belle excuse pour le toucher). Il rit avant de me pousser à son tour; on se croirait dans un roman Harlequin! On se chamaille comme ça quelques minutes, jusqu'à ce qu'il se mette à tirer sur ma camisole pour me chatouiller. Je trébuche en tentant de lui « échapper » (pour la forme), et on déboule la dune dans les bras l'un de l'autre. Je peux aisément sentir les muscles (dont un en particulier) de mon apollon. Fais-moi l'amour, je t'en prie! Mon désir doit transparaître, car c'est alors qu'il m'embrasse. Bon, c'est plus féroce que tendre, mais j'haïs pas ça!

— Ahhhhhhhhhhhhhh, crie-t-il soudainement.

— *What?*

— *It burns! There's sand in my eyes*, parvient-il à m'expliquer.

Bon, mon film romantique à la George Clooney vient de se transformer en parodie de film d'ado! En me relevant, je constate que, moi aussi, j'ai du sable partout. En fait, j'ai encore plus de sable dans la raie que j'en avais eu après une partie de jambes en l'air improvisée sur une plage au Mexique avec Sébastien, et là je porte encore mon pantalon ! Bref, l'expression « ça tue la magie » s'applique parfaitement à notre cas !

De retour aux Trois Colombes, je saute dans la douche pour tenter de me débarrasser du plus de sable possible. Peine perdue ; à peine ai-je terminé de me sécher les cheveux que, juste en me secouant la tête, je fais tomber encore plein de grains par terre. La semaine va être longue… Avant de repartir d'Arcachon, Tyler et moi nous sommes mis d'accord pour ne rien laisser paraître de notre attirance et pour ne rien en dire aux autres. Durant les deux semaines qu'il me reste à passer ici, nous aurons certainement l'occasion de reprendre là où nous en étions…

De toute façon, le but de mon voyage n'est pas de forniquer à tout prix. J'ai suffisamment à faire cette semaine pour occuper mon esprit. D'ailleurs, il faut vraiment que j'écrive aux filles pour leur donner des nouvelles, sinon elles ne me le pardonneront jamais.

Rosalie

Salut, les nanas ! Tout baigne ici, au vignoble. Je me suis fait des potes très sympas. J'ai même roulé quelques pelles avec Dr Avery ! J'adore mon boulot et mon patron m'a donné une prime : il va payer mon prochain billet d'avion. Et vous, ça gaze ?

J'envoie ensuite un message à mes parents pour qu'ils sachent que tout va bien. Je leur transmets les mêmes nouvelles qu'aux filles, mais en faisant l'impasse sur Tyler. Ma sœur m'a aussi laissé un message il y a quelques jours. Faut croire que j'ai vraiment réussi à me débrancher de ma vie québécoise ! Je n'avais jamais passé plus de deux jours sans aller voir ma boîte de messagerie et, encore là, c'était parce que j'avais été assez tarte pour ouvrir un mauvais courriel et attraper un virus.

Maudits bas jaunes!

Au milieu de la semaine, je reçois des nouvelles de Mohammed. Il m'annonce qu'il sera de passage à Bordeaux dimanche prochain et me demande de lui consacrer ma journée de congé. J'ai hâte de le revoir, mon cher sauveur de voyage! Comme il aura des courses à faire, Didier accepte de me déposer en ville ce jour-là. Je pourrai revenir au vignoble en autobus. En attendant, j'ai encore quelques visites à mon horaire…

Malheureusement, le couple qui est là aujourd'hui aurait dû opter pour une journée «chacun son côté». Lui en connaît pas mal plus que moi sur le vin et me pose mille questions, tandis qu'elle, elle fait la gueule depuis une heure et regarde constamment sa montre. Je ne sais vraiment pas comment le gars fait pour profiter de sa visite; moi, sa femme me tape royalement sur les nerfs! Il me semble que ça coûte déjà cher de voyager et que, lorsqu'on le fait, on doit choisir des activités qui nous intéressent… J'espère que ce n'est pas leur voyage de noces! Je me change les idées en envoyant un clin d'œil rempli de sous-entendus à Tyler lorsque nous passons devant lui.

Dimanche, je rejoins Mohammed à la gare de Bordeaux vers midi. Tout sourire, il m'a apporté un cadeau: un kebab!

— Tiens, c'est ma mère qui l'a préparé spécialement pour toi.

— Pour moi, mais pourquoi?

— Elle t'est vraiment reconnaissante pour ton idée des visites guidées jumelées au restaurant. Ça l'a soulagée que je puisse exprimer ma passion.

— Eh bien, tu la remercieras, dis-je en prenant une première bouchée. Alors, tu as commencé?

— Ouais, ça débute tranquillement. J'ai fait quelques visites cette semaine, sans même avoir mis le site Internet en ligne.

Maudits bas jaunes!

Et l'après-midi de filer sans même que je m'en aperçoive. Il y a de ces amitiés qui se créent et se solidifient en un court instant lorsqu'on voyage. Mohammed est de ces personnes qui feront partie de ma vie pour toujours, je le sens... plutôt, je le sais. Je discute même de mon « projet Dr Avery » avec lui. Mon ami se réjouit de constater que je commence à passer à autre chose.

— Et alors, tu vas faire quoi à la fin de la semaine ? Tu comptes aller où ?

— Pour être honnête, je n'en ai aucune idée. J'hésite entre l'Espagne, l'Italie et... n'importe où dans le monde, que j'ajoute en riant.

— Si tu veux, j'ai une idée pour toi.

— Mo (j'ai décidé de l'appeler comme ça depuis qu'il m'a dit que ma façon de prononcer son nom à la québécoise lui faisait penser à un nom de médicament), j'ai suivi ta première suggestion et ça m'a assez bien réussi. Je t'écoute, dis-je, intriguée.

— J'ai un oncle, du côté de mon père, qui possède une villa au Maroc. Il y a un petit appartement pour les invités. Si tu veux, je lui demande s'il est disponible. Tu serais logée gratuitement, bien sûr.

— C'est très sympa de ta part, mais je ne peux quand même pas voyager sur le bras de ta famille, surtout qu'elle ne me connaît même pas !

— Rosalie, on appelle ça de l'hospitalité. Alors, la question est simplement de savoir si le Maroc t'intéresse.

— Euh, ben... (*Come on*, Rosalie Lefebvre ! C'est une occasion en or !) J'accepte ! Je pourrais arriver lundi, mais je ne resterai qu'une semaine ; je ne veux surtout pas abuser.

Maudits bas jaunes!

— Parfait, je te confirme le tout dès demain pour que tu aies le temps d'acheter ton billet d'avion et de te préparer.

Un bon souper en ville à continuer à jaser, puis mon ami reprend le train en direction de Paris. Quant à moi, c'est un autobus qui me ramène à mon petit paradis français. Ma dernière semaine de boulot s'annonce encore plus chargée que les trois premières. Satisfait de mon travail, Didier m'a confié la tâche de former celle qui me remplacera pour tout l'été. Marion, c'est comme ça qu'elle s'appelle, doit arriver mardi. En autant qu'elle ne soit pas le type de Tyler, on devrait bien s'entendre ! En attendant, les filles ont répondu à mon message.

Marine

Ah ! mais putain, elle est devenue Française !

Maude

J'imagine d'ici sa touffe de poils en dessous des bras !

Tommie

Ben moi, je te pardonne tes expressions françaises si tu nous en dis plus sur Jackson Avery !!!!

Maude

Tu restes là-bas encore combien de temps? Où vas-tu ensuite? Je m'inquiète, moi là !

Rosalie

Du calme, les gonzesses ! Je me suis créé un petit accent français le temps des visites, car les gens ne comprenaient pas grand-chose à mes explications. Avery, c'est le mec super canon tout en muscles qui travaille ici. J'envisage une petite partie de « vignes en l'air » avec lui. ☺ Pour ma prochaine destination, je viens tout juste de trouver : je pars en Afrique !

Maudits bas jaunes !

Et voilà ! Je vais les laisser mariner quelques jours, à m'imaginer en train de me faire dévorer par un lion, ou de nourrir des enfants au Mali, ou de marier un guerrier masaï... Méchante Rosalie...

Marion s'avère une future employée pleine de potentiel. Elle a étudié à l'école de sommellerie et compte maintenant suivre la route des vins, mais en travaillant pour les différents vignobles au lieu de simplement les visiter. En plus, elle est lesbienne. Bon, OK, ça n'a pas rapport, mais je n'ai pas à m'inquiéter pour mon plan Tyler !

Samedi, je la laisse diriger les visites toute seule et demande aux clients de me faire part de leurs commentaires pour vérifier si ma formation a été adéquate. Malgré mes appréhensions, je n'éprouve aucune nostalgie à l'idée de quitter la France, le vignoble ou mes quatre voyageurs. Je me sens plutôt excitée par la prochaine étape. Didier a imprimé ma confirmation de vol et je pars très tôt lundi matin. J'aurai une correspondance à Barcelone ; c'est un signe ! Ce sera donc ma destination suivante. Je réserve tout de suite mon vol Casablanca-Barcelone, ne sachant pas très bien si j'aurai accès facilement à Internet chez l'oncle de Mohammed. Bon, je sais bien que le Maroc n'est pas un pays sous-développé, mais on dirait qu'une partie de moi en doute. Ça doit être la même chose pour ceux qui sont convaincus que les Inuits vivent toujours dans des igloos !

En soirée, tous les employés du vignoble sont rassemblés dans la maison de Didier pour fêter mon départ. Inutile de préciser que le vin coule à flots. J'avais peur que ce soit plate et un peu « fraîche-pet », mais ça ressemble pas mal à nos partys au Québec. Remplacez les Cowboys Fringants par Indochine, les « tchin-tchin câlisse » par « santé » et les crottes de fromage par des chhhiiiipssss, et le tour est joué !

Je bois juste assez pour me sentir *feeling*, mais pas trop, pour ne pas avoir l'air d'une étoile comateuse quand je passerai à l'acte avec

Maudits bas jaunes!

Tyler... D'ailleurs, il est où, celui-là? Je le repère en train d'essayer de participer à une conversation entre Didier et un autre vigneron du coin. Je lui fais discrètement signe de me rejoindre à l'extérieur, afin que nous nous éclipsions en douce.

Cette semaine, j'avais imaginé une baise torride entre deux vignes (moi qui m'agrippe à une branche pendant qu'il fait rouler des raisins partout sur mon corps!), mais j'ai été surprise par une énorme et dégueulasse couleuvre pendant une de mes visites et ça m'a *turnée off* ben raide! Je pense donc que nous allons nous contenter d'un lit traditionnel. Nous ne sommes même pas encore arrivés à la maison des invités que Tyler me soulève et décide de me faire passer le pas de la porte comme si nous étions de nouveaux mariés. J'essaie de ne pas trop faire de cas du fait qu'il vient juste de me péter la tête solide sur le cadre de porte, question de ne pas tuer la magie une deuxième fois.

Nous nous arrachons mutuellement nos vêtements, qui ne mettent pas long à se retrouver au sol. Les caresses de Tyler s'avèrent aussi douces qu'intenses. Je ne me fais pas prier non plus pour laisser mes mains découvrir son corps. Le désir est plus que palpable, et nos soupirs se font de plus en plus impatients... réplique parfaite d'un roman Harlequin. Je me retrouve à califourchon sur mon séduisant vigneron, prête à l'embrasser à nouveau, lorsqu'il me susurre:

— *Touch my nipples.*

Pardon? Mon anglais doit vraiment être mauvais, finalement, parce que je crois qu'il vient de me demander de lui toucher les mamelons...

— *What?* que je tente afin d'éclaircir la situation, en continuant de promener mes mains sur son torse musclé.

— *Oh please, touch my nipples!*

Maudits bas jaunes !

Ah ben, bâtard de marde ! Il veut que je fasse quoi, avec ses *nipples* ??? Est-ce que je suis censée les pincer pour qu'il se mette à siffler ? C'est quoi, cette affaire-là ? Du mamelonchisme ?

— *Touch my nipples, touch my nipples !*

Ça va, j'ai compris, mais je n'ai pas du tout envie de les chatouiller, tes *nipples* ! Est-ce que ça se fait, feindre un mal de tête une fois que c'est commencé ? Il faut que je trouve quelque chose, parce que là, ma libido vient de subir la baisse la plus drastique qu'elle ait jamais connue !

— *Euh… I need to poo…*

Bravo, Rosalie, c'est vraiment la seule chose que tu as pu trouver ? Une maudite chance que je ne reverrai plus jamais ce gars-là ! Il a maintenant l'air aussi *turné off* que moi, ce qui n'est pas pour me déplaire. Je n'ai d'autre choix que de m'enfuir dans la salle de bain pour faire semblant de me mettre à l'œuvre…

Je me permets de sortir lorsque j'entends enfin la porte claquer. Et c'est là que le fou rire me prend ! Moi qui n'ai même jamais été capable de faire pipi quand Sébastien était présent dans la salle de bain, voilà que je viens d'annoncer une fausse envie de caca à un *prospect* en pleine action ! C'est vraiment le plus beau voyage de ma vie !

Dimanche passe très vite. Il n'y a aucun malaise, puisque Tyler s'est étrangement porté volontaire pour faire les livraisons. Je prépare mes bagages, envoie un courriel aux filles et à mes parents pour les rassurer et leur communiquer ma prochaine destination (Maude ayant déjà fait un don à Vision Mondiale en mon nom…), puis un autre à Mufasa et Rhim, l'oncle et la tante de Mohammed, pour les avertir de mon heure d'arrivée à la gare de Rabat.

Maudits bas jaunes !

Comme j'ai déjà les coordonnées de Markus, Leo et Wolfgang et que nous avons promis de garder le contact, personne n'a la larme à l'œil quand Didier vient me déposer à l'aéroport pour mon vol. Il m'invite à venir faire les vendanges n'importe quand et m'affirme que je serai toujours la bienvenue au vignoble. Information retenue ! C'est donc le cœur léger que je tends ma carte d'embarquement à l'agente de bord.

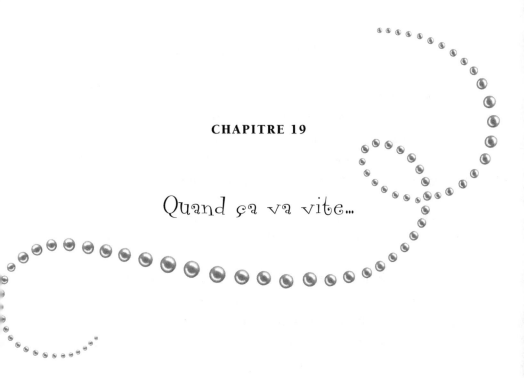

CHAPITRE 19

Quand ça va vite...

Dans le train qui doit me conduire de l'aéroport de Casablanca, à Rabat, la désinvolture qui m'habitait jusque-là fait place à l'inquiétude. Nous croisons plusieurs «gares» qui ne sont en fait que des plaques de ciments et sillonnons des villages de maisons en terre cuite... Est-ce là-dedans que je vais vivre pendant une semaine?

Heureusement, la gare de Rabat ne ressemble à rien de ce que nous venons de voir, et la famille de Mohammed m'y attend avec une pancarte portant mon nom. L'affiche m'est plus utile qu'à eux, car je suis la seule Blanche (style pinte de lait) du coin et je ne passe pas inaperçue!

Mes hôtes sont les Marocains les plus adorables que je connaisse. D'accord, ce sont mes premiers Marocains, mais je suis certaine que ce sont les plus gentils. Ils habitent une somptueuse villa dans un quartier huppé de Rabat. D'après mes observations, je dirais qu'il n'existe que deux classes sociales au Maroc : les pauvres et les riches. L'appartement réservé aux invités est à peine plus petit que celui que j'occupe au Québec. Mufasa (faut que j'arrête de voir un lion chaque fois que je prononce son nom!) me laisse défaire mon sac et me donne une assiette que Rhim m'a préparée pour mon arrivée. Du tajine de bœuf, c'est donc bien bon, ça! Il va falloir que je recueille un maximum de recettes pendant mon séjour!

En après-midi, puisque je dois décompresser du boulot (selon Rhim), je me fais bronzer sur le balcon-toit de la maison. En effet, ici, les patios sont sur le toit… Pas déplaisant du tout. Quand je demande où est située l'épicerie, je crois insulter mes hôtes. Je suis leur invitée pour la semaine, me répondent-ils, et il n'est pas question que je fasse quoi que ce soit dans la maison! Je trouverai certainement une façon de les remercier, mais, en attendant, profitons du soleil et du bruit des vagues de l'Atlantique, qui n'est pas loin.

Après trois jours de bains de soleil, de tajines et d'autres plats marocains, j'ai besoin de m'évader un peu. Mufasa m'indique comment me rendre à la médina pour faire un peu de magasinage. J'enfile mes capris et un chandail couvrant complètement mes épaules et ma poitrine, question de ne pas trop attirer l'attention. D'après ce que j'en ai vu jusqu'à maintenant, les Marocains sont très accueillants, et les femmes semblent pouvoir s'habiller et se déplacer à leur guise. Je préfère néanmoins me garder une petite gêne. J'emprunte la vieille bicyclette de Rhim et arrive à la médina en un seul morceau.

Quel endroit magique! Un mélange d'odeurs d'épices, de fruits, de fleurs et de noix grillées éveille rapidement mes papilles. Je m'arrête devant un kiosque où un homme fait griller des graines de citrouille. J'en prends pour trois dollars, m'attendant à en recevoir deux ou trois cents grammes… C'est plutôt un gros sac d'un kilo qui se retrouve dans mes mains! Merde, je vais en avoir pour des semaines à manger ça! Je poursuis ma route à travers les petites boutiques de musique, d'œuvres d'art, de tapis, de vaisselle, de vêtements et de nourriture. Tous les quinze mètres, un charmant jeune homme différent me complimente. « Tu es belle. » « Tu sens la rose. » « Quelle femme magnifique ! » « Épouse-moi. »

Sur le chemin du retour, mon sac est rempli à ras bord. J'ai acheté une robe marocaine, de magnifiques sandales, un disque d'un groupe qui rappe en arabe et mon kilo de graines de citrouille... tout ça pour vingt gros dollars. C'est trop génial, le Maroc ! Je peine un peu sur ma bicyclette. Plusieurs hommes semblent le remarquer et me proposent leur aide. Euh, non merci, ça va aller ! Heureusement, ils ne sont pas trop insistants ; après cinq ou six refus – quand même –, ils partent. J'ai aussi le plaisir de voir des hommes s'arrêter complètement de refaire la couverture d'un toit alors que je passe devant la maison. Aucune femme ne peut repartir du Maroc avec des complexes ! C'est une thérapie gratuite que je me suis offerte là !

Puisque mon vol pour Barcelone part dimanche soir, mes hôtes invitent leurs amis à se joindre à nous pour le souper de samedi. Au menu : une orgie de bouffe marocaine ! Alors que je croyais qu'elle exagérait toujours sur la quantité quand elle recevait toute la famille chez elle, ma mère serait sûrement déclarée la pire hôtesse de la Terre ici ! La table autour de laquelle nous prenons place n'a plus un seul centimètre carré de disponible. Je me demande où je vais bien pouvoir poser mon assiette... Ah, mais non, pas d'assiette : on mange à même les plats ! Maudite bonne affaire, ça ! C'est super chaleureux.

Après deux heures et demie de gavage intensif, j'ai l'impression de n'être qu'une grosse boule avec une tête au-dessus. Cette idée, aussi, de goûter à tout... trois fois !

J'ai ensuite la chance d'assister à un concert privé incroyable. Les hommes sortent leurs instruments (qui ressemblent étrangement à des banjos) et commencent à jouer de la musique traditionnelle appelée *gnaoua*. Alors qu'ils semblent entrer en transe, les femmes se mettent à danser et à chanter autour d'eux. Magnifique. Spécial, mais magnifique!

Surprise numéro trois: on sort le whisky! J'étais certaine que les musulmans ne buvaient pas d'alcool.

— Chez nous, on fait une petite entorse à la règle pour le whisky, m'explique Mufasa.

Je dis ça comme ça, mais… c'est donc bien dégueulasse, du whisky! Bon, d'accord, après trois verres, on s'habitue. Je ne sais pas si c'est mon initiation à ce spiritueux ou tout le soleil que j'ai pris aujourd'hui, mais ça fesse très vite! Sentant que je commence à vaciller, je prends congé de mes hôtes et de leurs invités pour rentrer à mon petit appartement. Un peu dans les vapes, je me sers un verre d'eau avant de me mettre au lit, dans l'espoir d'éviter la gueule de bois.

Vers trois heures du matin, le plus long pet de ma carrière de « flatulenteuse » me réveille, suivi d'une crampe au ventre. Tabarnac! J'ai pris un verre d'eau directement du robinet au lieu de me servir dans la cruche! Bâtard de marde d'épaisse de colonne! Faut que j'aille aux toilettes, pis ça presse!

Désorientée, je cherche désespérément la porte de ma chambre. Quand t'es pliée en deux parce que t'as mal au ventre et qu'il fait complètement noir, ça va mal en crisse! Eh merde, je ne vais quand même pas chier dans mon pyjama! Trente secondes plus tard, c'est fait.

Ah non. Bâtard, non. Ah non. Merde. Ah non. Oui, Rosalie Lefebvre, vingt-huit ans, tu viens de te faire dessus. Pis une tourista, ça sort pas en un beau morceau dur… non non non. Donc là, tu vas te grouiller à te ressaisir, tu vas trouver la maudite poignée de porte pis tu vas courir dans la salle de bain avant que ça ne te reprenne!

Maudits bas jaunes !

Enfin arrivée à l'endroit où, je le sens, je passerai les prochaines heures, je me dépêche de mettre mon pyjama dans un sac pour le jeter à la poubelle (ça se lave, je sais, mais trop de mauvais souvenirs y seront associés désormais). Je saute dans la douche en espérant avoir suffisamment de temps pour me désinfecter (c'est le bon terme !) avant la prochaine chiasse (quoi, je ne me fais plus d'illusions, j'ai attrapé une tourista de la mort et je vais me vider !).

Dieu merci, les Marocains aussi sont malades parfois, et ils ont un tapis en moumous près de la toilette. J'y passe la nuit. D'la marde, la chambre, elle est beaucoup trop loin (tout ce qui se trouve à une distance de plus de trois mètres de la cuvette est désormais considéré comme faisant partie de la zone à risque).

Le lendemain matin, dimanche, je me rends compte que j'ai dû manger beaucoup plus que je ne le pensais. Vers midi, Rhim cogne, inquiète de ne pas m'avoir vue de la matinée. Je tente de me rendre jusqu'à la porte, soit ma plus grande expédition des dix dernières heures. Succès.

— Est-ce que tout va bien ? me demande-t-elle en découvrant mon teint blême.

— Oui oui, je vais m'en sortir. C'est juste une petite indigestion.

— Oh, c'est dommage, ça, pour ton dernier jour. Je venais justement te demander à quelle heure tu voulais que je te dépose à la gare.

C'est vrai, je suis censée partir aujourd'hui. Je ne pourrai jamais supporter la balade en train ! Et, dans l'incroyable éventualité où je survivrais, s'il fallait qu'il y ait des turbulences m'empêchant d'utiliser les toilettes de l'avion, je pourrais sûrement être accusée de terrorisme si je pétais ne serait-ce qu'une fois !

Maudits bas jaunes!

— Euh, Rhim, ça me gêne un peu de te demander ça, mais est-ce que je pourrais rester une ou deux journées de plus, le temps de me remettre pleinement?

— Mais bien sûr, ma chère enfant! Ça nous fait plaisir, à Mufasa et moi, d'avoir de la compagnie un peu. Si tu as besoin d'annuler ton vol, je crois que tu peux capter Internet dans l'appartement, mais il ne fonctionne que dans la salle de bain.

— Merci, c'est bien parfait! Je ne pense pas pouvoir vous tenir compagnie aujourd'hui en tout cas, que je m'excuse tout en sentant que mon escapade hors de la salle de bain va me coûter cher bientôt.

Voyant sans doute mon visage se crisper bizarrement et les gouttes de sueur rouler sur mon front, Rhim me donne le pain qu'elle m'apportait pour le dîner et retourne à ses occupations, me laissant aux miennes… J'annule mon vol entre deux vidages.

À vingt-deux heures, je commence à mettre en doute la foi que j'avais en ma baguette de pain. Je ne sais pas pourquoi, mais j'étais sûre que le pain, ça réglait tous les problèmes reliés à l'appareil digestif. Maintenant, je suis plutôt convaincue qu'une fois ingéré, le volume du pain se multiplie par trois (ouais, ça sous-entend ce que ça sous-entend!).

À deux heures du matin, j'abandonne définitivement l'idée de dormir dans un lit. Je déménage plutôt le contenu de ma chambre dans la salle de bain. C'est vraiment mon plus long séjour à vie dans cette pièce!

À huit heures lundi matin, je fais un premier bilan. Nombre de rouleaux de papier hygiénique utilisés: trois. Niveau de la bonbonne de push-push «senteur de rose»: critique. Apparence générale: teint blême, amaigrie, avec des carreaux de céramique imprimés sur le visage. Parties de dame de pique jouées en ligne: cinquante-huit.

Maudits bas jaunes!

Postérieur: en feu! Résultat des quatre comprimés d'Immodium que j'ai avalés: AUCUN BÂTARD D'EFFET!

À midi, je cherche à savoir si on peut mourir du flux. La réponse est oui: ça s'appelle la dysenterie. J'entends d'ici la voix de Pierre Bruneau au *Bulletin TVA* de dix-huit heures: «Une Canadienne, vraiment conne celle-là, aurait bu un verre d'eau directement du robinet, au Maroc. Elle aurait ensuite chié sa vie pendant trois jours, jusqu'à ce que des voisins la retrouvent morte, roulée en boule sur le tapis de la salle de bain. On procède présentement au rapatriement de son corps au Canada. À la météo maintenant, Colette...».

Je pense plusieurs fois à écrire des courriels aux filles ou à mes parents, mais, comme mon voyage est présentement géré par mes intestins, je ne vois pas trop quoi leur dire. Si je leur faisais part de mon état, ils s'inquiéteraient, et ma mère s'imaginerait sûrement le pire. Finalement, je décide plutôt de leur envoyer à tous un bref message pour leur dire que je m'amuse tellement ici que j'ai décidé de prolonger mon séjour. Je reçois aussi un message conjoint de Maude et Tommie, qui montre la photo de leur première échographie! J'avais complètement oublié qu'elles sont enceintes. Je suis la pire amie du monde! Là, j'ai décroché de ma vie québécoise, ça ne fait pas de doute! Je leur réponds entre deux crampes par un long message qui, je le souhaite, me permettra de rattraper le coup.

Vers dix-neuf heures, je fais un deuxième bilan. Nombre de rouleaux de papier hygiénique restants: la moitié d'un. État de la bonbonne de push-push «senteur de rose»: n'émet plus qu'un petit vent. Apparence générale: loque humaine. Postérieur: aucun commentaire. Résultat des sept comprimés d'Immodium avalés jusqu'à maintenant: je sens peut-être un début d'effet! (Comprendre ici que je commence à gonfler.)

Maudits bas jaunes!

Rhim passe me voir pour m'offrir à souper. Comme elle a tout compris de ce qui m'arrivait, elle me tend un tube de crème à étendre là où ça fait mal (moment de malaise ici). Elle m'explique aussi qu'elle m'a préparé un plat que sa grand-mère cuisinait quand venait le temps que quelqu'un se réalimente après un épisode de diarrhée extrême. Complètement affamée, je dévore ma maigre portion (ç'a l'air qu'il faut y aller graduellement). Au bout d'une heure, je constate que la digestion se déroule normalement. Je suis en rémission!

Étant donné que j'ai suffisamment abusé de l'hospitalité de mes hôtes et qu'on n'aura pas besoin de me ramener au Canada dans une boîte, je réserve un vol après-demain, en début d'après-midi. Ça me laisse une journée pour finir de récupérer et refaire un petit tour au souk afin d'acheter un présent à Rhim et Mustapha (quand je pense que je l'ai appelé Mufasa toute la semaine à cause de mon obsession pour *Le roi lion*, je suis mortifiée!) afin de les remercier. Je m'assure également de renflouer leur stock de papier hygiénique. J'accompagne mon cadeau de mon restant de graines de citrouille. De toute façon, j'ai bien trop peur de me faire arrêter aux douanes pour trafic, vu la quantité que je n'ai pas réussi à manger!

CHAPITRE 20

¡ Hola, guapo !

C'est donc prête pour une nouvelle aventure et soulagée d'avoir un siège près des toilettes (juste au cas où) que je monte dans l'avion qui doit me mener à Barcelone. J'ai déniché une belle petite auberge de jeunesse près de La Rambla, la rue la plus animée de la ville. J'ai réservé un lit dans une chambre mixte pour trois jours. Je verrai bien pour le reste.

Je me félicite d'avoir emporté seulement un petit sac à dos de voyage, avec tout le trajet à pied que je dois faire à plus de trente degrés à l'ombre. Heureusement qu'il y a la Méditerranée pour nous souffler une petite brise. L'auberge est aussi charmante que l'indiquait son site Internet, et la plupart des pensionnaires ont mon âge. Maudite belle occasion de rencontrer un mec super sexy, ma Rosalie !

Mes cochambreurs sont deux Allemands plutôt moches, deux Américaines qui auraient certainement pu jouer dans une émission aux côtés de Paris Hilton, et le frère jumeau britannique de Channing Tatum. Ils reviennent tous de la plage et ont prévu une petite sieste avant de sortir pour le souper et faire la fête toute la nuit. Dans le temps de le dire, je connais la petite histoire de tout le monde et je dois avouer que, même si elles ont un côté un peu nounoune, Kelly et Brenda (je n'arrête pas de penser à mon époque *Beverly Hills 90210*) sont très sympathiques. Mes nouveaux amis m'invitent à me joindre à eux pour la soirée et j'accepte volontiers. Je ne crois pas que je veillerai très tard, puisque je suis toujours en rémission de flux, mais ça me fera du bien. C'est tellement agréable pour ça, les auberges de jeunesse! Tu es seule sans jamais être seule!

Je ne suis pas faite pour la paella (des crevettes entières non décortiquées qui te regardent avec leurs yeux exorbités, servies sur du riz trop cuit, pour ne pas dire brûlé, non merci!), mais la fiesta à l'espagnole, elle, me convient parfaitement! Vers une heure du matin cependant, je tiens à peine debout et je décide de rentrer. De toute façon, j'ai déjà perdu de vue la moitié de mes copains. De retour à l'auberge, je croise quelques personnes dans la salle commune, en train de pianoter sur leur ordinateur ou de prendre un verre. Les yeux dans la graisse de bines, je monte à ma chambre en vitesse. En ouvrant la porte, je constate que Channing Tatum ne sera pas mon *rebound*! Il est déjà TRÈS occupé avec Kelly... ou peut-être est-ce Brenda? Bref, je ne reste pas là! En fait, j'en ai pour une bonne heure avant de pouvoir revenir. Finalement, ça peut être chiant, les auberges de jeunesse! Même quand tu penses pouvoir oublier que t'es seule, il y a toujours un petit couple pour te rappeler que toi, tu n'as personne dans ton lit. Je redescends donc à la salle commune, à la recherche d'un divan confortable. À moitié dans les vapes, je commande d'instinct un café en français avant de me reprendre, cette fois, en spanglish.

— Toi aussi, ça joue aux fesses dans ton coin? me demande un gars que je n'avais pas remarqué la première fois que j'ai traversé la pièce. Je t'ai vue passer tantôt et t'avais l'air d'une fille qui allait se coucher.

— C'est pas mal ça, en effet, dis-je en m'assoyant à côté de lui. La joie des chambres mixtes, quoi. Moi, c'est Rosalie, et toi?

— Alexandre. Alors, ça fait longtemps que t'es ici?

Parle parle, jase jase, j'apprends qu'Alexandre est originaire d'une petite ville près de Québec, mais qu'il vient d'emménager dans ma région pour le travail. Belle coïncidence! Même s'il a commencé à travailler il n'y a que quelques mois, son patron lui a accordé un congé d'une durée indéterminée à la suite du décès de son père, après une longue maladie. Comme il est ici pour passer à autre chose et qu'il en va de même pour moi, nous convenons de ne pas parler de nos vies au Québec. Plus on discute et plus je l'adore, cet Alexandre. Sa tête me dit quelque chose, mais c'est le cas chaque fois que je croise un beau mec: ils me rappellent toujours un acteur ou manne-quin que j'aurais vu dans un magazine.

— Eille, il est rendu trois heures du matin! que je m'exclame en voyant l'horloge. Mes yeux ferment tout seuls, je suis claquée. Je vais me coucher. Tant pis s'ils ont pas fini!

— Je vais faire la même chose, je crois. Ah oui, demain, j'ai l'intention d'aller me promener dans le parc Güell. Est-ce que ça te dirait de venir avec moi? Je pars en fin d'avant-midi et je pensais pique-niquer là-bas.

— Pourquoi pas, que j'accepte en bâillant. Je te rejoins ici vers onze heures?

— Marché conclu!

Maudits bas jaunes !

Dix minutes avant l'heure de notre rendez-vous, Alexandre est déjà dans la salle commune. Seigneur ! Je dormais vraiment au gaz hier pour ne pas avoir remarqué qu'il est vraiment beau ! Ce n'est pas Brad Pitt (qui est déjà pris de toute façon !), mais il dégage une assurance plutôt sexy. Un beau châtain avec une barbe naissante et un sourire irrésistible… assez mon genre, ça ! Bon, hier, je trouvais notre conversation intéressante ; voyons si ce sera toujours le cas aujourd'hui.

Nous nous arrêtons en chemin pour acheter de quoi manger en haut de la montagne. J'ai souvent entendu parler du parc Güell et j'ai bien hâte de voir si c'est aussi génial qu'on le dit. J'aurais cru qu'à cause de notre résolution de ne pas parler de notre vie au Québec, nous n'aurions rien à nous dire, mais c'est loin d'être le cas. Alexandre me raconte son séjour de quatre mois au Sénégal, où il était bénévole pour un organisme d'aide humanitaire dans un petit village.

— Ma mère a capoté durant les premières semaines de mon voyage. Elle m'imaginait mort de la typhoïde ou kidnappé par des rebelles. Une chance que je lui ai pas parlé de la tourista que j'ai attrapée, sinon elle aurait sûrement contacté les autorités pour me faire rapatrier au Canada. J'ai dû perdre vingt livres en une semaine et demie ! Je sais pas si tu as déjà eu ça, mais ça peut être assez intense.

— M'en parle pas ! Je suis toujours en rémission de la mienne !

Je rêve ou je suis en train de parler de mes intestins avec un gars (beau en plus !) que je connais depuis moins de vingt-quatre heures ? Bah, c'est lui qui a commencé. Ça promet !

Maudits bas jaunes!

Malgré qu'il fasse vingt-huit degrés, l'ascension du parc Güell se passe bien. Nous nous arrêtons à quelques reprises pour admirer le paysage et les différentes plantes qui délimitent le chemin. La vue du derrière d'Alexandre n'est pas pour me déplaire non plus. Il a vraiment de belles fesses… Nous dînons sur une des tables de pique-nique disponibles. J'imaginais qu'un parc aurait une grande surface de pelouse où nous nous serions arrêtés, mais il semble qu'ici ce ne soit pas le cas. N'empêche, l'endroit est magnifique. Le sommet nous offre une vue imprenable sur Barcelone et la Méditerranée.

Le temps de prendre quelques photos et de manger, nous redescendons par un autre sentier dans le but d'aller visiter la petite maison de Gaudí, l'architecte du parc. À mi-chemin, je m'arrête pour photographier la Sagrada Família, splendide cathédrale qu'il a laissée inachevée. Alexandre me propose de lui donner mon appareil pour que je puisse être du paysage. Jouant le jeu, je recule entre les arbres et m'assieds pour prendre la pose.

— Ayoye! Bâtard de marde!

— Ben voyons, qu'est-ce qu'il y a? me demande Alexandre.

— Je pense que je viens de m'asseoir dans des pic-pic (aucune idée du bon terme, j'ai toujours appelé ça comme ça!). Eille, ris pas! que j'ajoute en voyant mon compagnon plié en deux.

— Tu les avais pas vus?

— D'après toi? Bon, reste pas là et viens m'aider à me relever, je veux pas me mettre les mains dedans.

Je dois patienter quelques instants, le temps qu'Alexandre finisse de rire, avant de pouvoir m'extirper de ma fâcheuse position. Je ne suis toutefois pas sortie du bois, autant au sens propre qu'au sens figuré! J'ai des épines plantées dans mon short, dont certaines se sont rendues jusqu'à mon postérieur. Alexandre aussi les a remarquées…

— Euh, tu veux que je t'aide à les enlever? me propose-t-il en souriant devant l'incongruité de la situation.

— Je pense que j'ai pas trop le choix, dis-je en me demandant si je dois être mal à l'aise ou contente de me faire tripoter les fesses par un beau mec.

Ce qu'il peut y en avoir, des épines, dans un pic-pic! J'ai la face d'un gars dans mon postérieur depuis une bonne dizaine de minutes et la seule chose à laquelle je pense, c'est qu'il ne faut surtout pas que je pète. Pas que je souffre de problème de flatulences normalement, mais on dirait que c'est toujours dans des moments comme ça que ça arrive.

Une chance que je traîne toujours mon petit nécessaire contenant une pince à sourcil avec moi, sinon on y serait encore demain! Quoique j'aie bien l'impression que l'opération demande plus de temps que nécessaire… Alexandre semble prendre beaucoup de plaisir à la tâche et, malgré mon malaise, je dois avouer que ses mains habiles ne me laissent pas complètement indifférente. En tout cas, ça va m'en faire une bonne à raconter aux filles!

Au retour, je décide de prolonger mon séjour à Barcelone de quelques jours. J'ai donc l'occasion de visiter la Sagrada Família, la Casa Milà, le vieux Parc olympique, le Poble Español, les boutiques de la Rambla et la plage, bien entendu; parfois avec Alex, parfois avec mes cochambreurs, parfois seule. Je dois avouer qu'une belle complicité s'est développée entre Alexandre et moi, et que ce n'est peut-être pas étranger à ma décision de rester. Pouvait-il en être autrement après une conversation sur le flux et un arrachage de pic-pic dans le postérieur?

Maudits bas jaunes!

J'ai parfois – OK, souvent! – l'impression que nous flirtons, mais aucun « rapprochement » n'a encore eu lieu. Ça viendra peut-être... Pour l'instant, nous avons seulement fait l'amour deux ou trois fois... dans mes rêves! Pour la première fois depuis une éternité, je suis parfaitement zen. Bon, j'exagère un peu. Disons que je me sens détendue. Alexandre est beau, gentil, cultivé et drôle. En plus, il habite dans ma région. Alors, s'il ne se passe rien maintenant, rien ne presse; on aura toujours l'occasion de se reprendre plus tard! Wow, Rosalie, je suis fière de toi!

Je m'apprête à passer ma dernière nuit à l'auberge, mais je ne sais toujours pas ce que je ferai demain. J'adore Barcelone, mais, après une semaine, je suis prête à aller ailleurs. Je discute avec Alexandre pour connaître ses plans. Cela me donnera peut-être des idées.

— Tant qu'à être en Espagne, j'avais pensé aller prendre du bon temps en Andalousie, me confie-t-il.

— Ah oui, l'Andalousie! En fait, non, j'ai aucune idée de quoi tu parles, désolée.

— C'est le sud de l'Espagne: Malàga, Grenade, les belles plages. Je pensais passer une dizaine de jours là-bas. J'ai trouvé un petit appartement à louer à deux pas de la plage. Vraiment pas cher, en plus!

— Ouah! C'est tout un plan que t'as là! Je suis jalouse.

— Viens avec moi! Y a qu'une seule chambre, mais y a aussi un divan-lit. On partagera le coût de l'appartement et on tirera le lit au sort! Mon vol est demain soir. Il reste peut-être de la place.

La proposition d'Alexandre est plus que tentante. Ce serait une belle occasion de continuer à visiter l'Espagne à un prix moindre que si je le faisais seule. En plus, j'aurais quelqu'un (et pas n'importe qui !) avec qui partager tout ça. Mais si on finissait par se taper sur les nerfs ? Ou, pire, si je me mettais à l'aimer un peu ? J'estime rapidement l'heure qu'il doit être au Québec et décide de faire une tentative de clavardage avec les filles. Marine est là. Je lui fais part de la proposition que j'ai reçue et lui demande son avis.

Marine

Je comprends pas ce qui t'empêche de sauter sur une chance comme celle-là, Rosalie.

Rosalie

Jusqu'ici on s'entend bien, mais ça peut changer du tout au tout si on est ensemble tout le temps.

Marine

Dans le pire des cas, tu feras des activités toute seule. C'est juste une semaine.

Rosalie

T'as raison. Mais si je tombais amoureuse de lui ?

Marine

Il serait où, le problème, dans ce cas ? Tu es célibataire et, en plus, il habite dans notre coin ! Je pense même que ce serait une très bonne chose que ça arrive !

Rosalie

Ouais, bon, achète pas ta robe de demoiselle d'honneur tout de suite !

La conversation s'achève sur les dernières nouvelles concernant sa cohabitation avec Xavier et les grossesses de Maude et Tommie, qui se déroulent très bien. J'adore avoir l'avis de Marine quand vient le temps de prendre des décisions importantes (d'accord, ce n'était pas nécessairement une question de vie ou de mort…). Elle arrive toujours à relativiser mes craintes, et ce que je dois faire m'apparaît ensuite clairement. Je demeure en ligne et réserve le dernier siège disponible sur le vol de demain soir. D'ici là, je vais aller profiter des petites terrasses de la Rambla une dernière fois.

Il y a finalement deux vols chez deux compagnies aériennes différentes qui offrent la liaison Barcelone-Malàga. Je me retrouve donc à attendre Alexandre au terminal, puisque c'est lui qui a l'adresse de l'appartement et le numéro du propriétaire. Je passe ainsi une grosse demi-heure à me demander si j'ai fait la bonne affaire. Je déteste tellement cette manie que j'ai de toujours me remettre en question! C'est assez épuisant!

L'apparition d'Alexandre enlève tout doute à mon esprit. En l'attendant, en blague, j'ai bricolé une pancarte avec son nom. C'est donc avec un grand sourire qu'il vient à ma rencontre.

— T'es vraiment nouille!

— Ben quoi? J'avais peur que tu partes avec une belle inconnue et de me retrouver comme une sans-abri!

— Je l'ai déjà, ma belle inconnue, pas besoin d'une autre, réplique-t-il avec un clin d'œil.

Je fonds. Réagis, Rosalie! Non, là, je fonds. Il est donc bien chouuuuuuuuuuuuu! Avec ses yeux, ses mains, son sourire, sa mâchoire… J'échappe mon sac à dos sur son pied. Je reviens à moi. Je m'excuse et nous nous rendons à la sortie pour prendre un taxi. Bon, je le trouve beau (sexy, oui!), il me trouve belle. Les éléments sont réunis pour une amitié améliorée… À suivre.

L'appartement est génial. C'est finalement moi qui ai gagné la chambre, d'où j'ai une vue incroyable sur la Méditerranée. Toutes les pièces sont immenses, sauf la cuisine. Ça va jouer du coude! Au moins, notre première chicane de couple ne sera pas causée par mon occupation de la salle de bain : il y en a deux ! Mais qu'est-ce que je dis là ? Maudites hormones !

Même s'il est maintenant vingt-deux heures, il fait encore vingt-huit degrés dehors. Nous n'avons pas eu le temps de souper avant de quitter Barcelone, donc, immédiatement après avoir déposé nos bagages, je me mets en tête de trouver quelque chose à cuisiner. Peut-être les derniers occupants ont-ils laissé de la nourriture non périssable, comme des pâtes !

— Bâtard de marde ! C'est quoi ça ? que je m'exclame en ouvrant l'armoire sous l'évier.

Un restant de sac de patates s'est transformé en l'arbre-maison du film *Avatar*. Je fige. Certains sont claustrophobes, d'autres agoraphobes, moi je suis germes-de-patatophobe. Je sais qu'il faut que je les sorte de là, mais j'en suis incapable. J'ai l'impression que les tentacules continuent de pousser et essaient de m'attraper.

— Qu'est-ce qui se passe ? s'inquiète Alexandre en me rejoignant. Dis-moi pas que la cuisine est infestée d'insectes !

— Pire !! Regarde ! dis-je en brandissant le doigt vers l'objet de ma peur, tout en prenant conscience que je suis en train de faire une folle de moi.

— Derrière le sac de patates ?

— Non, LES patates ! Sors-les d'ici, je t'en supplie, je suis pas capable de toucher à ça.

— Ha ! ha ! ha ! T'as une phobie des germes de patates ! rigole-t-il. Allons, c'est pas si terrible que ça.

— On se croirait dans *Jumanji* !

Maudits bas jaunes!

— Eh bien, j'aurai tout vu! Laissez-moi trouver un sac et je reviens vous sauver, ma princesse!

En moins de temps qu'il n'en faut pour crier « germe de patate », mon preux chevalier est de retour, et l'arbre est évacué et jeté dans la poubelle extérieure. Ma vie est sauve; ce qui est loin d'être le cas pour mon honneur. Je viens probablement de tuer dans l'œuf toute possibilité de « rapprochement » avec mon nouveau compagnon de voyage! Complètement refroidie dans mon idée de cuisiner à l'appartement, je l'entraîne et nous partons à la recherche d'un petit resto qui serait encore ouvert.

Surprise! En fait, ici, les restos viennent à peine d'ouvrir. Un grand choix s'offre à nous. Nous découvrons vite que la plupart des établissements proposent les mêmes plats, à des prix plus ou moins semblables. Quoi? Neuf euros pour une assiette de poisson frais, avec accompagnements et verre de vin? On ne jouera pas du coude dans la cuisine très souvent, selon moi!

Nous optons finalement pour une table sur la plage, où je peux enlever mes sandales et laisser mes orteils explorer le sable. Je laisse Alexandre commander à ma place, le temps de faire un saut à la salle de bain. À mon retour, une étrange assiette trône entre nous deux.

— Ark! C'est quoi, ça?

— Des sardines! me répond fièrement mon nouvel ami.

— Dégueulasse! Tu vas pas manger ça?!

— NOUS allons manger ça.

— Oh que non! La tête est encore après, en plus!

— Justement, on la mange pas. En fait, c'est comme un blé d'Inde. Tu la tiens d'un côté par la queue et de l'autre par la tête, puis tu la gruges des deux bords le long de l'arrête.

— T'es sérieux, là ?

— Allez, Rosalie, je te croyais plus aventurière que ça ! Quoique après l'incroyable péripéties des patates…, ajoute-t-il avant que je lui balance un coup de pied sous la table.

Il n'en faut pas plus pour me convaincre. Je ne veux pas avoir l'air d'une princesse difficile. L'inconvénient de tenir une sardine à deux mains, c'est qu'on n'a plus rien de disponible pour se pincer le nez ! Je ferme les yeux pour ne pas voir Nemo me regarder pendant que je le mange, puis je me lance.

Eh merde, c'est bon ! Le petit côté grillé avec le goût de sel de mer : délicieux. Et, contrairement aux grains de maïs, ça ne reste pas pris entre les dents ! Ça y est, maintenant je vais devoir avouer à Alex qu'il avait raison.

Deux autres plateaux de sardines, nos plats principaux, une bouteille de vin et quelques *shooters* d'un digestif pourtant imbuvable plus tard, c'est en titubant bras dessus, bras dessous que nous rentrons.

— En tout cas, Rosalie, c'est vraiment cool que tu sois venue avec moi, parvient à me dire Alexandre alors qu'il tente de déverrouiller la porte depuis au moins cinq minutes. Il y aura une superbe femme sur toutes mes photos, ajoute-t-il avec le même regard coquin que l'autre jour.

— La proposition était beaucoup trop indécente (*flash-back* d'une scène du film ici…), euh, intéressante, je veux dire, pour que je la refuse.

Maudits bas jaunes !

Heureusement, le futur gendre de mes parents est trop occupé à expliquer à la clé comment entrer dans la serrure pour réagir à mon lapsus. Par contre, de mon côté, comme chaque fois que je bois un peu trop, mes hormones et ma libido tentent de prendre le contrôle.

— *Relaxe, Rosalie, ce n'est que le début de la semaine*, me sermonne ma petite voix intérieure.

— *Non mais, t'as vu à quel point il est sexy avec son début de barbe* (ah, mais qu'est-ce que j'ai avec les maudites barbes naissantes !), *son torse musclé et ses fesses… mmmmm ses fesses ? Saute-lui dessus !* me crie mon petit démon, beaucoup plus fort.

Mon petit démon alcoolisé l'emporte. Tant pis pour les conséquences ! J'arrache les clés des mains d'Alex, ouvre la porte en moins de deux, le tire à l'intérieur et me jette littéralement sur lui. Pendant une fraction de seconde, tout s'arrête. Une fraction de seconde au cours de laquelle je panique un peu à l'idée d'avoir mal interprété les signaux. Finalement, ce n'était que l'effet de surprise, car mon futur amant (wouhou !!!!) répond à mes avances avec ardeur. Il se met à m'embrasser dans le cou tout en plaquant ses mains sur mes fesses. Il me soulève ensuite et me transporte jusqu'à ma chambre, mes jambes autour de sa taille. Ça, j'avoue que j'aime moins ; il titube juste assez pour me faire craindre tous les cadres de porte.

— Il est un peu tard pour préparer le divan-lit, tu trouves pas ? souffle-t-il.

— Reste avec moi, alors, que je propose avec un air coquin.

Alors qu'il s'apprête à délaisser mon cou pour enfin embrasser mes lèvres, je me rappelle que je viens d'avaler une dizaine de sardines. Ark, non ! Je ne peux pas lui faire subir mon haleine de poisson pour notre premier baiser ! Je le repousse gentiment sur l'autre côté du lit en lui demandant d'attendre, le temps que j'aille à la salle de bain. Quatre minutes quinze secondes : brossage de dents, retouche de mascara, application de baume à lèvres et de déodorant et mini lavage de pieds (j'ai toujours peur de puer des pieds !).

Tout cela en vain, car, à mon retour, les ronflements d'Alex me font comprendre qu'il demeurera mon futur amant pour au moins encore une journée. C'est fou comme les vapeurs de l'alcool peuvent te désamorcer la libido à une vitesse phénoménale, parfois ! J'enfile néanmoins ma chemise de nuit sexy (seule folie que je me suis permise à Paris, dans une boutique de lingerie) et place mes cheveux de façon à être super belle s'il vient à sortir de son coma un jour.

En ouvrant les yeux le lendemain, je constate qu'Alexandre est déjà réveillé et qu'il m'observe en souriant. Je ne suis plus du tout dans la position dans laquelle je m'étais couchée : mes cheveux sont tout ébouriffés, ma chemise de nuit, fripée et, comble de malheur, un filet de bave coule le long de ma joue. Bâtard de marde !

— Bon matin, beauté ! Bien dormi ? me demande-t-il alors que je me retourne pour essuyer discrètement ma joue et faire un petit « test d'haleine ».

— Je dirais que oui, et toi ?

— Un peu trop bien. Je pense que j'ai légèrement abusé. Euh… je sais pas trop comment te demander ça, mais…

— On n'a pas couché ensemble, si c'est ce que tu veux savoir. En fait, on s'est même pas embrassés (mensonge !), que j'ajoute en commençant à craindre la tournure des événements.

— Ah ! dit-il, soulagé. Je m'en serais voulu de pas m'en souvenir ou, pire, d'avoir été désagréable si t'avais pas été intéressée. En fait, j'ai le goût de t'embrasser depuis le premier soir à Barcelone, si tu veux tout savoir.

Maudits bas jaunes!

Soulagement. Joie. Non, MÉGA JOIE! C'est l'homme de ma vie! Du calme, Rosalie, du calme. Profite du moment présent, pis il arrivera ce qui arrivera. Oublie pour l'instant que c'est peut-être l'homme de ta vie et concentre-toi sur le fait que là, c'est l'homme de ta semaine. On va commencer par ça.

— Dans ce cas, prouve-le! réussis-je à lui répondre avec un grand sourire.

— À vos ordres, madame! Ah, mais... Attends, je vais me passer un petit coup de brosse à dents. Je me souviens quand même d'avoir mangé des sardines hier...

Oh que j'ai bien fait d'être patiente. On est loin de mon premier *french* au secondaire. C'était avec Pascal Delisle, mon voisin de case, à l'école, entre deux rangées dans la bibliothèque. Maude et Marine montaient la garde des deux côtés. C'était maladroit, nous ne savions que faire de nos bras et chacun essayait de trouver la technique pour mettre la langue dans la bouche de l'autre. Bref, là, ça n'a rien à voir.

Les baisers d'Alexandre s'avèrent très doux et sa langue, plutôt experte. Ses mains exercent une pression dans le creux de mon dos, ce qui me donne l'impression que nos corps fusionnent malgré la présence de nos vêtements. Je réponds à son étreinte avec la même passion. À vrai dire, je suis à la veille de ne plus être capable de me contenir; il n'y a pas que mes lèvres qui soient en feu!

Dieu merci, le charme ne se rompt pas lorsque nos bouches finissent par se séparer. Même si un moment aussi intense entraîne souvent un malaise, nous affichons tous les deux un petit sourire niaiseux de béatitude. Je file sous la douche et, lorsque j'émerge enfin de la salle de bain, le déjeuner est déjà prêt.

— Mais où t'as trouvé tout ça? que je m'exclame.

Maudits bas jaunes!

— Hier, j'ai remarqué une petite pâtisserie en face et je suis allé y faire un tour pendant que t'étais sous la douche, m'explique-t-il en s'approchant pour me voler un baiser.

— Mmmmm, ça sent super bon, merci beaucoup!

Je ne sais pas pourquoi, j'ai la chanson de Ginette Reno dans la tête: « ♩ Je t'offrirai ♩ des croissants de soleil pour déjeuner ♩».

— Qu'as-tu envie de faire aujourd'hui? que je lui demande entre deux bouchées de croissant.

— On pourrait aller visiter le centre-ville ce matin, faire quelques courses et aller à la plage cet après-midi. Qu'en penses-tu?

— Excellente idée!

Le plan semble parfait… jusqu'à ce qu'on arrive à la plage.

— Y a vraiment pas grand monde à la plage pour un samedi, me fait remarquer Alexandre.

Nous comprenons vite pourquoi. En à peine cinq minutes, je me suis tournée trois fois de côté.

— J'ai l'impression d'être un méchoui, que j'avoue, le visage en sueur.

— C'est fou comme il fait chaud. J'irais me baigner, mais je suis certain que mes pieds vont fondre si j'ose marcher sur le sable.

— On s'en va?

— Oui, madame!

Et ce fut notre après-midi à la plage de Malàga! J'ai au moins appris un truc: quand tu vas à la plage un samedi et que tu n'y vois pas de «locaux», c'est que ce n'est pas du tout le bon moment!

Maudits bas jaunes!

Alex en profite donc pour faire une sieste, et moi, pour écrire à mes parents et à ma sœur. Je rassure d'abord les premiers sur l'identité de mon accompagnateur ; ce n'est pas un ex-détenu ni un fédéraliste (en fait je n'en ai aucune idée, mais ça va amadouer mon père). Je demande à Léa des nouvelles des préparatifs pour le mariage et de l'écriture de ses vœux. J'envoie ensuite un courriel à Maude pour savoir comment se porte Pesto, de qui je commence à m'ennuyer. Néanmoins, je suis certaine que Jordan s'en occupe très bien et que mon cochon d'Inde profite allègrement de ses vacances.

— De quoi as-tu envie pour souper ? me demande Alex à son réveil.

— Je sais pas trop. On pourrait aller au centre-ville, j'ai lu qu'il y avait plusieurs petits restaurants de tapas.

— J'achète ! Mais on attend que le soleil se couche. J'en ai pris suffisamment pour aujourd'hui !

C'est parfait pour moi, je vais avoir le temps de me faire toute belle. L'avantage, quand on voyage léger, c'est qu'il est impossible de perdre une heure à se demander ce qu'on va porter. Ce sera donc minijupe et camisole avec un maquillage léger. Ma seule fantaisie sera le vernis à ongles que j'ai acheté au marché tout à l'heure. Je prends le temps de me coiffer avant de l'appliquer. J'opte pour un chignon négligé afin de laisser ma nuque dégagée (à la fois pour éviter la chaleur et pour me donner un petit côté sexy).

La variété de tapas que nous commandons est impressionnante. Pour le même repas au Québec, nous aurions probablement payé le triple. Les sujets de conversation ne manquent pas, mais la tension sexuelle qui règne fait en sorte que tout est un peu décousu.

— J'allais essayer un pub différent tous les jours quand j'étais là-bas, dit Alexandre.

Maudits bas jaunes!

— Moi aussi, que je me contente de répondre, complètement distraite par sa jambe qui ne cesse de se frotter à la mienne.

— Ah, je savais pas que t'étais déjà allée en Irlande, s'étonne-t-il.

— Quoi? Non, j'y ai jamais mis les pieds. C'est juste que t'arrêtes pas de me déconcentrer! que je me «plains».

— Moi? Mais j'ai rien fait! se défend-il sans grande conviction. Si je voulais vraiment te rendre folle, je commencerais plutôt par mettre ma main ici, ajoute-t-il en touchant si délicatement ma nuque qu'un long frisson parcourt mon corps.

— Ffffffffffff, que je soupire.

— On y va?

Nous rentrons à l'appartement en bus. Cette fois, ni l'un ni l'autre n'avons trop bu ni ne sommes trop fatigués…

J'ignore lequel de nous deux a pensé à fermer la porte, mais nos vêtements mettent très peu de temps avant de se retrouver sur le sol. J'ai laissé aux mains habiles d'Alexandre le soin de me déshabiller avant d'en faire autant pour lui. Ses caresses sont douces, tandis que ses baisers démontrent une ardeur qui me laisse envisager la suite des choses avec beaucoup de plaisir. Le faisant languir un peu, je m'attarde à découvrir chaque parcelle de son corps parfait. Je laisse mes doigts parcourir son dos et ses fesses alors qu'il se penche sur moi pour mieux m'embrasser. D'une main, il emprisonne ensuite mes poignets pour que je puisse pleinement profiter de ce qu'il compte me faire de l'autre. Je n'aurais jamais pensé baptiser un appartement qui ne m'appartenait pas! Finalement, la cuisine n'est pas si petite que ça…

Oh seigneur! C'est un dieu. Je crois que je peux maintenant écrire un livre sur les meilleures pièces où faire l'amour. Ironiquement, nous avons terminé par le divan-lit, ouvert à moitié. C'était parfait sur le coup, mais là, j'ai une barre dans le dos et ça commence à être assez inconfortable. Je laisse Alexandre dormir et prépare le café. Je m'installe sur le balcon et profite du sommeil de mon étalon pour écrire aux filles.

Rosalie

¡Hola chicas! La vie dans le sud de l'Espagne est super. Il fait très chaud, un peu trop même. Je suis ici encore pour une ou deux semaines, ça va dépendre de mon humeur. Il faut absolument que je vous dise: Alexandre et moi, ça clique trop! Il est drôle, gentil, attentionné... et incroyablement bon au lit! Ha! ha! Hier, un peu plus et on faisait ça *live* sur le plancher du restaurant tellement la tension était palpable. Sérieux, les filles, je veux bien rester calme et rationnelle, mais là, je capote! Ce n'est pas une histoire ordinaire que je vis là. J'pense que je suis amoureuse! Je vous entends déjà me dire de ne pas aller trop vite, mais, si vous pouviez le voir, je vous jure que vous comprendriez! Bon, je vous laisse. Bisous aux futurs bébés! Donnez-moi de vos nouvelles!

Rosa xx

Ce n'est pas comme au lendemain de ma première nuit avec Justin; il n'y a aucun malaise. Je lui tends une tasse de café qu'il s'empresse de déposer sur la table du salon pour mieux m'enlacer et m'embrasser. Se faire bécoter dans le cou quand on a une vue sur la mer, c'est assez parfait comme moment matinal!

— Mmmm, t'es très belle le matin, Rosalie.

— Et toi, toujours aussi séduisant, que je susurre en me retournant pour lui faire face.

— T'as envie de faire quoi aujourd'hui?

Maudits bas jaunes!

— Si je te dis que je resterais bien au lit avec toi toute la journée, ça fait de moi une mauvaise voyageuse?

— Au contraire, je crois que passer une journée au lit avec toi est un incontournable de l'Andalousie. Je vais explorer ton corps au lieu des plages des alentours. Bien plus excitant!

Pendant qu'Alexandre est sous la douche, je fais un saut à la pâtisserie pour prendre de quoi nous sustenter entre deux… siestes. La suite n'est plus qu'un *remake* de la nuit précédente, avec un peu plus de dodos en cuillère, puisque le sommeil nous a cruellement manqué.

Les jours suivants, c'est main dans la main que nous nous promenons sur les plages des environs (le matin, bien sûr!). Nous passons une journée à l'est, à Marbella, pour visiter les petites maisons blanches typiques de la région, et une autre à l'ouest, dans la ville de Nerja. Chaque fois, nous revenons à Malagà en fin de soirée et sortons ensuite souper soit en bord de mer pour les sardines et les assiettes de poisson, soit au centre-ville pour découvrir de nouveaux tapas.

Alexandre me propose de quitter l'appartement le temps d'un petit week-end à Tarifa, la pointe sud de l'Espagne, d'où on peut voir les côtes du Maroc. Un voyage à l'intérieur d'un voyage? Pourquoi pas! Tout est si simple et si naturel avec Alex. Nous avons toujours de quoi discuter et, lorsque nous ne parlons pas, les silences sont tout sauf lourds. Ç'avait pris des mois avec Sébastien pour en arriver à une telle relation. Comme toujours, je suis trop vite en affaires, mais là, ça fait trois jours que je me retiens de lui dire les mots magiques. Amour de voyage peut-être, mais amour quand même! Bref, je nous réserve une chambre dans une auberge à Tarifa; une chambre avec un seul lit, bien sûr…

Maudits bas jaunes!

Quand six heures dans un autobus avec des sièges inconfortables et sans air conditionné se révèlent agréables parce qu'il s'agit d'une belle occasion pour se coller et se chamailler gentiment, c'est signe que deux personnes sont faites l'une pour l'autre. Selon moi, en tout cas! Les filles ont aussi l'air emballées par mon histoire, si j'en crois le message commun qu'elles m'ont laissé après un souper de groupe:

> Wow, Rosa! C'est vraiment excitant tout ça! C'est vrai qu'avec un tel décor, ça doit être difficile de ne pas tomber amoureuse. Mais ne t'en fais pas trop avec ça, laisse les choses aller et profite bien du temps que vous passez ensemble. Ça ne sert à rien de te poser mille questions pour le moment. Cela dit, on espère avoir la chance de le rencontrer, ton Alexandre! Amuse-toi et fais l'amour au max! Ha! ha! On t'aime et on s'ennuie xxx

Au retour, nous décidons de faire un arrêt à Gibraltar, petite ville en bord de mer appartenant au Royaume-Uni. Nous nous amusons à prendre des photos dans les fameuses cabines téléphoniques rouges. Ça doit être assez spécial de vivre ici. Les gens parlent anglais, utilisent la livre comme unité monétaire et vivent à l'anglaise. Ils bénéficient toutefois d'un climat beaucoup plus chaud et vraiment moins pluvieux que celui de l'Angleterre. Dommage que ce territoire fasse partie de l'Union européenne, j'aurais bien aimé ajouter une étampe à mon passeport!

Lorsque nous revenons à l'appartement après notre escapade à Tarifa, je constate que, mine de rien, nous avons passé une semaine complète ensemble sans nous taper sur les nerfs. Au contraire, il nous est naturel de nous promener main dans la main, de nous embrasser à chaque coin de rue et de communiquer sans même prononcer un mot. Puisque nous avons passé plus de temps que prévu à faire l'amour (quel dommage!), nous n'avons pas pu visiter tout ce que nous voulions voir. Alex a donc renouvelé la location de l'appartement pour une autre semaine.

— Ça dérange pas ton patron que tu prolonges ton congé ? que je lui demande, pour avoir une idée du temps que nous avons encore devant nous.

— En fait, c'était pas la meilleure période pour partir, étant donné que l'été est une saison très occupée, mais il comprend la situation. En plus, son neveu, qui étudie justement en génie, est bien heureux d'avoir un genre de stage rémunéré.

— Pas trop stressant de rentrer dans ce cas ! C'est quoi, ta job, au juste ?

— Je suis ingénieur électrique. Je supervise surtout des projets en construction. Je travaille en collaboration avec les techniciens et les autres ingénieurs, et je rencontre les clients lorsqu'il y a des ajustements à apporter.

Fin de la parenthèse sur notre vie québécoise. J'en déduis que, si ça continue de bien aller ainsi, je ne passerai pas la fin de mon voyage seule. Durant le trajet en autobus, j'ai calculé qu'il faudrait que je rentre chez moi d'ici deux semaines si je veux aider Léa avec les derniers préparatifs du mariage et son enterrement de vie de jeune fille. J'en discute avec Alexandre, afin de savoir quels sont ses plans à la fin de la location.

— Alex, j'ai quelque chose à te dire, mais si ça te convient pas, je vais comprendre.

— Chut ! C'est moi qui voulais te le dire en premier !

— Hein ?

— Je t'aime, Rosalie.

Maudits bas jaunes!

Bruit de criquets? Non, mais bruit des vagues au loin, par contre. Il m'a complètement surprise avec sa déclaration! Je suis plantée là comme une conne avec la bouche ouverte pendant qu'il attend une réponse de ma part, affichant son sourire irrésistible et ses petits yeux de chat.

— Merde, désolé, c'était peut-être pas ça que tu voulais me dire, reprend-il alors que je suis encore bouche bée. Je suis vraiment con, c'était prématuré.

— Non! C'est pas ça. C'est juste que c'est la première fois qu'un gars me dit « je t'aime » en premier. J'appréciais le moment, c'est tout, que je tente de le rassurer en sortant enfin de mon mutisme. Ça fait des jours que je le pense aussi.

S'ensuit une série de baisers plus intenses les uns que les autres. Ça goûte tellement meilleur quand c'est fait avec amour! Évidemment, ça dégénère et on oublie vite l'idée de passer la journée à l'extérieur pour visiter! D'ailleurs, il n'y a pas que les baisers qui goûtent meilleur dans les circonstances…

— Tu voulais me dire quoi au juste, tout à l'heure? me demande Alexandre alors que je cherche encore mon souffle à la suite de notre troisième round, plus acrobatique que les précédents.

— Je dois rentrer au Québec dans deux semaines et je voulais savoir si t'avais envie de passer ma dernière semaine européenne avec moi.

— C'est sûr! Je suis même un peu déçu que tu restes pas plus longtemps.

— Mais on va pouvoir se retrouver à ton retour!

— C'est vrai.

Maudits bas jaunes !

Je ne suis pas certaine de bien décoder le ton de sa réponse. Est-ce qu'il dit ça parce qu'il trouve ça long avant qu'on se revoie ou parce qu'il avait oublié qu'on allait sûrement se recroiser au Québec ? Ne sois pas négative, Rosalie ! Il t'a dit qu'il t'aimait, qu'est-ce que tu veux de plus ? Tu as raison, chère petite voix intérieure. Rien ne m'empêche cependant de rester prudente et d'essayer, je dis bien *essayer*, de ne pas me faire des scénarios de fiançailles, de bébés et de quarantième anniversaire de mariage tout de suite.

— J'aurais aimé terminer mon voyage avec toi, c'est tout, s'empresse-t-il d'ajouter devant mon air interrogateur.

— Quand pensais-tu revenir ?

— Rien n'est encore certain, mais j'avais l'intention d'aller passer une quinzaine de jours en Jordanie et de rentrer au Québec vers la mi-août.

Oh ! Se pourrait-il que ma résolution de ne pas être célibataire au mariage de ma sœur ait abouti alors que je n'y songeais même plus ? Bon, il faut d'abord que l'état de grâce dans lequel nous baignons persiste durant les deux prochaines semaines et survive jusqu'à son retour. N'empêche que c'est vraiment excitant !

— Super, comme destination ! que je m'exclame une fois sortie de ma rêverie.

— J'ai toujours voulu y aller. Mais, pour l'instant, c'est dans notre chambre que j'ai le goût de t'emmener, réplique-t-il en faisant tourner mon soutien-gorge au-dessus de sa tête. La table de salon est pas mal, mais le lit serait plus confortable pour ce que j'ai envie de te faire.

— À vos ordres, dieu du sexe !

Maudits bas jaunes!

— On va où, la semaine prochaine? me demande mon amoureux. De quoi as-tu envie: plages, forteresses, vignobles, bouffe?...

— À vrai dire, j'avais pensé aller en Italie visiter mon amie Serena. On aurait un peu de tout ce que tu viens d'énumérer, puisqu'elle habite dans le sud du pays.

— Tu peux lui demander si elle accepte que tu viennes accompagnée?

— C'est un peu déjà fait. Je lui ai parlé sur Internet hier pendant que t'étais parti au marché, et elle est très emballée. Il me reste juste à lui confirmer notre heure d'arrivée.

Et voilà, tout est réglé! Avec l'accord d'Alexandre, je m'occupe d'acheter nos billets d'avion pour l'Italie et j'en profite pour régler les détails de mon vol de retour. J'envoie un message à ma famille et aux filles pour leur faire part de ces derniers développements. Mes parents m'invitent à souper à la maison à mon arrivée. Mon père veut absolument savoir si j'ai des demandes culinaires spéciales et me répète à quel point il a hâte de me voir et de découvrir mes photos de voyage. J'écris aussi directement à ma sœur, pour lui demander de garder une place supplémentaire à ma table, dans l'éventualité où je viendrais au mariage accompagnée. Quant aux filles, comme je leur ai annoncé l'échange des mots magiques entre Alex et moi, elles ont encore plus hâte que je revienne pour connaître les détails de mon aventure. En attendant, j'entends bien profiter de chaque seconde du reste de mon séjour outre-mer.

Maudits bas jaunes!

Nous passons les jours suivants à la plage, en avant-midi et en fin de journée. Entre les deux, nous revenons à l'appartement pour la *siesta*... ou pour une petite séance « d'exercices »... suivie d'une *siesta*! La journée précédant notre départ pour l'Italie, nous partons explorer Grenade.

Après avoir visité la ville, nous nous attaquons à la forteresse de l'Alhambra, site appartenant au patrimoine mondial de l'Unesco. Alexandre a la « bonne » idée de proposer qu'on s'y rende en Segway. Je me demande ce qui m'a pris d'accepter. Malgré le petit cours accéléré donné par un ado qui a dû faire les X Games avec l'engin, j'ai encore l'air de souffrir de terribles spasmes incontrôlables. Soit je me penche trop par-devant, soit je tourne trop brusquement, soit je trébuche tout en étant trop épaisse pour lâcher les poignées afin que l'appareil s'immobilise. Bref, le constat est assez simple à établir :

— Plus jamais! que je m'exclame après être parvenue de peine et de misère à stationner mon instrument de torture roulant près de l'Alhambra.

— Mais non, voyons, t'étais bonne, parvient à articuler Alexandre entre deux fous rires.

— Très drôle. Tu parles de la fois où je suis rentrée dans le bloc de ciment ou de celle où j'ai dû crier à tout le monde de s'écarter parce que j'avais pris le mauvais trottoir?

— Mais de ni l'une ni l'autre, chérie! Je faisais référence au brio avec lequel tu as réussi à te sortir de l'immense buisson dans lequel tu t'étais engouffrée!

— C'est pas ma faute. C'est le guide qui m'a montré où aller!

— Il voulait nous montrer le monument DERRIÈRE le buisson!

Maudits bas jaunes !

— Ben moi, j'ai rien vu de tout le trajet, j'étais beaucoup trop concentrée à rester en vie. J'ai des écorchures partout ; il était épineux en bâtard, le maudit buisson !

— Bon, bon, bon. Viens ici que je m'occupe de tes blessures, dit mon *king* du Segway en m'attirant dans ses bras.

— Oui, tu ferais mieux, que je réponds en l'embrassant. À propos, est-ce que j'ai rêvé ou tu m'as appelée « chérie », tantôt ? que je lui demande avec un sourire.

— Ouais, j'hésitais entre ça et « mon petit chaton ». Je me suis dit que t'aimerais mieux « chérie »… surtout que t'as écrasé la queue d'un chat tantôt, avec ton engin !

— Dahhhhhhhhh ! Alex !

Après avoir visité la forteresse, nous partons en quête un petit resto pour le souper. Nous avons une heure avant le départ de notre autobus pour Malagà. Nous dénichons finalement un pub offrant des *fish and chips* pour presque rien. Avec nos plats, le serveur dépose un petit plateau de dégustation de bières locales, gracieuseté de la maison ! Alexandre lui tend un généreux pourboire.

— *¡Gracias, caballo !* que je m'écrie.

— Oh… hum… *de nada*, dit le serveur, mi-fâché, mi-amusé.

— Voyons, Rosalie ! s'exclame Alex une fois le serveur éloigné.

— Quoi ? J'ai seulement dit « merci, gentleman ».

— Non, ça, c'est *caballero*. Là, tu viens de dire « merci, mon cheval », m'explique-t-il, plié en deux.

— Eh merde !

Maudits bas jaunes !

Serena et son chum sont là pour nous accueillir à notre arrivée à l'aéroport de Brindisi, dans la région de Puglia, le « talon de la botte », comme aime bien l'appeler mon amie. Une fois les présentations faites, nous nous rendons chez elle, à Gallipoli, ville au bord de la mer Ionienne. Alexandre et Giuseppe s'entendant comme larrons en foire, ce dernier emmène mon amoureux jouer au golf, nous laissant seules. Qu'à cela ne tienne, Serena propose que nous allions papoter dans un petit café typiquement italien. Proposition acceptée !

Comme mes amis nous ont organisé une foule d'activités, la semaine sera assez chargée. Heureusement, quelques après-midi à la plage sont prévus pour nous permettre de relaxer. Une journée les pieds dans la Méditerranée, une autre dans l'Ionienne et une autre dans l'Adriatique, trop génial !

— *Oh boy !* Chérie, va falloir que tu freines tes ardeurs cette semaine ! m'annonce Alexandre le premier soir, lorsque nous découvrons la minuscule chambre d'amis où nous dormirons.

— Ouf ! En effet, TU devras te retenir de me sauter dessus ! que je rétorque. Ils ont beau pas parler français, Serena et Giuseppe auront pas trop de misère à deviner ce qu'on fait, les murs sont en papier.

— Ish ! Une semaine sans te faire l'amour, j'y arriverai pas, ajoute-t-il, comme si ça allait être plus évident pour moi.

— Ce sera l'occasion idéale pour moi de savoir si tu m'aimes vraiment pour ce que je suis et non uniquement pour mes prouesses sexuelles ! que je le taquine.

Maudits bas jaunes!

Le deuxième soir, une fois toutes les lumières éteintes, il entreprend de me faire un massage très personnalisé… si personnalisé que je dois voler son oreiller et me le mettre sur le visage pour éviter de produire un quelconque bruit suspect. Je ne sais pas si c'est à cause des huîtres que nous avons mangées chez l'oncle de Serena, mais jamais me retenir de ne pas aller jusqu'au bout n'aura été aussi difficile. Ne trouvant pas de boîte de mouchoirs à cause de la noirceur, Alex a maintenant une paire de bas en moins…

Chaque soir devient ainsi de plus en plus excitant… et de plus en plus frustrant. Pour notre dernier souper en Italie, avant mon départ pour Montréal et celui d'Alexandre pour Amman, nous invitons nos hôtes au restaurant. Tant qu'à faire, pourquoi ne pas y aller pour un vrai repas italien, c'est-à-dire un minimum de cinq services?! Entrée de prosciutto et melon, filet de sole grillé, linguini carbonara, assiette de fruits, tiramisu et digestif. Mmmmm!

Au milieu du repas, Alex me chuchote d'aller le rejoindre à la salle de bain. Oh mon Dieu! Est-ce que je vais vraiment faire ça? Oh que oui! J'attends une ou deux minutes, m'excuse auprès de nos amis et me dirige en gambadant (d'accord, ça, c'est dans ma tête) vers les toilettes. Alors que j'hésite devant les deux portes, celle des toilettes des hommes s'ouvre et un bras m'empoigne pour me tirer à l'intérieur.

— Qu'est-ce qu'on fait si quelqu'un arrive? Il y a trois autres cabines, que je murmure, à la fois excitée et gênée à l'idée qu'on se fasse prendre.

— C'est pour ça que j'ai barré la porte principale, bébé!

— Et s'il y avait des caméras?

— J'ai vérifié, y en a pas. Et là, t'es en train de tuer la magie!

Maudits bas jaunes!

— Attends un peu, je vais te la ranimer en moins de deux.

C'était peut-être ma première fois dans des toilettes publiques, mais la barre est maintenant haute pour la prochaine! J'en suis à reboutonner mon chandail lorsqu'on cogne à la porte.

— Cache-toi dans une cabine! me souffle Alexandre.

— Et je fais quoi après? T'as même pas remis ton pantalon! que je réplique en riant.

— Je vais trouver une excuse. Attends qu'il y ait plus personne pour sortir, ça va avoir l'air moins louche. Je dirai à Serena et Giuseppe que tu as rencontré un couple de Québécois et que tu es en train de leur vanter les mérites de l'Italie.

— J'ai bien hâte de voir ça!

J'entre en vitesse dans la cabine et Alex déverrouille la porte au même moment. Il baragouine à l'autre homme, en anglais, qu'il a renversé son verre d'eau sur ses pantalons, qu'il est venu les sécher avec le séchoir à main et que c'est pour ça qu'il avait barré la porte. Il se rhabille et sort tandis que l'homme se sert de l'urinoir.

— Deux gars ont chié à côté de moi avant que je puisse sortir! que je lui murmure entre mes dents serrées en revenant enfin à la table.

Je laisse Alexandre s'étouffer avec ses gnocchis pendant que je m'excuse auprès de nos amis pour mon absence interminable. Je ne sais pas encore comment, mais c'est certain que je vais me venger. Il ne perd rien pour attendre; il y en a en masse, des salles de bain de restaurant au Québec! Pour l'instant, je vais me contenter de lui écraser le pied toutes les cinq minutes.

Maudits bas jaunes!

Le lendemain, j'ai le cœur gros en préparant mes bagages. Si nous avons pu tomber amoureux en moins d'un mois, tout peut aussi bien s'effondrer en deux semaines. Les sentiments de Justin ont bien changé du tout au tout pendant sa semaine à Montréal! Et si Alexandre rencontrait un pétard blond aux yeux bleus en Jordanie? Il faut que je me calme avant d'avoir besoin d'un sac en papier pour respirer.

Serena et Giuseppe nous conduisent à l'aéroport. Ils nous invitent à revenir quand nous le voulons et je leur propose la même chose. Quelques embrassades et nous filons chacun à notre comptoir d'enregistrement. Par chance, nous pourrons passer les contrôles et rester un moment ensemble avant de rejoindre nos portes d'embarquement respectives, qui sont à l'opposé l'une de l'autre. Nous allons d'abord de son côté, puisque son vol part en premier. Alexandre nous déniche un petit coin tranquille. Nous ne parlons pas, sinon pour échanger quelques «je t'aime» entre deux baisers.

Les dernières semaines ont été si chargées en émotions. Comment ai-je pu tomber amoureuse dans un délai aussi bref? D'accord, je suis toujours vite en affaires, mais là, c'est différent. Mes sentiments sont bien plus forts, d'autant plus qu'ils sont partagés. Je sais qu'il va penser à moi souvent; il me l'a dit plusieurs fois et je l'ai senti sincère.

Ressentant probablement ma nostalgie et ma peine, mon amoureux resserre son étreinte. Il me caresse le dos tout en m'embrassant sur le front. Seigneur que ses bras protecteurs vont me manquer! Et son rire aussi. Et son regard de braise. Et ses lèvres. Et…

Lorsqu'on annonce l'embarquement (déjà?!), mes yeux se remplissent d'eau. Les siens aussi. Si, d'habitude, je trouve que la file pour monter à bord est trop longue, là, elle est beaucoup trop courte. Nous nous serrons dans nos bras le plus fort que nous le pouvons.

— Je vais tellement m'ennuyer, que je dis, la lèvre tremblante.

— Moi aussi, chérie, mais c'est juste quelques semaines, on va se revoir à mon retour, tente de me consoler Alex.

— Oui, mais si tu rencontrais une autre fille? Ou que tu te rendais compte que tu m'aimes pas?

— Aucun danger. J'ai trouvé ma perle rare, la blonde de mes rêves, et j'ai bien l'intention de la garder, dit-il en essuyant une larme sur ma joue.

— Et moi, je laisserai pas filer l'homme parfait pour moi, tu peux en être sûr. Je t'aime!

— Moi aussi, je t'aime, bébé.

Dieu qu'on est quétaines!

Tous les passagers étant maintenant à bord de l'appareil, je n'ai d'autre choix que de laisser partir Alexandre. Je fonds en larmes lorsque j'arrive à ma porte d'embarquement. Des voyageurs me lancent des regards compatissants, se demandant sûrement si quelqu'un est mort ou si je viens d'apprendre la pire nouvelle du monde. La dame à côté de moi me tend un mouchoir. Chère âme charitable, je vais en avoir besoin de plus d'un! Il semble que je vais pleurer autant au retour qu'à l'aller, mais, cette fois, pour des raisons différentes!

Décompte avant **DBJMCMASDR** (pour Danse des bas jaunes merveilleuse car mon amoureux sera de retour!):

23 jours.

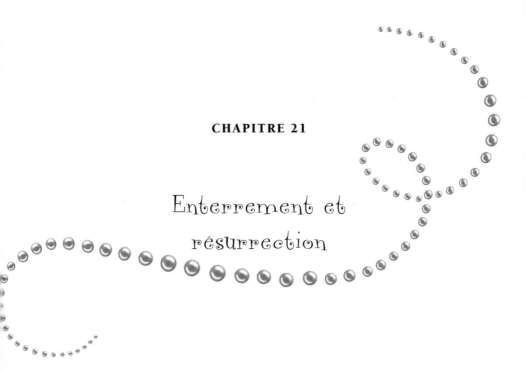

CHAPITRE 21

Enterrement et résurrection

Avec le décalage horaire dans le corps, le retour à la maison depuis Pierre-Elliott-Trudeau est beaucoup moins évident que l'aller. Je sais qu'il aurait été plus brillant de passer la nuit à Montréal, chez une tante ou une cousine, mais j'avais hâte de retrouver mon chez-moi. Quelques siestes en cours de route et je peux enfin déposer, ou plutôt balancer, mon sac de voyage. Après avoir programmé la machine à laver pour une première brassée, je me gâte avec un long bain.

Une fois épongée, je m'empresse d'aller voir si Alexandre m'a envoyé un message. Techniquement, il devrait être arrivé à destination depuis une bonne douzaine d'heures. J'espère que tout s'est bien passé pour lui. Un message non lu !

Salut, ma beauté,

Je viens d'arriver dans un monde parallèle. L'ambiance est incroyable ici, avec les appels à la prière du muezzin, les bazars et les Bédouins, mais tu me manques déjà beaucoup! Mon auberge est assez ordinaire, mais, pour deux semaines, ça va faire l'affaire. Nous aurions l'espace pour faire pas mal plus de choses qu'en Italie si tu étais avec moi! Ha! ha! ha! Mes cochambreurs sont très gentils et nous allons probablement faire plusieurs visites ensemble. D'ailleurs, nous allons à Pétra, demain! J'espère que ton retour n'a pas été trop difficile. Donne-moi des nouvelles vite, j'ai hâte de te lire!

Ton voyageur préféré qui t'aime

xxxx

Il m'a écrit qu'il m'aime! Il est trop génial! Je lui réponds rapidement, sachant que mes parents m'attendent pour souper. Je me retiens de mettre cinq rangées de bisous et me contente de n'en écrire que quatre (pas quatre rangées, là!). Je lui souhaite de bien profiter de Pétra et lui demande de m'envoyer une carte postale. Je joins mon adresse, puis quitte pour la maison de mes parents.

Ces derniers souhaitent voir mes photos, mais, comme je n'ai pas eu le temps de faire le tri et que je veux attendre de voir comment ça se passera à son retour avant de leur montrer des clichés d'Alexandre, je leur propose plutôt de les inviter chez moi lorsque je les aurai imprimées et mises dans un album.

Un bon gros steak, du riz basmati, une salade César et une tarte au sirop d'érable, voilà un bon repas pour me remettre d'aplomb! Puisqu'il ne reste plus que trois semaines avant le mariage et que je me suis proposée pour organiser l'enterrement de vie de jeune fille de ma sœur, je demande à ma mère si elle a des idées pour l'événement.

— Comme c'est samedi prochain et que je me disais que tu serais assez serrée dans le temps, j'ai déjà appelé les amies de Léa et quelques-unes de vos cousines les plus proches. On devrait être une dizaine.

— Wow, merci, maman! J'avoue que, pendant que j'étais en Europe, ça m'est complètement sorti de la tête. Qu'est-ce qu'on fait?

— Tu sais que ta sœur est très classique.

— Ouin. Je vais garder ça traditionnel, mais avec quelques touches plus osées, question qu'elle s'en souvienne longtemps! Je vais réserver une table au bistro pour le souper et on traversera au bar ensuite.

— Parfait! Je me charge de rappeler tout le monde pour leur transmettre les derniers détails et je m'organise pour que ta sœur soit présente.

Avec ma fatigue accumulée, l'aide de ma mère est plus que bienvenue.

Avant de rentrer chez moi, je passe chez Maude récupérer Pesto. Pour le remercier, je donne à Jordan un petit chandail que j'ai acheté à Barcelone. Il est si content de recevoir un cadeau qu'il me propose de venir s'occuper de la cage de Pesto de temps à autre, pour ainsi continuer à jouer avec lui (j'ignore à quels jeux!). L'idée est très intéressante! Je demande aussi à Maude de convoquer une réunion avec les filles. En raison de l'enterrement de vie de célibataire de Léa, nous devrons attendre au samedi suivant. J'aurais préféré que ce soit plus tôt pour enfin leur parler d'Alexandre pendant des heures et des heures, mais bon.

Même si je dors debout, je tiens à terminer ma lessive avant d'aller au lit. Cela fera une chose de moins à faire demain. Pendant ce temps, je réapprivoise Pesto, qui ne s'est pas ennuyé une miette. J'épluche aussi les nouvelles des derniers mois, afin de me mettre à jour côté sport, politique et potins divers. Le Canadien a fait l'acquisition d'un joueur dont je n'ai jamais entendu parler, une de mes comédiennes préférées est enceinte et les scandales de corruption font toujours rage dans pas mal tous les domaines. Ma dernière brassée se termine, et je fourre le tout dans la sécheuse avant de m'écrouler littéralement sur mon lit.

Le lendemain matin, un ménage de mon appartement s'impose. J'ai dormi douze bonnes heures et je suis en pleine forme pour le nettoyage. La poussière s'est accumulée et ça sent le renfermé. Comme j'ai un peu escamoté mon grand ménage du printemps, j'en profite pour laver également les murs et les fenêtres. Une odeur d'une origine inconnue persiste cependant. Vers la fin de l'après-midi, mon estomac m'envoie un cri de détresse. Dans mon excès de rage de ménage, j'ai complètement oublié de déjeuner et de dîner. C'est en ouvrant la porte du frigo que je comprends d'où vient l'odeur suspecte que je ne suis pas parvenue à éliminer. Avant mon départ précipité, j'avais jeté l'essentiel de ce qui était périssable, mais il semblerait que j'aie oublié certains aliments… Ce qui devait autrefois être un concombre ressemble maintenant davantage à la glu du film *Plaxmol*. Quand j'essaie de l'attraper pour le jeter à la poubelle, il se désintègre littéralement dans mes mains. Dégueulasse ! Ç'a l'air que je vais devoir décrotter mon réfrigérateur avant de me cuisiner quoi que ce soit. J'ouvre l'armoire sous l'évier pour récupérer mes gants de vaisselle et mes produits nettoyants, et je me mets à l'œuvre.

Je partage le reste de ma semaine entre la plage, mon appartement et celui de ma sœur pour fignoler les petits détails du mariage. Comme Léa a décidé d'offrir des présents faits à la main aux invités, nous en sommes à notre dixième heure à peindre des tasses à café. C'est très beau, mais je ne suis pas certaine d'être capable de me servir de la mienne tellement je les ai trop vues !

Maudits bas jaunes!

Je me suis retenue d'écrire à Alexandre tous les jours et me suis contentée de trois courts messages pour lui raconter mes journées et connaître le déroulement des siennes. De sa part, je n'ai reçu qu'un seul courriel. Sa visite à Pétra a été mémorable. Le wifi de son auberge fonctionnant très mal, il n'a pas pu m'écrire aussi souvent qu'il l'aurait voulu, mais il adore me lire. Je devrai probablement attendre au milieu de la semaine prochaine avant d'avoir de ses nouvelles à nouveau, car il s'apprête à aller passer quelques jours dans le désert, avec ses compagnons de voyage. Il me semble que, si on pouvait discuter tous les deux jours, j'arriverais à ne pas m'inquiéter, autant pour lui que pour notre couple, et à penser à autre chose. Constatant mon manque de concentration tandis que je peins les foutues tasses, ma sœur m'exhorte à lui parler de mon nouvel amoureux. Je ne me fais pas prier! Je lui demande cependant de ne rien répéter à notre commère de mère.

Deux cent vingt tasses plus tard, nous sommes enfin samedi, jour E, pour «enterrement de vie de célibataire de Léa». Je sais que les amis de Benoît lui ont aussi organisé quelque chose ce soir. On m'a laissé entendre qu'il n'aimera pas son dimanche matin! Je rapatrie tous les accessoires de notre soirée dans un grand sac et file au restaurant. Lorsque ma sœur arrive, tout le monde est là pour lui faire la surprise. Probablement épuisée par le stress du mariage, elle fond en larmes.

— Je pensais que vous aviez oublié! s'écrie-t-elle à travers ses hoquets.

— Comment pourrais-je passer à côté d'une si belle occasion de faire faire des niaiseries à ma petite sœur? lui réponds-je en riant.

— Bon enterrement, ma chérie, lui souhaite ma mère en pleurant elle aussi.

Ça va être beau au mariage! Je dépose une couronne quétaine à l'os sur la tête de ma sœur, en plus de l'envoyer mettre la robe de princesse la plus affreuse que j'ai pu dénicher au comptoir familial. Je m'entretiens également avec le serveur pour m'assurer qu'il veille à ce que la coupe de vin de Léa soit toujours pleine. Bien que généralement extravertie, ma sœur peut se montrer gênée et prude par moments. Aussi bien lui donner un petit coup de pouce pour les défis qu'elle aura à réaliser… Et ça commence dès que nous terminons de déguster notre entrée ! Je remets à ma sœur un premier cadeau.

— Oh, des cadeaux ! dit-elle, s'imaginant recevoir un joli présent.

— Tu devrais l'ouvrir avant de t'émerveiller autant, que je lui conseille.

— Seigneur, avez-vous vu la taille de ce machin ! s'exclame-t-elle si fort que les conversations cessent autour de nous. Hum, Rosalie, tu sais, c'est précisément pour ne plus me servir de ça que je me marie. Tu devrais le garder, toi !

Respire. C'est sa journée. Respire.

— Tu vois les condoms dans le fond du sac ? Ton premier défi consiste à aller voir au moins deux couples dans le restaurant pour leur expliquer comment bien se protéger lors d'une relation sexuelle. Tu devras leur montrer la bonne façon d'enfiler un condom en te servant du vibrateur que tu viens de déballer.

— Argh ! T'es folle, c'est beaucoup trop gênant !

— Ton amie Cindy a proposé qu'on te dessine un pénis sur le visage pour chaque défi que tu refuserais d'accomplir… si ça peut t'aider à prendre une décision.

Un peu à contrecœur, Léa se dirige vers le premier couple, installé non loin de notre table. Il s'agit vraisemblablement de leur premier rendez-vous. Le gars semble s'amuser de la situation, tandis que la fille a l'air de vouloir se cacher sous la table. Une chance qu'ils sont rendus au dessert, parce qu'entendre ma sœur parler de verrues génitales et de boutons suspects, ça doit couper l'appétit assez raide ! Lorsqu'elle sort le préservatif de sa pochette, je brandis mon arme secrète : une petite télécommande magique. Ma sœur ne le sait pas, mais le vibrateur sur lequel elle est en train d'enfiler un condom va bientôt se mettre à danser !

J'attends que le préservatif soit déroulé à moitié pour l'activer… ah, pis tant qu'à créer un effet de surprise, aussi bien mettre le paquet : vitesse maximum ! Saisie par le mouvement soudain du phallus, Léa échappe l'engin, qui tombe dans le gâteau mousse au chocolat du gars et se met à se tortiller dans tous les sens. Je pleure de rire ! Ma sœur essaie de reprendre le contrôle, mais elle a besoin de trois tentatives pour parvenir à saisir le vibrateur et à l'arrêter.

— C'est parce que c'est glissant en maudit, avec une capote dessus ! T'étais pas obligée de choisir une sorte avec autant de lubrifiant ! se plaint Léa en revenant à sa chaise.

Personne n'est capable de lui répondre quoi que ce soit. Le fou rire a gagné toute la table. Elle a du chocolat plein les cheveux et sa couronne a abdiqué ! Puisque tout le restaurant a assisté à l'événement et que Léa a complètement dépassé nos attentes, nous acceptons qu'elle ne s'en tienne qu'à un couple. De toute façon, j'ai déjà failli faire pipi dans mes culottes !… Un saut à la salle de bain s'impose.

— Non, vraiment, il vient de me crisser là ! pleure une voix qui me dit quelque chose. Eille, le mariage est dans un mois !

Silence. J'aperçois les talons hauts d'une fille sous la porte d'une cabine. Je suppose qu'elle parle au téléphone et que son interlocuteur est en train de la consoler. Je devrais sans doute revenir plus tard…

Maudits bas jaunes!

— Quand je lui ai demandé pourquoi, il m'a dit qu'il s'était rendu compte qu'il aimait encore son ex! Un an plus tard!

Je suis beaucoup trop intriguée!... J'entre discrètement dans la cabine à côté.

— Qu'est-ce que tu penses? Je lui ai lancé mon verre à la figure avant de lui crier: «Va donc chier, Sébastien Pelletier!» Une chance qu'on était assis au fond du restaurant et que personne nous a vus, j'aurais fait une folle de moi. Je vais sortir par la porte de derrière et je m'en viens chez toi, OK?

Je retiens mon souffle, le temps que l'ex de mon ex sorte de la salle de bain. Quoi? Sébastien serait encore amoureux de moi? C'est n'importe quoi! Non, ça doit plutôt être la seule raison qu'il a trouvée pour justifier l'annulation de son mariage hâtif. Quand même, un petit sentiment d'excitation me gagne. *Rosalie, tu es amoureuse d'Alexandre et il t'aime lui aussi, alors on n'en a rien à foutre du fait que Sébastien ressente encore quelque chose pour toi!* Bon point, petite voix intérieure.

À la fin du souper, nous sommes déjà toutes un peu soûles. Il est quand même vingt-trois heures. L'image de Sébastien est maintenant pas mal floue dans ma tête. Notre cortège se dirige au bar pour poursuivre la fête. À notre arrivée, tous les regards se tournent vers Léa et son affreuse robe rose bonbon, maintenant ornée de quelques taches de chocolat. L'alcool aidant, ma sœur n'en fait pas de cas et se rend directement au comptoir pour se ravitailler. Je la devance de justesse et commande une tournée de *shooters*. Le DJ fait jouer une chanson de Shania Twain, et nous voilà toutes sur la piste de danse!

— Rosalie! Je peux te parler? me crie un gars derrière moi.

— Guillaume! Qu'est-ce que tu fais là? que je gueule à mon tour à cause de la musique trop forte.

— Je suis ici avec des amis. Je suis content de te voir.

— Pas certaine de pouvoir te répondre la même chose. Tu m'excuseras, mais c'est l'enterrement de ma sœur, alors…

— Oh… désolé… je savais pas…

— Elle est pas morte, innocent ! C'est son enterrement de vie de célibataire. D'ailleurs, je vais aller la rejoindre, réponds-je en m'éloignant.

— Rosalie, j'ai laissé ma blonde dès qu'elle est arrivée ici ; je pensais trop à toi ! s'écrie Guillaume au moment même où la chanson finit, de sorte que tout le monde entend sa confession.

Malaise. C'est quoi, cette soirée de marde là ? La vie m'envoie un test pour savoir si j'aime vraiment Alexandre ? Pour vérifier si j'ai toujours confiance en ses sentiments en dépit de ses deux mini courriels ? Je ramasse Guillaume par le col de son chandail et le traîne dehors.

— C'est quoi, ton problème ? Pourquoi est-ce que tu me dis ça maintenant ? Ça fait des mois qu'on s'est pas vus !

— Je savais que j'avais fait le con, donc je voulais prendre mon temps cette fois-ci. Je me suis installé comme il faut dans mon appartement et j'ai réglé les choses proprement avec mon ex. Au mois de mars, quand j'ai été prêt, j'ai appris que tu fréquentais quelqu'un, donc j'ai pas osé. Voilà.

Bon, si ce qu'il raconte est vrai, c'est quand même touchant. Je me rappelle combien on avait du plaisir ensemble et à quel point la tension sexuelle était palpable entre nous. En plus, il n'a même pas fait mention de ma vengeance… *Rosalie, tu es avec Alexandre et tu l'aimes !* Je le sais très bien, petite voix intérieure, mais peux-tu s'il te plaît comprendre que ce n'est pas si facile que ça ? Sébastien, Guillaume,

Maudits bas jaunes!

Alexandre... je n'ai jamais eu autant d'hommes dans la tête en même temps, sauf peut-être quand je fantasmais sur les Backstreet Boys.

— Écoute, Guillaume, j'ai rencontré quelqu'un. Je sais pas où ça va me mener, mais j'ai le goût de le découvrir.

— OK, me répond-il, visiblement déçu. Fais-moi signe s'il y a du changement de ce côté-là, d'accord?

Je lui donne deux becs sur les joues avant de retourner à l'intérieur, le cœur un peu chamboulé. Le DJ m'empêche de clarifier mes pensées.

— On a une future mariée ici ce soir! Je demanderais donc à Léa de monter sur la scène, s'il vous plaît.

— J'arriiiiiiiiiiiiiiiiiiiiiiiiiiiiiiiive, crie ma sœur.

— Elle arriiiiiiiiiiiiiiiiiiiiiiiiiiiiiiiive, renchérit ma mère, que je n'ai jamais vue aussi éméchée.

— Léa, nous allons te mettre une petite musique d'ambiance et ton défi sera de me rapporter le plus de ceintures masculines possible. Attention, les gars, vous avez pas le droit de l'aider! Léa, tu pourras utiliser une seule main, l'autre sera attachée dans ton dos avec MA ceinture, ce qui t'en fait déjà une! Pour chaque ceinture rapportée, tu auras droit à deux *shooters*, que tu pourras partager avec tes amies.

— *Let's go*, Léaaaaaaaaaaaaaaaaaaaaaaaaaaaaaa, t'es capable! l'encourage ma mère.

Le DJ donne le signal du départ et ma sœur se lance en bas de la scène. Ce n'est plus la Léa que je connais, mais bien une furie de la ceinture qui se garroche sur tous les hommes qu'elle croise. Ils sont bien mieux de se laisser faire, sinon ils risquent d'en manger toute une. Ma sœur est en mission! Ma mère se charge de ceux qui résistent en leur emprisonnant les mains derrière le dos. Elle serait excellente en lutte gréco-romaine! Deux minutes et demie et dix-sept ceintures plus tard, je déclare que ma sœur est sans l'ombre d'un doute prête à se marier. Nous avons donc droit à trois tournées de *shooters* qui m'assomment beaucoup plus que je ne l'aurais cru. Le reste de la soirée se déroule dans le flou. Lorsque la serveuse annonce le *last call*, j'ai les pieds en compote à force d'avoir dansé. Mon père est venu chercher ma mère il y a belle lurette et j'ai promis de veiller à ce que ma sœur rentre à la maison en un morceau. Je la retrouve assise au bar, maintenue droite par ses amies.

— Prends-moi un vagin! me crie-t-elle quand j'arrive à sa hauteur.

— Pardon? dis-je, croyant avoir mal entendu.

— J'veux un vagin dans ma bouche tout de suite! insiste-t-elle.

— Ark, mais de quoi tu parles?

— C'est une sorte de *shooter*, m'explique son amie. Elle a bu ça toute la soirée et elle veut qu'on lui en commande un autre, mais je pense qu'elle en a assez pris.

— Ben d'accord! Bon, viens, Léa, le taxi nous attend.

J'ignore comment elle y parvient, mais ma sœur réussit à s'endormir alors qu'on marche vers le taxi. J'ai l'impression de traîner un bébé mou, mais de cent quarante livres!

— Bâtard de marde! Aide-toi un peu, Léa, le taxi va partir sans nous!

— Aeuhhhhhhiiiiiiiiiiiinnnnnnnnnnn, émet le corps mort.

— Attends, Rosalie, je vais t'aider, me propose une autre voix familière.

Maudits bas jaunes!

— Justin! Toi aussi, t'es là! Coudonc, avez-vous créé un groupe de soutien?

— Hein? Je suis ici avec des amis. Écoute, j'aimerais ça te parler.

— Bon, un autre! Aide-moi à faire monter ma sœur dans le taxi pis à l'attacher et on verra.

Opération peu simple lorsque le sujet s'effondre de tout son long avant de se réveiller et d'avoir la brillante idée de sortir de l'autre côté de la voiture.

— Si tu t'es rendu compte que tu es amoureux de moi, tu as tout un sens du *timing*! que je crache une fois que ma sœur est bien immobilisée sur la banquette arrière. T'aurais pu y penser avant de me sacrer là juste avant le souper avec mes parents!

— C'est pas tout à fait ça, non.

— Ah non? Euh, désolée, que je souffle en me traitant mentalement d'épaisse.

— Je voulais te l'annoncer avant que tu l'apprennes par d'autres. Bon, voilà… je… j'ai … rencontré quelqu'un.

— Contente pour toi.

— Ce quelqu'un est un homme.

Bruits de criquets.

Je repense au déroulement de ma soirée: l'annulation du mariage de Sébastien, la déclaration de Guillaume et maintenant l'aveu de Justin. C'est trop n'importe quoi; je me mets à rire. Je ne veux pas qu'il pense que je me moque de lui, mais je suis incapable de m'arrêter. La situation est digne des pires films quétaines de Hollywood.

— Tu m'attirais pour de vrai et j'étais bien avec toi, mais, quand je suis allé à Montréal, j'ai rencontré un gars. Il s'est rien passé, s'empresse-t-il d'ajouter alors que je cesse brusquement de me bidonner. Après, je n'arrêtais pas de penser à lui et c'est pour ça que j'ai rompu avec toi. Je suis retourné le voir et… ben, on est ensemble depuis.

— Honnêtement, je sais pas trop quoi te répondre. Disons que ç'aurait été bien que tu te rendes compte que t'es gai avant.

— J'aurais aimé ça moi aussi, mais, crois-moi, j'ai été le premier surpris. Je comprenais rien à ce qui m'arrivait et j'étais tellement mélangé… Si tu savais comme je m'en veux de t'avoir fait de la peine.

Comme il a l'air sincère et que j'ignore toujours comment réagir, je lui souhaite une bonne nuit et demande au taxi de nous conduire, ma sœur et moi, à mon appartement. C'est fou comment certaines confidences peuvent faire dessoûler en un rien de temps ! Pour Léa, c'est autre chose ; elle est complètement finie. Je la couche sur mon divan en prenant soin de lui laisser une chaudière au cas où elle vomirait.

Le jeudi suivant, je reçois enfin un nouveau message d'Alexandre. Il était temps. Beaucoup trop de choses me sont passées par la tête depuis l'enterrement de vie de jeune fille de Léa. C'est assez difficile de demeurer confiante quand ton amoureux t'écrit des miettes, alors que l'amour de deux de tes anciennes flammes est bien plus clair. Une chance que ma petite voix intérieure a fait son travail et que je n'ai croisé ni l'un ni l'autre au cours de la semaine. Je suis allée jusqu'à supprimer mon profil sur Réseau Contact pour me prouver que j'avais bien foi en notre relation. Je n'ai même pas regardé les trente-sept messages reçus depuis l'épisode du docteur séraphin !

Durant son séjour dans le désert, Alexandre a été conquis par les chameaux et les peuples nomades. Il m'écrit cependant que tout aurait une bien meilleure saveur si j'étais avec lui. En attendant de me revoir, il essaie de tromper l'ennui en photographiant tout ce qui lui fait penser à moi. Lui aussi trouve difficile de ne pas pouvoir m'écrire chaque fois qu'il en a envie. Avec ses nouveaux amis, il quitte maintenant la Jordanie pour aller en Turquie. Ce sera la dernière étape de son périple ; il a donc réservé du même coup son vol de retour pour le Québec. Il devrait arriver dans la région le soir du mariage.

Je suis déçue. Même s'il arrivait à temps, il sera sûrement trop épuisé par la route et le décalage horaire pour se taper un mariage dans une belle-famille qu'il ne connaît pas. Je n'ai tellement pas envie d'y aller seule ! Je pourrais toujours demander à Guillaume de m'accompagner. Ma famille ne le connaît pas et il serait facile de le présenter comme un ami. Bon, lui ne le verrait sûrement pas de cette manière… Je remets cette décision hasardeuse à plus tard et réponds plutôt à Alexandre en lui demandant de me faire signe s'il arrive plus tôt, car j'ai un truc intéressant à lui proposer. Quelques baisers et le message est envoyé. Le prochain pourrait bien se faire attendre pendant quelques jours…

Sept jours avant le mariage, c'est enfin le moment de ma réunion au sommet avec les filles. Ça tombe à pic, car je ne sais plus du tout où j'en suis. J'arrive la dernière avec deux bouteilles de vin : une pour moi et une pour Marine, puisque les deux autres affichent chacune une belle bedaine bien ronde. Nous amorçons le tour de table avec Tommie, qui s'évertue à nous donner des exemples de toutes les petites attentions que lui accorde José en tant que futur papa parfait.

Puis, c'est à Maude de nous dire à quel point les enfants ont hâte de voir leur petit frère ou leur petite sœur. Elle est fatiguée, mais, comme Michel l'aide beaucoup, elle arrive à prendre soin d'elle quand même. À son tour, Marine raconte comment la vie quotidienne à deux est toujours aussi magique et agréable. Ses vacances avec Xavier n'ont fait que consolider leur relation. Même pas une seule chicane!

— Et toi, la globe-trotter, tu dois en avoir, des choses à nous raconter! dit Tommie.

— Tellement! Je sais pas trop par où commencer.

— Par le début de ton voyage, suggère Maude.

La porte étant grande ouverte, tout y passe: Paris avec Mohammed, Bordeaux avec Tyler, le Maroc avec ma tourista, Barcelone, Malàga et l'Italie avec Alexandre. Je n'omets aucun détail sur notre histoire d'amour. Je sens même les filles un peu jalouses, autant de mes destinations et de mes aventures que du côté romantique de ma rencontre avec quelqu'un d'aussi génial en voyage. Je termine mon monologue en leur faisant part de mes inquiétudes sur le fait que je n'ai pas reçu beaucoup de nouvelles depuis que je suis de retour.

— T'es sérieuse, là? Ça t'inquiète réellement ou tu nous niaises? s'insurge Tommie.

— Je suis certaine qu'elle capote pour de vrai, répond Marine à ma place.

— Un gars que tu connais pourtant depuis moins de deux semaines te fait une déclaration d'amour, puis il t'envoie trois courriels alors qu'il est en voyage dans le désert, et toi, tu doutes de lui! Pauvre gars!

Maudits bas jaunes !

— D'accord, dit comme ça, j'ai l'air de m'en faire pour rien, mais…, que je tente de me justifier.

— Elle l'aurait dit déguisée en clown ou en membre de Kiss que ç'aurait rien changé ! m'interrompt Marine. En plus, il t'a écrit qu'il s'ennuyait, ce qui équivaut presque à une demande en mariage, alors calme tes hormones un peu. C'est pas comme si t'avais un harem qui n'attendait que toi !

Regard perdu à droite et à gauche. Regard perdu au plafond. Moment de silence.

— De toute évidence, il nous manque la fin de l'histoire. Vas-y, explique, me presse Tommie.

Je me lance donc dans le récit de la soirée de l'enterrement de vie de jeune fille de Léa. J'ai droit à quelques « ben voyons » et à plusieurs haussements de sourcils.

— Donc c'est ça, que je conclus. J'ai trois mecs amoureux de moi.

— En fait, t'en as que deux, rectifie Maude. J'étais déjà au courant pour Sébastien. La coiffeuse de ma sœur est sa cousine. Il a rencontré une autre fille. Quand il a laissé sa fiancée au restaurant, il a pensé que c'était plus prudent de dire qu'il était amoureux de son ex que d'expliquer qu'il couchait avec une autre. Méchant imbécile, en tout cas ! J'espère que tu pensais pas retourner avec lui !

— Non, vraiment pas ! Il m'a fait trop de peine et c'est un con ! Je dois dire, cependant, que ça m'a fait quelque chose de croire qu'il m'aimait encore.

— C'est normal, ça, c'est toujours bon pour l'ego, me rassure Marine.

Maudits bas jaunes !

— Et Guillaume, est-ce qu'il t'intéresse encore ? me demande Tommie.

— J'y ai repensé et c'est certain que je sortirais pas avec lui. Je vois pas trop comment je pourrais lui faire confiance.

— Ouf ! Un instant, j'ai eu peur de devoir te brasser la cage, rétorque Marine, soulagée.

— Tu peux toujours le garder comme baise potentielle si ça fonctionne pas avec Alexandre, propose Maude.

— Pas fou !

— J'en reviens pas que Justin ait changé d'équipe, s'écrie Marine. Ç'a dû être un méchant choc !

— Pas tant que ça. Maintenant je sais que, si on n'est plus ensemble, c'est pas parce que j'ai fait quelque chose de mal. J'ai quand même fait bander un gai, et pas rien qu'une fois ! Je suis vraiment une bombe !

— T'es conne ! me répondent les trois filles en même temps.

Ça fait du bien de discuter avec les filles. Je n'avais pas réalisé à quel point elles m'avaient manqué. Le souper me permet de remettre de l'ordre dans mes idées et me ramène sur terre. J'ai passé beaucoup trop de temps seule cette semaine, à ruminer mes pensées et à me monter des scénarios impossibles. Je n'arrive pas à croire que j'ai douté des sentiments d'Alexandre… et des miens. Ennui, quand tu nous tiens ! C'est Alex que je veux, c'est lui que j'aime. Le seul à qui je permettrai de rester dans ma vie sera Justin. Avoir un ami gai, ça peut être très utile !

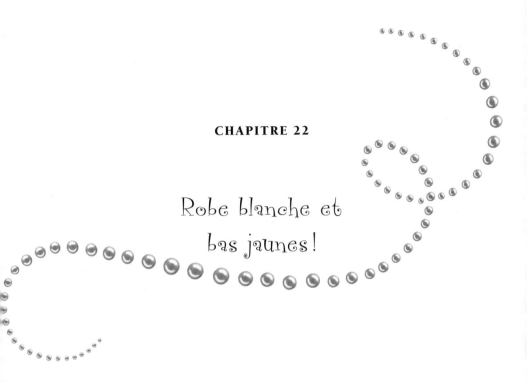

CHAPITRE 22

Robe blanche et
bas jaunes !

Ça y est, nous y sommes : jour M pour mariage. Je n'ai pas eu de nouvelles d'Alexandre de la semaine. Il n'a même pas répondu à ma demande d'amitié sur Facebook ! Je lui ai écrit et lui ai laissé mon numéro de cellulaire pour qu'il puisse m'appeler lorsqu'il sera libre, à son retour, ce qui devrait être dans quelques heures. Je m'ennuie de lui à mourir. Une chance que les derniers préparatifs du mariage m'ont tenue occupée, sinon j'aurais viré folle !

D'abord, il y a eu une inondation dans la salle de réception lundi. Dieu merci, mon père est ami avec un entrepreneur qui lui en devait une, et ils ont passé la semaine à réparer les dégâts. Cela a fait en sorte que la décoratrice n'a pu commencer à faire son montage qu'hier soir et que j'ai passé une partie de la nuit à lui donner un coup de main pour qu'elle puisse terminer à temps. Mercredi, la tante de Benoît, qui devait faire le gâteau de noce, a eu une crise d'appendicite. Ma mère s'est proposée pour la remplacer, mais ma sœur a gentiment décliné son offre lorsqu'elle a vu mon père derrière, faisant de grands signes indiquant que ce n'était vraiment pas une bonne idée. J'ai finalement réussi à convaincre la grand-mère d'un ancien élève, pâtissière de son métier, de sortir de sa retraite et de s'en occuper. Enfin, hier, quand il est allé chercher les souliers qu'il avait commandés, Benoît s'est retrouvé avec deux pieds gauches. Sachant qu'il danse vraiment très mal, j'ai trouvé ça plutôt ironique ! Nous avons visité quatre magasins avant d'en trouver une autre paire qui fasse suffisamment chic. Alors, ce matin, avant de partir de chez moi pour me rendre au quartier général (chez mes parents), je prépare une petite trousse d'urgence pour parer aux imprévus.

La coiffeuse et la maquilleuse sont déjà arrivées… et la future mariée ainsi que sa mère sont déjà hystériques. Mon père demeure calme, mais je le vois prendre de grandes respirations, probablement pour arriver à ne pas les étrangler.

— Prussien, Prussien, mon appareil photo fonctionne pas ! Je le savais, aussi, qu'on aurait dû en acheter un autre ! s'énerve ma mère pendant que la coiffeuse essaie de la maintenir sur sa chaise.

— Doris, il est pas brisé, c'est seulement que la pile est pas dedans ! Tu l'as branchée tantôt pour la recharger. Laisse-moi l'appareil, je vais m'en occuper, propose gentiment mon père.

— Ah oui, c'est vrai. Désolée. Je suis un peu stressée, je pense.

Stressée ? Stressante, oui ! Je n'aurais pas aimé la voir le jour de ses noces à elle ! Après chaque mèche que la coiffeuse a le temps de lui placer, elle se lève pour vérifier quelque chose ou pour donner un ordre à mon père. Quant à ma sœur, elle pleure depuis une bonne heure, trop émue et nerveuse à l'idée de vivre son grand jour de princesse. La maquilleuse est au bord de la crise de nerfs lorsqu'elle recommence ses yeux pour la quatrième fois. On n'y arrivera jamais.

Maudits bas jaunes!

Comme je suis déjà prête (j'ai eu la brillante idée de prendre rendez-vous ailleurs pour mes cheveux et mon maquillage), je prépare des gin tonics pour tout le monde. Il n'est qu'onze heures, mais on ne passera pas à travers la journée si on ne se calme pas le pompon. Au deuxième verre, Léa parvient à se ressaisir et à arrêter de pleurer. Elle me demande si la salle de réception est prête et si je trouve ça beau. Je la rassure immédiatement : Carmen, alias Francine « Gaga » Grimaldi, a vraiment fait du bon boulot. Le gâteau devrait être livré pendant la cérémonie, et Lucienne, la grand-mère de mon ancien élève, m'a envoyé une photo tout à l'heure pour me le montrer : il est débile ! Dans le bon sens, là !

À quinze heures, soit une heure avant la cérémonie, Judith, la photographe, arrive pour prendre les clichés de ma sœur et de notre famille. Ça tombe bien, je viens tout juste de terminer de lacer l'interminable ruban fermant la robe de Léa. Le résultat final est à couper le souffle. Mon bébé sœur se marie, là c'est vrai. Quand elle sort enfin de la chambre, étonnamment, c'est mon père qui fond en larmes. Au moins, il n'est pas maquillé, lui.

Lorsqu'elle termine tous les portraits que ma sœur voulait, je demande à Judith si elle ne peut pas en faire quelques-uns de moi pendant que la mariée va à la salle de bain pour une cinquième « dernière fois » avant la cérémonie. Je n'aurai probablement pas d'autres occasions d'être aussi belle, alors autant profiter de la présence d'une professionnelle. Ma robe bleu foncé de demoiselle d'honneur fait ressortir mes yeux et sa coupe épouse très bien mes courbes. J'avais tellement peur que ma sœur choisisse quelque chose d'horrible pour que je m'agence avec les centres de table, mais non, c'est magnifique.

— Rosaliiiiiiiiiiiiiiiiiiiiiiiiiiiiiiiiiiiiiiie, m'appelle Léa depuis la salle de bain lorsque Judith prend son dernier cliché.

Maudits bas jaunes !

— Quoi ?

— Viens ici, s'il te plaît, j'ai besoin de toi.

— Qu'est-ce qu'il y a ? que je demande en entrant alors qu'elle est toujours sur la cuvette.

— J'ai fait caca, me dit-elle de but en blanc.

— Je sens ça, oui.

— Ben… tu sais, avec ma robe…

— Eille, tu veux quand même pas que je t'essuie !

— Mais non, niaiseuse ! J'aurais besoin que tu regardes sur le papier pour me dire de quelle couleur il est. Moi, je vois rien et je vais salir ma robe sinon.

Qu'est-ce qu'on ne ferait pas pour sa sœur le jour de son mariage, hein ? Le test du papier réussi, reste à la faire entrer dans la voiture. Une fois qu'elle est assise et sa robe entièrement à l'intérieur, impossible de lui mettre sa ceinture de sécurité. Pas grave, nous n'avons que cinq minutes à faire et mon père risque de rouler à cinq kilomètres à l'heure. En tout cas, il faut le savoir, qu'il y a quelqu'un en arrière, car on ne voit que du tissu !

Arrivés à l'église, nous attendons que les invités finissent d'entrer avant d'extirper ma sœur de la voiture. À chaque marche du parvis que nous gravissons, la nervosité monte d'un cran. Derrière les grandes portes, la tension est à son comble. Nous avons beau avoir répété chaque mouvement hier, j'ai l'impression d'avoir tout oublié. Je n'arrive qu'à me souvenir de la consigne principale : ne pas avancer trop vite ! La mélodie de la marche nuptiale se fait entendre, les grandes portes s'ouvrent, une larme coule sur ma joue et j'avance la première. Je n'ai qu'un objectif : arriver au bout de l'allée sans trébucher. L'église est bondée, mais je n'arrive à distinguer personne en particulier ; je suis trop concentrée sur ma cible.

La cérémonie se déroule plutôt rondement. Mis à part ma sœur qui a mis l'alliance à Benoît dans la mauvaise main et lui qui a commencé ses vœux par « Moi, Léa… euh moi, Benoît… », moments où tout le monde a bien ri, rien ne déroge au côté solennel du rituel matrimonial. À dix-sept heures, c'est la sortie officielle des nouveaux mariés ! Ils nous quittent pour leur séance photo à deux et nous laissent nous diriger vers la salle de réception, où un cocktail nous attend. Là-bas, je constate que personne n'est là pour servir le punch. Je passe donc pratiquement une heure la tête au-dessus du grand bol, à remplir des coupes que mon père sert aux invités en même temps qu'il reçoit leurs félicitations.

On nous annonce l'arrivée des mariés. Je laisse tomber ma louche et gagne la place que ma sœur m'a assignée. Je constate qu'il y a une chaise vide à côté de moi, celle que j'avais demandé à Léa de réserver pour un accompagnateur éventuel. Malheureusement, Alexandre n'a toujours pas donné signe de vie et, bien que j'aie composé trois fois son numéro, j'ai abandonné l'idée d'inviter mon nouvel ami gai (j'avais considéré cette éventualité cette semaine). Pas le temps de m'apitoyer sur mon sort, la collègue de Benoît qui s'occupe du bar vient me voir pour me dire qu'ils n'ont plus de monnaie pour la caisse. Super ! Comme le potage ne sera pas servi avant une bonne demi-heure, j'emprunte la voiture des mariés, avec toutes les décorations et les boîtes de conserve qui traînent derrière, pour faire le tour de deux épiceries et de trois dépanneurs et ainsi échanger tous les billets de vingt dollars que la barmaid m'a donnés.

Quand je reviens, mon potage a refroidi, mais je m'empresse de l'avaler, car je suis affamée. À peine ai-je terminé que l'animateur de la soirée m'annonce que c'est l'heure de mon discours. J'ai dû le récrire au moins dix fois, mais mon bien-cuit est une réussite. Je parviens à dérider les invités tout en faisant verser quelques larmes à ma sœur. L'ami boutonneux de Benoît livre aussi un discours épatant. À part pour deux ou trois oncles qui ont déjà un peu trop bu, la réception se déroule à merveille!

Après le repas, l'animateur invite les nouveaux mariés à ouvrir le bal. Surprise : ma sœur et Benoît ont appris une chorégraphie pour leur première danse. Moi qui m'attendais à les voir tourner sur eux-mêmes pendant trois minutes en se regardant, les deux yeux dans la graisse de bines, je suis sous le choc : Benoît sait danser, en fin de compte! Au fur et à mesure que défilent les notes de la chanson *On va s'aimer encore*, il fait valser ma sœur avec grâce en occupant la piste au complet. Ils sont si beaux. Ma petite sœur s'est mariée. Ça y est, je pleure et je ne suis plus capable de m'arrêter.

À la fin du morceau, c'est au tour des parents des mariés d'occuper la piste de danse, puis l'animateur convie tous les couples à venir les rejoindre. Moment de malaise. Ce n'est pas vrai que je vais rester assise comme une vieille fille à regarder les autres. Je profite du moment pour me diriger vers la salle de bain, afin de faire quelques retouches à mon maquillage qui a coulé.

— Où tu t'en vas comme ça? m'interpelle une voix familière derrière moi. Ils ont demandé aux couples de les rejoindre, et moi, je veux faire danser ma splendide blonde.

— Alexandre? Qu'est-ce que tu fais là? que je balbutie, tout sourire.

Il m'emmène d'abord danser avant de m'expliquer sa présence.

— Quand je suis arrivé ce matin, je suis tombé sur le faire-part de mariage qu'un collègue m'avait envoyé avant mon départ. J'avais oublié d'y répondre, avec le décès de mon père et tout ça. Quand j'ai relu le nom de famille de la mariée et les prénoms de ses parents, j'ai compris que c'était ta sœur. Il doit pas y avoir beaucoup de Prussien Lefebvre ici, que je me suis dit ! Alors j'ai téléphoné à Benoît, qui m'a assuré qu'un invité de plus causait aucun problème. J'ai voulu t'appeler mille fois, mais je me suis dit que ce serait encore mieux de te faire la surprise. Depuis tout à l'heure, je veux venir te voir, mais t'avais l'air de courir d'un bord pis de l'autre… Mais, enfin, je t'ai dans mes bras et c'est ce qui compte. Je me suis tellement ennuyé !

Je suis incapable de répondre. C'est censé n'arriver que dans les films, ces choses-là, pas dans la vraie vie ! Mon homme est revenu, il m'aime, je ne suis plus une vieille fille frustrée au mariage de sa jeune sœur ; le comble du bonheur. Toujours à court de mots, je lui souris et l'embrasse. Tant qu'à faire partie d'un scénario de film, aussi bien y aller à fond !

— Je suis désolé de pas t'avoir écrit de la semaine, j'ai attrapé un virus.

— Ah non, pauvre toi ! As-tu pu consulter un médecin là-bas ?

— Bébé, un virus sur mon ordinateur ! Ma messagerie et mon Facebook étaient bloqués.

— Ah oui, bien sûr, je niaisais, réponds-je, un peu embarrassée. Eh bien, comme tu m'accompagnes au mariage de ma sœur et que tu vas rencontrer toute ma famille d'un coup, je te pardonne sur-le-champ ! Je n'aurais jamais cru rencontrer un gars aussi génial que toi en voyage. C'est un beau petit miracle.

— Tu sais, en fait, on aurait pu se rencontrer bien avant. Quand j'ai réussi à débloquer mon ordinateur ce matin, poursuit-il, je suis tout de suite allé accepter ta demande d'amitié. Quand j'ai aperçu ta photo de profil, j'ai compris où je t'avais déjà vue.

— Ah oui, où ça ?

Maudits bas jaunes!

— T'es la fille qui m'a posé un lapin un après-midi dans un café…

— Nooooooooon! C'est toi, InspecteurGadget?

— Oui, madame! Et là, c'est toi qui devras faire pénitence!

— J'en reviens pas! Je savais que ton visage me disait quelque chose… Je t'expliquerai un jour. Pour l'instant, je vais m'appliquer à obtenir ton pardon, que j'ajoute avec un clin d'œil.

Tandis que la chanson s'achève, j'aperçois ma sœur qui me sourit et lève le pouce en l'air en regardant Alexandre. Je présente mon nouvel amoureux à mes parents, dont les yeux semblent sur le point de leur sortir des orbites. Mon père est enchanté, et j'entends déjà ma mère faire des plans pour le mariage de son autre fille! C'est alors que l'animateur appelle les sœurs des mariés sur la piste de danse.

— Excuse-moi, Alex, mais je dois aller faire une folle de moi! Oublie pas de me lancer quelques pièces!

Et le voilà, cet instant que je redoutais tant. Ma sœur est dans un tel état de grâce ce soir que je comprends que, même si Alexandre n'avait pas été là, j'aurais participé au rituel (toujours désuet selon moi) avec entrain. J'enfile avec fierté mes bas de laine jaunes et avale quelques *shooters* pour me donner un peu plus de courage.

Trois minutes de danse des canards, ça épuise quelqu'un! Nous avons quand même récolté quarante-huit dollars et quatre-vingt-dix en pièces de cinq et de dix sous, ce qui est très respectable. Je n'ai pas pu bien voir la réaction d'Alexandre, puisqu'il a passé la moitié de mon «spectacle» plié en deux! Ce n'était pas si terrible que ça finalement, je capotais pour rien. Je pense même que je vais garder mes bas jaunes près de moi; ça va être plus confortable que mes sandales à la fin de la soirée ! Je m'empresse de rejoindre les bras de mon amoureux, qui m'attend maintenant au bar. Alors que ses doigts effleurent ma nuque, je m'aperçois qu'il m'a manqué encore plus que je ne le croyais. Nous avons deux semaines de câlins à rattraper ! J'ai tellement hâte de le présenter aux filles, de participer à un repas en famille (plus intime qu'en ce moment, je veux dire !), de me promener partout en ville à son bras… De vivre la vie en couple, quoi !

Avant de procéder à la coupe du gâteau, ma sœur s'empare du micro pour les remerciements d'usage. Elle en profite pour raconter toutes les mésaventures de la semaine, pour conclure en affirmant que celles-ci n'ont fait qu'accentuer sa hâte de se marier. Elle termine son discours par une annonce.

— Je voulais vous dire que Benoît et moi avons enfin obtenu le terrain au bord de l'eau qu'on voulait. On va pouvoir commencer les travaux de construction dès le mois prochain ! ajoute-t-elle avant que les invités n'applaudissent.

Quoi ? Ma jeune sœur va avoir sa maison, alors que moi, je vis toujours en appartement ? Faut que je convoque une réunion d'urgence avec les filles demain !

Fin

Remerciements

À Sabrina, ma première lectrice, qui mettait tout de côté parce que j'avais besoin de son opinion LÀ, tout de suite ! Tes « c'est vraiment bon ! » « trop drôle ! » et « go, je veux la suite ! » m'ont grandement motivée à toujours écrire quelques pages de plus.

À ma famille, qui m'encourage dans tous mes projets, peu importe leur envergure ! Parce qu'on est tissés serré et que je sais à quel point les miens croient en moi, je sens que je suis capable de tout.

Aux filles, avec lesquelles les fous rires pleuvent à chaque souper ! C'est grâce à vous s'il m'a été aussi facile de parler d'amitié dans ce roman. Cette amitié qui nous soutient dans toutes les peines, les joies, les doutes, les succès et les folies ! Je vous adore !

À Sandy, qui a su me mettre en confiance après trois secondes et qui m'a permis de travailler avec l'incroyable et marrante Aimée, dont les bons soins ont tellement bonifié cette histoire. Merci à vous deux et à toute l'équipe de feu des Éditions de Mortagne !

Lime et citron

La collection
de livres qui font
du bien!

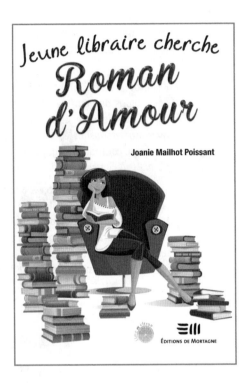

Vous êtes-vous déjà demandé ce que les livres et les hommes avaient en commun ? Pourtant, quand on y pense, ça saute aux yeux !

Certains sont comme des Nouvelles Littéraires (ou Érotiques) avec qui on entretient des relations courtes, qui nous laissent souvent sur notre faim. Il y a les Romans d'Aventures, qui nous promettent mers et mondes, mais qui nous abandonnent pour assouvir leur soif de liberté. Il y a les Romans Noirs, ceux qu'on meurt d'envie de percer à jour. Et il y a le Roman d'Amour, notre Roman d'Amour, celui qu'on espère toutes…

Malheureusement, mon histoire n'est pas un «Livre dont vous êtes le héros». Vous ne pourrez pas m'aider à choisir la bonne voie, m'évitant ainsi des déceptions. Une chance, je peux compter sur mon frère, Charles, et sur mon escouade en talons hauts pour m'accompagner dans ma quête du véritable Roman d'Amour.

J'ai vraiment hâte (ou pas du tout) de découvrir ce que me réserve la dernière page…

Collection « Lime et citron »

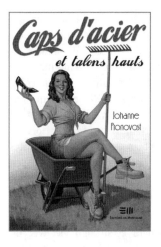

Après mes études, je me voyais déjà comme la plus grande designer en aménagement paysager de Montréal! Bon, je vous l'accorde, je visais haut. J'ai frappé un mur, aussi... Malgré l'offre incroyable que me faisait ma directrice de stage, j'ai décidé de suivre mon beau Louis dans un trou perdu... en Outaouais !

Ah, l'amour, ce que ça peut nous pousser à faire... Résultat : trois ans plus tard, je suis juste bonne à *shaker* des gallons de peinture dans un ProRéno pis à chialer contre ma vie plate. Mais j'ai pas dit mon dernier mot ! Avec ma persuasion légendaire, je parviens à convaincre le boss de Louis de m'engager, où je commence en bas de l'échelle, à clouer des planches de patio.

Maintenant, mon chum n'est plus capable de me sentir. Pas question que j'accepte notre rupture si facilement ! Même si je dois dormir dans une tente, me laver sur le chantier et *cruiser* en caps d'acier, je vais réussir à le reconquérir. D'ici la fin de l'été, Louis verra à quel point je suis exceptionnelle, parole d'Élizabeth Morin !

Je m'appelle Charlotte et, des fois, je suis bête.

Comme en ce moment. Moi, être forcée de faire un *pitch* de vente pour ME vendre, ça me gosse. Ouais... J'imagine que c'est pas très marketing, comme ton, alors je vais essayer d'adoucir un peu.

Je suis bête, mais pas tout le temps, là ! Je partage mes journées avec des milliers de personnes, mais surtout avec Kodak (mon perroquet), Pierre Lambert (mon chat), ma Colombe (c'est pas un animal de compagnie, c'est ma grand-mère, la perle la plus précieuse que je possède) et mes quatre Frères Imperturbablement Fashion. Bon, lis les premières lettres de ces mots, colle-les ensemble et tu obtiens le surnom que je leur donne. Chut, il ne faut pas le dire trop fort ! «Fif», ça peut être mal perçu.

On me compare souvent à un personnage de *chick lit* et ça me tombe sur le chou ! Depuis quand je parle comme une cigogne, moi ? Rectification : ça me met en tabar%?$/ !

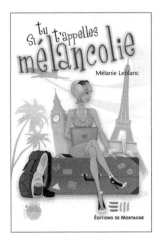

Je commence : je m'appelle Mélancolie. Pour répondre à ton air interrogateur : OUI, j'en ai voulu à ma mère d'être fan de Joe Dassin… (Interdiction de prendre un air de pitié.) Je partage ma vie avec Fred, ma meilleure amie, Féline Dion (mon chat) et Caline Sutto (le chien de Fred). Je t'entends penser et NON, je ne suis pas lesbienne. Mais j'aimerais presque l'être ! J'assume mon célibat (la plupart du temps), mais j'ai parfois des rechutes qui m'entraînent bien malgré moi sur des sites de rencontres quétaines. Dans de tels moments, j'en veux à l'humanité entière d'avoir créé autant de crétins pathétiques, célibataires de surcroît et trentenaires…

Alors me voilà, en pleine crise de la trentaine, me questionnant sur le bonheur et sur ma vie avec un grand V… J'essaie de me convaincre que j'ai tout pour être heureuse, mais je n'y arrive pas. La solution ? J'ouvre une énième bouteille de rouge ou… je saute dans un avion ! Quoi ? Tu crois que je fuis la réalité ? Tu as peut-être raison… Je te promets de réfléchir à ta théorie sur le sable brûlant de Montañita. 3, 2, 1… décollage !

Charles et Charlie. Difficile d'imaginer plus cliché, me direz-vous. Eh bien, je suis tout à fait d'accord ! Poussons davantage le cliché : le Charles en question est un beau joueur de hockey, un peu timide, et Charlie (c'est moi !), une jeune femme de dix-sept ans « pas comme les autres » (manière polie de dire « un peu cinglée »). Mais sous toutes mes couches de sarcasme et d'absence totale de censure, j'ai mal. Mon passé me ronge. Mon présent est en « mode survie ». Mon futur ? Question suivante !!!

Mes parents ne sont plus là pour me protéger… Et, même si j'ai cinq sœurs, dont une jumelle, je me sens très seule. Voilà que Charles vient bousculer ma vie encore davantage. Non mais… il se croit tout permis, celui-là, avec son irrésistible sourire en coin et ses mille attentions ?! Il ne pourrait pas être moins adorable, que je puisse l'ignorer ? Eh non, il a fallu que je saute à pieds joints dans le trouble…

Collection « Lime et citron »

3 tomes :

Passionnément givrée
Merveilleusement givrée
Éternellement givrée

Ma vie est une tragédie grecque. Rien de moins. Vous pensez que j'exagère ? Eh bien, lisez ce qui suit !

J'ai vingt-six ans et je suis encore aux études. Études financées par ma mère, qui ne se gêne pas pour me le rappeler. Pour ajouter à mon stress, j'ignore ce que je vais faire de ma vie. Professionnelle ou autre. Je vis au Québec depuis un an (ah ! c'est vrai, vous l'ignorez : je suis Française). L'homme que j'aime me fuit. Je fuis l'homme que j'aime. Vous n'êtes toujours pas convaincu ? Je continue.

J'ai des rêves plein la tête, surtout celui d'écrire, au grand désespoir de ma mère. Parlant du loup. J'ai une mère chirurgienne, exigeante, exaspérante, contrôlante (mais je l'adore). Quant à mon cerveau, il m'encourage à faire des choses dont je ne suis pas très fière, mais en plus, il prend un malin plaisir à me bombarder de milliards de questions qui, comme vous l'imaginez, restent sans réponse. Maintenant, osez me dire que ma vie n'a rien d'une tragédie !

Je m'appelle Léo. J'ai 34 ans. Je suis musicien au chômage. À la grande satisfaction de mes parents, qui l'avaient prédit. Je suis célibataire depuis peu. Sophie, qui payait le loyer de notre appart au sous-sol d'un triplex, vient de me larguer. Pour aller vivre dans un loft au sommet d'une de ces tours du centre-ville. Bref, ma vie n'est qu'une longue suite de fausses notes…

En fait, je suis un pessimiste chronique. J'estime que si on s'attend toujours au pire, on n'est jamais pris au dépourvu par les revers du destin. Je vous l'accorde, ma théorie est foireuse. Et comme pour la mettre à l'épreuve, mon frère Étienne, qui est responsable d'une bonne partie de mes déboires, me tend soudain la main sans raison apparente.

Il y a aussi ce groupe de musiciens prometteurs, qui me font une place dans leur vie… Sans parler d'Élise, artiste talentueuse mais pas branchée, avec qui tous les espoirs semblent permis… Et si les choses se mettaient enfin à bien aller pour moi ?

Que faire quand on a vingt-huit ans, beaucoup d'imagination, qu'on est un brin cynique, un peu cinglée, plutôt fantasque, franchement irrévérencieuse, et qu'on se donne pour défi d'améliorer sa vie, et ce, avant la trentaine ? Que faire quand on est une jeune femme insatisfaite de ce que l'on a dans la vie et qu'on est déterminée à tout essayer, jusqu'aux pires sottises, pour mettre de l'ordre dans son existence et atteindre ses objectifs ? Est-ce en trouvant un homme, un meilleur emploi ou un meilleur logement ? En prenant des résolutions ou en s'achetant un chien ?

En compagnie de ses amis, à la fois source de force, d'inspiration et de problèmes, face à une patronne-vampire abusive, à des parents protecteurs, à une sœur parfaite, et en proie à des relations fort houleuses avec la gent masculine, Amélie cherche à faire sa place. Parviendra-t-elle à trouver l'amour de sa vie, le boulot de ses rêves, le chien idéal, ou même la promesse d'une existence plus satisfaisante ?

À première vue, Daphnée-Rose Gauthier est une fille comme bien d'autres : célibataire (presque) assumée, elle partage son temps entre son boulot de photographe et ses nombreux amis. Pourtant, ses rondeurs (assumées) font d'elle une héroïne plutôt inhabituelle si l'on pense aux canons de la beauté qui régissent notre univers !

Qu'il s'agisse d'un entraînement au gym, de ses innombrables diètes, d'une expédition à la plage, d'un voyage en avion, d'une simple sortie dans un bar avec ses copines ou de son incursion dans les réseaux de rencontres, Rose a le don de se retrouver dans les situations les plus cocasses.

Avec un humour rafraîchissant, parfois décapant, elle nous raconte ses aventures quotidiennes, ses joies et ses peines, à travers ses propres diktats : ceux d'une femme bien en chair, qui embrasse la vie à pleines lèvres !

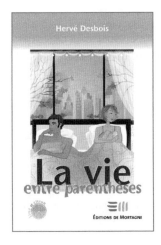

Corinne est dans son monde, moi dans ma bulle. Rien de nouveau sous la lune. Comment va notre couple ? Autant demander à un mourant quels sont ses projets de vacances ! Personnellement, j'aurais laissé notre histoire mourir sans assistance. Mais Corinne s'accroche. Elle veut insuffler une dernière dose d'oxygène à notre couple, un ultime coup de défibrillateur. J'essaie de faire le gars cool que rien ne touche… En réalité, ça me fout les bleus.

Selon Didier, les gens tiennent trop à leurs problèmes pour vouloir s'en débarrasser. Communiquer ? Hé ! Minute ! L'évolution n'en est pas encore rendue là pour l'espèce mâle et dominante ! OK, OK, je me calme. N'empêche… Quels sont les trois vœux qu'un homme voudrait voir exaucés par un génie ? Le sexe, le pouvoir et l'argent. Quelles seraient les réponses d'une femme ? L'amour, le bonheur et l'amour. Pas surprenant que je sois la seule à galérer pour que notre couple garde la tête hors de l'eau…

Un enfant, ça vous décroche un rêve, disait l'autre. Oui, mais ça vous le piétine joyeusement aussi. Enfin, c'est ce que croient Guillaume et Justine, couple dans la trentaine, qui voient leur nid d'amour s'effondrer avec l'arrivée imprévue de la cigogne. Et s'ils n'étaient pas faits pour les nuits blanches et les couches qui fuient ? Et s'ils cachaient en eux les meilleurs parents du monde ?

Polaroïd aigre-doux de la réalité tragi-comique qu'est la naissance d'un enfant, *Une plus un égale trois* est une explosion de rires, de petites fins du monde et de grands questionnements sur la maternité et la paternité, mais c'est surtout la grande histoire d'amour de deux êtres un peu perdus qui s'accrochent à l'immense bonheur que leur procure leur petite Emma, l'enfant qui rend illogique la plus touchante des équations…

Achevé d'imprimer
sur les presses de
Imprimerie H.L.N.
Imprimé au Canada - Printed in Canada